文庫 14

登張竹風

生田長江

新学社

装幀　友成　修

カバー画
パウル・クレー『島』一九三二年
石橋財団ブリヂストン美術館蔵
協力　日本パウル・クレー協会

河井寛次郎　作画

目次

登張竹風

如是経　7
美的生活論とニイチエ　178

生田長江

夏目漱石氏を論ず　185
鷗外先生と其事業　227
ブルヂョアは幸福であるか　236
有島氏事件について　253
無抵抗主義、百姓の真似事など　267

『近代』派と『超近代』派との戦　285
ニイチエ雑観　303
ルンペンの徹底的革命性　315
詩篇　328

登張竹風

如是経

この書を　摂津国蘆屋の里に在す恩師　梨庵　谷本富先生に捧げ奉る

後学　竹風生信

目次

如是経解題　一、如是経の原名／二、如是経の訳名／三、如是経原書の成立史／四、如是経原書の文章／五、如是経の根本思想／六、如是経の訳註論評について

如是経序品　一、二、三、四、五、六、七、八、九、十

如是経（一名、光炎菩薩大師子吼経）解題

一　如是経の原名

如是経《によぜきやう》の原名はアルゾー・シュプラーハ・ツァーラトフーストラ（如是説法《によぜせつぽふ》ツァーラトフーストラ）であります。ツァーラトフーストラはペルシヤの聖人ツォーロアステルの異名でありまして、光明・暗黒の二元を道徳上の善悪二面の対立に進展せしめ、道義的浄化法として、火を礼拝した所謂拝火教《はいくわけう》の開祖であります。此の聖人の生時は遠く西暦紀元前八世紀といふ古昔ださうですから、印度の釈迦牟尼仏《しやかむにぶつ》の出生よりも二世紀早い訳になります。

然らば則ち、「如是経」一巻の一切の所説は全くこのペルシヤの聖人の説法であるか、といふに、決して左様ではありません。

著者のニーチエ先生は、若年の頃から、この聖人が大好であつたさうです。しかしながら如是経一巻は、この古聖人の名のみを借り来つて、実は著者自身の骨を筆となし、皮膚を紙となし、血を以て書ける、最も個性的な、最も自発的な、最も純粋な大創作でありますから、ペルシヤの聖人と如是経とは全く無関係と言つてもよろしい位

のものであります。

それでは、何が故に、古人とはいへ、他人の名を冠して、自作の書名としたのであるか、といふ不審がここに、当然起つてまゐりますし、そのまた不審といふものも、厳密に考へ出しますと、大体二種の疑問に別れざるを得ません。

第一は、その名の何人たるを論ぜず、自著に古人の名を冠する所以であります。この所以の解答としては、一つは著者ニーチエ先生の趣味を挙げねばなりません。先生の第一期の作であるショーペンハウエル論やワーグネル論なども、実は二氏の仮面を着けた自画像である如く、如是経のツァーラトフーストラもニーチエ先生の仮面であります。この仮面を被ることが、先生は好きであつたといへば、それだけで是非の論は沙汰止みとなりますが、形から言へば仮面であつても、心の向き方から言へばがらりと趣が変つて来ます。言ふこゝろは、ツァーラトフーストラは理想化せられたニーチエその人であるといふ意味に変るのであります。

今、私は理想化といふ一字を拈出《ねんしゆつ》しました。理想化とは何ぞ。これには少しく説明が要ります。

ドイツのマイエル教授は、その名著ニーチエ論の第三八九頁に、芸術界にのみ起る不可思議境を説いて次のやうに言つてをられます。

「如是経はニーチエの作也と、簡単に片付けてはならぬ。如是経は二大名人フリードリヒ・ニーチエとニーチエのツァーラトフーストラとの共著合作である。何となれば、フリードリヒ・ヘベル（ドイツ十九世紀の最大戯曲詩人）が幾度も絶叫しながらその度毎に今更の如くに驚歎せる言葉。即ち

芸術にありては
生まれし児が父を
塵労より解脱せしむ

ること、巨人の創作は独特の生命を獲得して、創作者がその創作なくんば到底言ひも見もせざるべきやうの思想を言ひ絵像を見ること——この不可思議な経験は決して啻《たゞ》に神秘的若くは象徴的の真実性を有するに止まらずして、猶ほまた心理的のそれを有するからである。ゲーテについて之を言へば、ゲーテがファウストやメーフィストーフェレスとして見た真実、タソーやオレストとして感じた感覚、ヱールテルやヰルヘルム・マイステルとして為した観察等は、フランクフルトのヨーハン・ヲルフガング・ゲーテとしては決して為さなかつた筈のものである。フリードリヒ・テーオドール・フィシェル（Vischer）が強く言ひ放つた言葉、「凡ての詩人は彼自身よりも賢である、勿論また彼自身よりも愚である」、もまた、同様の意味である。云々。」

遉《さすが》に時流を抜ける名解釈であります。生まれた子は父よりも豪《えら》い——私のいふ理想化とはこの意味であります。さすれば、ツァーラトフーストラはニーチエ先生の愛

児・理想児に与へられた一名に過ぎないことになります。

他の名を冠する訳は、それで可いと致して、さて次に起る問題は、何が故に、然らば、許多《あまた》ある古聖賢の中から特にペルシヤの聖人ツァーラトゥーストラを選び出して、愛児に命名したのであるか、といふ一事であります。ニーチエ先生は「ペルシヤ人ツァーラトゥーストラに敬意を表して(die Ehre geben)」と云つてゐられるのでありますが、その敬意を表せられた所以《ゆゑん》は何であらうぞ。

これに属する解答としては、註釈者ナウマン氏の説が最も面白いと思ひます。ナウマン氏に従へば命名の選択は必然的でなくて、偶然的であつたらうと云ふのであります。
「某の年某の日にニーチエ先生は、東洋神話の一書を開いて、次の一節を読んだ。

ツァーラトゥーストラは、ウルミ湖畔に生れ、三十歳にして、その故郷を去りて、アーリア州に趣き、孤独生活の十年間を山中に暮らして、その経典ツェンド・アヹスタを草せり。

この時忽然として、ニーチエ先生の頭の中に浮かび来れる感想は、自分の生活がツァーラトゥーストラのそれに似通ひ始めつゝあることであつた。病気の為とは言ひながら、三十六歳（日本流の数へ年の年齢 時は明治十二年に当る）を以て、バーゼル大学の教職を去つてから後の先生もまた、孤独の境に於て、新思想・新信念を草し創めたのであつた。先生もまた、十年の沈黙の後に新たに世に出る考であつた。世に出た後の影響感化についても、容易ならざる抱負を有《も》つてゐた。多年の沈黙無言の後の大師子吼《だいししく》——これはニーチエ先生の屢々《しばく》賞揚歎美せるところであつた。ピタゴラスの門弟子等が五ケ年の沈黙すら、全集の所々に出て来る。

自分の今の身の上から思ひ廻らして、先生は遂に、ツァーラトフーストラの絵姿の中に自分を見るのが面白くなつたのであらう。病気の為に已むを得ずなつた孤独の境を自分の自由意志で求めた楽易閑放の境地と見れば、ツァーラトフーストラとの照応対比はいよ〳〵面白くなつて来るではないか。是に於いてか、先生はペルシヤの聖人に敬意を表して、その御名を拝借することになつたのであらう。」

ナウマン氏の意見は、大要以上の通りであります。

以上の一事の外に、如是経時代から、先生の趣味が段々東洋趣味に遷《うつ》りつゝあつたことも、如是経の命名について、閑却すべからざる大切な一要件であります。

如是経の中に現はれ来る叙景や譬喩や修辞等にも、東洋的色彩風格が著るしく加はつてゐることは、この書を読む者の見逃がす能はざる特長であります。全篇悉く、西洋式の秩序整然たる系統《システム》を追はずして。所謂思想的電光、即ち警句的・格言的・寸鉄殺人的の言辞で綴られてゐることも、純東洋趣味であります。かゝる東洋的色彩が段々加はり来るとともに、西洋趣味に属する反感嘲罵は、随処に猛烈に出て来ます。ツアーラトフーストラは、一歩一歩、非欧羅巴人《ヒヨーロツパじん》・反西洋人となつて来ます。

かゝる趣味傾向が、その名を欧羅巴人に求めずして、世界最古の聖人にして、且つペルシヤ人たるツァーラトフーストラに定めしめた一原由とも見られます。如是経の原名にして、且つ各章の終に出る Also《アルゾー》 Sprach《シユプラーハ》 Zarathustra《ツアーラトフーストラ》 の形式も、先生自ら之を読んでノートブックに書き留めて置かれた梵語の形式 Iti vuttakam＝（〔独〕：Also sprach der Heilige.〔和〕：如是説法聖者）の模倣であります。ツァーラトフーストラといふ名の原義は金の星であることはニーチエ先生も後に至つて始めて偶然に御承知になつたのですが、金の星とは面白いと云つて、非常に喜ばれたさうです。

二　訳　名

訳名は、「如是経」と簡単に、一名を「光炎菩薩大《だい》師《し》子《し》吼《く》経《きやう》」と命じました。この訳名については、訳者の私見で、最も大胆に思ひ切つて、東洋式・就中《なかんづく》純仏教ぶりに飜へしました。

如是といふ文字《もんじ》は一つの熟語になつて居りますので、原語の Also《アルゾー》 をそのまま飜へしたものと思つて戴けばそれでよろしいのでありますが、如是の意義については、仏教では、大分やかましい寓意がありますから、仏教式にこの字を用ひました以上、読者諸君にも、その意義を承知して置いて貰ひたいのであります。

但し、その解釈に移ります前に、予《あらかじ》め申し上げねばならぬことは唯この題名のみに限らず、此の如是経の飜訳の文は別として、註釈論評の拙文だけは、殆ど全く純仏教殊にわが親鸞聖人の宗教信仰に基いてゐることであります。

親鸞聖人の教を基調とすると申しましても、勿論人一倍凡愚な私のことでありますから、聖人の教義に対し奉つても、誤解だらけ・見当違ひだらけでありまして、所謂盲者の大象を撫する底《てい》の批判や引用を致すことでありましやうし、聖文冒瀆の大罪を犯すことと存じますが、唯一つ、愚者なればこその一徳とでも申しますか、種々の因縁相重なり、許多《あまた》の善き人々の恩寵を蒙りました御蔭で、どうやらかうやら、聖人の信海中に遊戯三昧する多幸多福の身とならせて戴きました結果、多年読み来りましたニーチエ先生のこの「如是経」に対する解釈の如きも、従前とはがらりつと打つて変つた見方になり、のみならず、従来西洋の註釈家や論評家達の文を以てしても、依然難解謎の如くであつたそれ〳〵の言語文章が、――少くとも私の信念中では――快刀乱麻を断つが如くに、解き得られ、釈し得られるに至つたことだけは、真に唯々不思議と申す外はないのであります。

申すまでもなく、聖人の宗教は仏教であります。聖人を通じて、仏教を観るやうになりました私は、仏教的見地に立つて、ニーチエ先生の如是経を身読するやうになつたのでありますから、本書の訳名につきましても、前申します通り、どうしても仏語を用ひざるを得なかつたのであります。

そこで、いよ〳〵如是といふ文字の解釈を致すべき順序となりました。之に就いては、私の覚束ない文字を羅列するよりも、古聖の解釈を其まま拝借するのが間違がないと信じますから、龍樹菩薩《りうじゆぼさつ》の大智度論《だいちどろん》を引用させて戴きます。

「問うて曰く、諸仏の経は何を以ての故に、初に、如是の語を称《とな》ふるや。答へて曰く、仏法の大海は信を以て能入《のうにふ》と為し、智を以て能度《のうど》と為す。如是とは即ち是れ信なり。若し人、心中に信有りて清浄《しやうじやう》なれば、是の人能く仏法に入る。若し信なければ、是の人は仏法に入る能はず。不信の者は是の事是の如くならずと言ひ、信者は是の事是の如しといふ。譬《たと》へば牛皮《ごひ》の未だ柔かならざれば、屈折すべからざるが如く、無信の人も亦是の如し、譬へば牛皮の已に柔かなれば、用に随つて作《な》すべきが如く、有信の人も亦た是の如し。

復次《またつぎ》に。経中に、信を手となすと説く。人は、手ありて、宝山《はうざん》の中に入れば、自在に能く取れども、若し手無ければ、取る所あること能はざるが如し。有信の人も亦是の如く、仏法の無漏《むろ》の根力《こんりき》・覚道《かくだう》・禅定《ぜんぢやう》・宝山の中に入りて、自在に取る所あり。無信は無手の如し。無手の人は宝山中に入るに則ち所取あること能はず。無信も亦是の如く、仏法の宝山に入つて、都《すべ》て所得なし。（中略）是を以ての故に、如是の義は仏法の初に在り、善信の相なるが故なり。」

仏経の首《はじめ》は如是我聞であり、この如是経の題名は如是彼説であります。彼説は即ち我聞であります。唯二者の相異るところは。仏教諸経は仏の所説を如是と信じ、如是経はニーチエ先生己心《こしん》の声を如是と信じ、その信ずる当体を向ふへ廻して、彼説即ちツァーラトフーストラ所説とした点に存するのであります、その何れにしましても、龍樹所説の如く、信が第一義であることは、忘れてならない肝要事であります。

仏教では如是を信成就《しんじやうじゆ》と申し、我聞を聞成就《もんじやうじゆ》と申します。之に対して彼説を何と云ひますか、彼説は即ち我聞でありますから、やはり聞成就して、如是経一巻が出来たものと見るより外は無い。それゆゑ、原名のツァーラトフーストラを彼の一字に縮めて、「如是彼説《によぜひせつ》」とすれば、字義そのものとしては全訳であります。その彼を取り去り説をも取り去つて、単に如是に略して、別に経の一字を加へたのが、即ち訳名の「如是経」であります。

経といふ貴い文字を、ニーチエの著作に奉ること、甚だ以て然るべからず、勿体なし恐れ多し、と難ずる方々があるかも知れませんが、私の信念中には、ニーチエ先生の本書へは、経の一字を奉つて然るべきものと存ずる仔細が十二分に潜んでをりますので、何の惜気もなく、何の憚るところもなく、極めて信順敬虔の念から、経の一字を奉ることに致しました。「聖を経と為し、菩薩を論と称す」と云ふが如き字義に拘泥してはなりません。

しかるところ、更に別名を加へまして、

光炎菩薩大師子吼経

と訳名を附したについては、読者諸君の中には、或は眼を睜《みは》つて驚かるる方があるかも知れません。

私見によれば、本書所説の超人は仏であり、超人を説くツァーラトフーストラは仏経に見ゆる菩薩であります。かるがゆゑに、光明に縁あるツァーラトフーストラを仏典の中の諸菩薩の御名から飜訳すべく、いろ〳〵諸経を拝読してゐますうち、華厳経の巻の第一世間浄眼品《じやうげんほん》に、浄慧光炎自在王菩薩《じやうゑくわうえんじざいわうぼさつ》といふのが居らせられましたので勿体なくもその御名を拝借することにいたしたのであります。

また大師子吼の四文字は、勝鬘師子吼経《しようまんししくきやう》から拝借しました。仏語の師子吼は無畏の意味であります。維摩経仏国品《ゆゐまきやうぶつこくぼん》に「法を演じて畏るる無きこと猶ほ師子吼の如し、」とあり。肇師《じやうし》の同註には、「師子吼は無畏の音なり、凡そ言説《ごんせつ》する所、群邪異学《ぐんじやいがく》を畏れず、師子吼ゆれば衆獣之に下るに喩ふ、」とありまして、ツァーラトフーストラの無畏説法を喩うるにも、極めて恰当《かつたう》の文字であるのみならず、獅子その者が、勿論譬喩的の意味で、本書に屢《しばしば》現はれ来るところから、斯く大師子吼経と訳出した次第であります。

三　如是経原書の成立史

本経の体型や、その主想の大部分は、既に余程以前から、著者ニーチェ先生の夢想に胚胎し、その前著の所々に散見するのでありますが、本経の誕生地は、先づ以て、Sils Maria《シルス マリーア》で時は正に千八百八十一年（明治十四年、先生三十八歳）の八月でありました。折から著者をして、その豊麗な無韻の詩語で歌はしめやうした新信念は、かの有名な久遠還相観《くをんげんさうくわん》(der Gedanke der ewigen Wiederkunft)（久遠回帰若くは無限再生とも訳出せらる）でありました。この新信念の最初の閃光《ひらめき》については、先生の自伝に次の如く出てゐます。

「本書の第一義諦《ぎたい》・総じて人間の到達し得べき無上の肯定法、即ち久遠還相観は千八百八十一年の八月中のことに属する。当時、この還相観は一紙片に走り書で認められて、その下に「人間及時代の彼岸六千尺」と書いてあつた。何日であつたか、よく覚えぬが、或る日私は、森また森を経て Silvaplana《シルヴ プラーナ》 の湖岸を逍遥しつゝ、Surlei《スルライ》の近くにある、尖塔の如く天聳り立つ巨巌の傍で足を停めた。その時のことである、彼の思想は忽然として私の心中に現はれた。その日より幾月か以前のことであつた、私は、私の趣味殊に音楽に於ける趣味の明確な激変を感じたことがあるが、思へばそれが彼の還相観の前兆であつた。ツァーラトフーストラ全篇を挙《こぞ》つて悉く、音楽と観られても差支ないと思ふ程に、耳に愬うる芸術に於ける再生が即ち、本書を草せしむる予件であつたことは明かである。Vicenza《ヰツエンツア》の背後に在る山中の一小温泉Recoaro《レコアロー》——千八百八十一年の春は此処で暮らした——で、私の音楽の師匠であり・且つ友であり・又私と同様に再生者であつたPeter Gast《ペーテル ガスト》と共に私は、音楽と名のつくフエニクス（鳥の名、再生の象徴、序品五三頁を見よ）が、今迄見せたよりもより軽い・より輝かしい翼で、吾々両人の傍を飛び去つたのを見た。」

ニーチエ先生は、この年の夏頃から、多年の宿痾《しゆくあ》が漸く癒えて、全くの健康者でありました。この貴い健康、難有い体力を自覚しつゝ、如是経一篇は草せられたのでありましたが、運命の残酷性は、かゝる時にも附き纏うて、聞くも悲惨な、涙のこぼれるやうな一事が、時も時、この時に起り始めました。

それは即ち友誼《いうぎ》についての先生の失望、深い深い絶望でありました。この事は、如《によ》是経本品《ぜきやうほんぽん》に度《ど》々血《ち》の涙で書かれてあることですが、一体先生ほど友誼なるものを高く大きく考へた人も稀でありました。その先生が天才偉人の一生に見るが如く、今に及んでいよ〳〵孤独の寂しさ、独去独来《どくこどくらい》の悲哀、知己無き自分、無援孤立の境を痛感することになつたのであります、見棄てられることは自発的な孤独生活とは違ひます。当時、先生は、完全な友、先生を全部解する友、一切を言ひ、一切を語つて差支なき友——かやうな心友に憧がれてゐられました。従来の一生を回顧して見るとき、その時その代に、そのやうな友が、何時もあつたやうであつた。然るに今自分の辿り行く道がいよ〳〵危険になり険悪になつた今、先生の同伴者になり得る友は一人も無かつたのであります。

是に於てか心機一転、先生はツァーラトフーストラといふ理想仏を創造して、円満無《む》礙《げ》の友一人を得、この友をして自分の至高至聖の大目的を宣伝流布せしめました。実に逆縁は恩寵であります。苦は人間、道に入るの階梯であります。当時先生に、理想的の友があつたなら、如是経一篇は如何になつたであらうかなどと問ふのは無益無用の詮議であります。ドイツのエカルトの云ふやうに、「汝を乗せて蓬莱境に到らしむる駿馬は苦《ぼん》也」であります。

如是経第一品の成立については、再び自伝を引きます。

「千八百八十二年（明治十五年、先生三十九歳）から千八百八十三年（明治十六年先生四十歳）へかけての冬、私は、Genua《ゲーヌア》に程遠からぬ風光明媚な Rapallo《ラパロー》 湾に居た。寒くて非常に雨の多い冬であつた。自分の健康は十分とは云へなかつた。それに、宿が直ぐ海近くに在つて、高波が夜眠を妨げるので、何かにつけて意に満たぬことばかりであつた、それにも拘はらず――一切の一大事は「にも拘はらず」で出来るといふ私の持論の活証ででもあるかのやうに――私のツアーラトフーストラが出来上がつたのは、かゝる冬であり、かゝる不如意勝の苦しい境涯からであつた。午前には、美しい街道を、南の方 Zoagli《ツオアグリー》 に向つて、松林を横手に、遠く海を眺めながら、上るのであつた。午後には私の健康の許すかぎり幾度も、入江をぐるりと廻つて、Santa Margherita《サンタマルゲリータ》から後の方 Portofino《ポルトーフィノー》の辺まで歩いた。此処と此処の風景は、皇帝フリードリヒ三世が格別愛で好ませられたので、私にも一入《ひとしほ》懐しいものとなつた。千八百八十六年（明治十九年、先生四十三歳）の秋、帝が之を最後として、人々に忘れられてゐたこの小楽天地に来られたとき、私は偶然にも再び此の海岸に居たのであつた。か丶る二つの道で、ツァーラトフーストラ全篇、殊にツァーラトフーストラ自身が、典型として私の心頭に思ひ浮んだのであつた、否、私を襲ひ来つたのであつた。」

如是経の第一品は十日足らずで、千八百八十三年二月初から月半頃迄に書き上げられました。自伝に曰く、

「最後の部分はリヒヤルト・ワーグネルがヹニスで亡くなつた・丁度その神聖な時刻に稿了となつた。」

その執筆の十日を除いてのかの冬は、先生に取つて、最も苦しい病気勝ちの冬でありました。その頃サンタ・マルゲリータで先生を襲うた流行性感冒《インフリユーエンザ》は、ゲーヌアに来られた後も、猶ほ数週間にわたつて全治するに至らなかつた。さりながら、この冬先生を最も苦しめたのは身体の病気よりもその病める心でありました。例の知己なき悲哀・心の友なき寂寞が即ちそれでありました。如是経第一品が友人知己の間に於いて、如何様に見られたかといふ一事、これがそも〳〵先生を苦悶させ始めた発端でありま

した。何となれば、如是経第一品は、当時配本に及んだ何人からも、理解せられなかつたからであります。先生自《みづか》ら曰く、

「私の考へ出した多くの事に向つては、それを解し得る程成熟した智慧を有てる人を、私は一人も見出し得なかつた、人一人（私）は無上の明晰を以て談じ得るが、但し何人からも聴かれないものであるといふことの一実証として、ツァーラトフーストラの一書は世に在る。」

この誤解・無理解のために、先生はいかばかり元気をそがれたことであらうぞ、蓋《けだ》し察するに余りある。之に加ふるに当時、かの流感以来常用されてゐた睡眠剤水酸化クロラールを、大なる意志力で決然断つて了はれた結果、ローマで暮された千八百八十三年の春は、鬱々楽しまざる陰気な春となつた。自伝に曰く、

「それから、ローマに於ける重苦しい春となつた、私はローマに住むことになつた――が、ローマに住むは容易でなかつた。自分勝手に好き好んで来たのでなかつたこのローマ、広い世界の中でツァーラトフーストラの詩人には、最も相応しからざるこのローマには、真に一方ならず閉口した。私は離れやうとした、離れて、ローマの正反対である Aquila《アキラ》――ローマに対する敵慨心から、無神論者であり、儀表的の教会嫌ひであり、また（精神的には）私の近親の一人でゐらせられた、ホウヘンシュタウフエン家の英帝フリードリヒ二世の記念として、私が将来自分の場所を

建設するであらう如くに、建設せられた――その Aquila《アキラ》 の方へと思つた。が、何事もままならぬが世の中である。私は又も帰り来らねばならなかつた。とうとう、反基督教的《はんきりすとけうてき》の土地を土地を、と尋ねあぐんだ揚句の果は、（やはりローマの）Piazza《ピアツァ》（広場の意）Barberini《バルベリニー》で諦めることになつた。そこで（反基督教徒であるといふやうな）悪評を出来るだけ避けやうために、私は一度 Palazzo《パラツオー》 del《デル》 Quirinale《キリナーレ》（キリナーレはローマ七丘の一の名、パラツオーは宮殿の意、この丘上に法王の宮殿あり、今は皇帝の有）にまで往つて、哲学者の居られるやうな静かな室はありませんか、と尋ねて見たことがあつたかと思ふが、この一事は今も気になる。前に云つた広場《ピアツァ》の上の高い楼上で――そこからはローマが一眸の下に見え、噴水の湧き出る音がずつと下の方から聞こえた――未だ曾て有らざりし程の寂しい歌である「夜の歌」は出来た。此頃常に何とも言ひやうのない陰欝な旋律《メロディー》が私の周囲《ぐるり》を歩き廻つてゐたが、かゝる旋律の復唱句《レフレン》を「不死の前に死せる」の言葉で見附け出した。」

この春には、先生は妹のエリーザベトさんと一緒に、ローマに居られましたが、蒸し暑い天気と例の元気沮喪《しよそう》とで弱り果てゝ、エリーザベトさんが、印刷の事や出版者の事は全部自分で面倒を見ますから、と申し出ても、先生は、何一つ書かないことに、勿論ツァーラトフーストラの続稿は断じて執筆しないことに決心して、更に動ずる気色がありませんでした。然るに兄弟うち揃うて、六月十七日にスヰスに帰り、再び懐かしい山容水態に接することになつてからは、先生のあらゆる愉快な創作力が、眼を醒ましたやうに活気附いて来ました。折からドイツに還つてゐた妹さんへ、これから発送される原稿のために用意すべく、言ひ送つた書翰には、

「向ふ三ケ月の期限でこの家を借りた。イタリヤの空気のために自分の勇気を奪ひ去られるなら、自分は実に〳〵天下の大馬鹿者だ。折々変な考へが出る、これから如何《どう》なるだらうかと。自分の将来は、自分に取つて、世の中の最も暗黒なる事件だ。しかしまだ〳〵、片付けねばならない多くの仕事が残つてゐるから、この片附ける事だけなりとも自分の将来と考へ、其他一切の事は、お前と神々にうち任すべきものであらう。」

とあります。

如是経の第二品は六月二十六日から七月六日までの間に、シルスマリーアで書かれました。自伝に曰く、

「夏、ツァーラトフーストラ観の初の閃光が私を照したその聖地で、第二のツァーラトフーストラは出来た。十日で足りた。第一篇も第三篇も、また終篇も、何れの際にも十日以上かゝつたことはない。」

先生はしば〳〵、如是経執筆中に体験した踴躍歓喜の状態を語られました。山中逍遥の際など、無数の思想が襲ひ来るのを、あたふたと手帳に鉛筆で書き入れ、宿に帰

つて後、インキで夜半まで写し取つたのでありました。この時の霊感的境地・凡人の窺ひ知る能はざる別乾坤の清浄地は、これまた極めて霊感的名文で、自伝に遺憾なく書かれてあります。遺憾千万なのは、訳者《わたし》の訳文の拙劣極まることであります。まことにわれながら愛想が尽きます、が、今更仕方がありません。その文に曰く、『強い古代に生れた詩人達から霊感と名づけられた不可思議物について、十九世紀末の今日、人誰か明確な概念を有するであらうか、その人無しといふ場合、私自身、それを描かうと思ふ。

迷信を有することが最も少い人でも、人は全く、単に人力以上の或る他力の示現であり、他力の弁才天女であり、他力の媒体たるに過ぎないことを拒否する考は無からう。人一人を最も強く震撼驚倒せしむる程の事が、突如として、言語に絶する程の確実さと微妙さとを以て、眼に見え、耳に聞こゆるやうになる、それが即ち霊感の意義ならば、そは全く概念にあらずして、端的に事実その者である。かゝる場合、聞くばかりである――求めはしない。受けるばかりである――授者が何者であるかは問題にならない。電光の如く、某の思想が閃めき来る時、それが必然的で、間髪を入れざる底の塩梅式であるので――私は未だ曾て、我他彼此《がたぴし》の揀択《けんちゃく》をしたことがなかつた。踴躍歓喜の心境――その心境の恐るべき緊張は折々解けて流れて涙の川となり、その心境の真最中の足並は、われ知らず或は疾風の如く、或は牛歩の如くなる。完全な無我夢中——しかもそれは、足の爪先にまでも起る数限りなき種々の身顫ひや冷水をあびせかけられたやうな感じやを最も明瞭に意識しながら起る。幸福の海——その海に在りては、最も苦しきもの最も悲しきものも、不幸としてゞはなく、かゝる光明遍照海中《くわうみやうへんぜうかいちゆう》の因縁者として、遊戯《ゆげ》相手として、無くてはならぬ色彩として活躍する。韻律的権衡の本能——その本能は詩形の全面に隈なく渡り行く（韻律の長短と、広大無辺の韻律に向つての要求とは、殆ど霊感の威力を量る尺度であり、霊感の威圧と緊張とに対する一種の調和剤である）。

　以上の凡ては最高度の非自由意志式に、さりながらまた自由感情・無制限・威力・神力等の嵐の中に於けるやうに顕現する。諸相と譬喩との非自由意志性は最も不可思議の境地である。何が諸相で、何が譬喩であるかは毛頭考に上らない、一切は最も切実な、最も正しい、最も純な文章となつて現はれ来る。ツァーラトフーストラの云へる如く、物皆が自から近づき来つて譬喩たらんと欲するかの如くに、実際見えるのである。「一切の物は、此処に、信楽悦予《しんげうえつよ》して、汝の説法に来り汝に媚ぶ。物皆は汝の脊に騎らんと思へばなり。汝は此処に、一々の譬喩に跨りて一々の真理に走り向ふ。此処には一切の実相の語と語の函とは汝の為に躍り出づ。一切の実相は此処にては語とならんと欲し、一切の発達現成は汝によつて語られんことを欲す——」。

以上は霊感に於ける私の体験である。この体験を聞いて、「そはまた自分のである」と、私に向つて言ふを憚らざる人を得んがためには、幾千年の昔に帰らねばならないことを、私は疑はない、云々』

千八百八十三年、先生はドイツの Naumburg《ナウムブルク》 に帰つて来ましたが、此の地の滞留は目出度いものではなかつた。それには、家庭の面倒も手伝つてゐたのでありましたが、ドイツ内地の空気が製作の気分に適しないのと、友人の Rée《レエ》 氏や Lou Salomé《ルーサロメ》 氏等との関係もおもしろくなくなつたことなどが、恐ろしく先生を憂欝に陥らしめた主因でありました。空想の翼は弱り、観照の眼は疲れました。

そこで此処を去つて、ゲーヌアに移り、ゲーヌアからまた諸方に転々した後、千八百八十三年から千八百八十四年（明治十七年、先生四十一歳）にかけての冬をフランスの Nice《ニース》 に落ち着きました。此処の澄み切つた天の色は、この上なく先生を喜ばせました。ナウムブルクで受けた重苦しい圧迫の感じは一掃されました。食慾も消化も善くなりました。それと共に、創作力は復活しました。日々刻々、如是経の完成が気に懸つてゐました。当時先生は自分を一世の大導師たるべき天才と自覚し、時代を警策すべき大任務を負へる自己に思ひ及ぶとき、自分の寿命の甚だ短きを痛感せずにはゐられませんでした。だから、自分の健康恢復と共に、先生は直ちに勤勉倦まざる人となりました。自伝に云く

「次の冬、当時始めて私の生活の中に照し込んで来たニースの雲の無い澄明な天の下に、第三のツァーラトゥーストラは発見せられ、やがて稿了となつた。」友人達からの難有い理解の言葉は、第三品の出現の後にも、先生には来なかつたのであります。

千八百八十四年の四月、先生はニースを去つてイタリヤのヱニスに来ました。六月の初め旧知の人々に会ふべく、Basel《バーゼル》や Zürich《チユーリヒ》 に旅行しました。常に急速度の発達展開を為しつゝ、人生至高の霊山に登りゆく人々は、何人に限らず、斯る訪問を為すべきものではないといふことを証拠立つるかの如くに、此の先生の旅行訪問は徒労に終りました。思想界の一処に停滞して何等の進展を遂げざる、またそれを嫌忌する人々は、先生を理解もしなければ尊重もしませんでした。殆ど病気にもならんずる程の失望落胆は、かゝる時、人間として免れ難いことであります。先生はそれを観破しました。ガスト氏に送つた書翰の一節に、「此一事は実に馬鹿々々しきことゞもにて凡ての点に於いて小生を退屈せしめ疲労の極に達せしめたることに候」とあります。

此の年の夏、先生はバーゼルから例のシルス・マリーアに移りました。此処で先生は Heinrich《ハインリヒ》 von Stein《フォン シユタイン》 の訪問を受けて渇者の水を得たやうな喜び方でありました。シュタイン氏は十九世紀後半の哲学的文人中稀に見る光明児でありました。詩人兼思想家としての氏は、先生に取りては、先生門人中麒麟児となるが如くに思はれました。

遺憾なことには、シュタイン氏蚤世《さうせい》の為に、この希望は空望となりました。先生は智慧の優れた、創作力に富める門弟子を得て、自分の周囲を続る沈黙の堅氷を打ち砕きたい念頭を有つてゐられたのでありますから、シュタイン氏との会合がいかばかり嬉しかつたかは、想像に余りあることであります。

千八百八十四年の春、ヹニスに於いて既に、如是経を書き続ける考でありましたが、第四品の書き初めは、チューリヒ滞在中の秋でありました。十月末、フランスのMenton《マントン》で、筆を執りつゝあつた先生は、マントンの病人地であるのを嫌つて、再びニースに帰り、翌年の千八百八十五年（明治十八年、先生四十二歳）の正月末から二月中頃迄に第四品の原稿は出来上りました。

この第四品を、先生は、稿本として、僅々四十部印刷しましたが、先生自身の手から、贈呈せられた向は七部だけであつたさうです。

四　如是経原書の文章

ニーチエ先生が、その友Rohde《ローデ》氏へ与へた書翰には、

「小生は、このツァーラトフーストラ一巻の文章を以てドイツ語を完全の域に進ましめたることと自惚居申候。ドイツ文は、ルテル第一歩をなし、ゲーテ第二歩をなし、小生は第三歩をなしたるなり。見よ、わが友、雄健と婉曲と流暢とが、曾て既

にわが国語に於いて、小生の文の如く兼備相即せるもの有之候や。」とあります。その抱負の尋常ならざるを見るべしであります。これは決して、著者が誇大の言ではなく、ルテル以後、先生ほどの筆力の天才はドイツに出なかつたといふのが天下の定評であります。ゲーテもシラーもハイネも、其他の詩人文豪は固《もと》より云ふに及ばず、何人も、言語の生命の横溢せる点に於いて先生の右に出づるものは無い。か丶る天才のか丶る名文を、わが邦文に——しかも私如き此上ない悪文家が——訳出しやうといふのでありますから、越権とも、吾身知らずとも、滑稽とも、何ともかとも云ひやうがありません。真に無《む》慚《ざん》無《む》愧《き》の骨頂であります。仏頭に糞を塗るの誹《そしり》は、訳者の甘んじて受くるところであります。

五　如是経の根本思想

本経の根本思想は、一に超人、二に久遠回帰、三に価値転換であります。それを私は、親鸞聖人の教を基準として、超人を聖人の無《む》量寿《りやうじゆ》無《む》量光《りやうくわう》仏から、久遠回帰を聖人の還相廻向から、価値転換を聖人の廻心から、観て行くのであります。

以上の思想・信念・信仰を茲《ここ》に解釈するのが解題の順序でありますが、これは態《わざ》と避けます。その故は、以上の三大信念なるものは、本文に入つてから、随所に解釈し闡明《せんめい》するのが便宜であるのみならず、如是経全篇、形は散文にして想は詩でありますから、今之を私の拙い筆で、概念的に解明してゆきますと、血の滴るやうな熱烈な宗教味がとんと消え失せて了ひ、折角の煖皮肉が死肉となるからであります。

唯こゝに掲げて置きたいのは、原文各章を、以上の三大想の下に分類按排《あんばい》した表であります。かやうに分類することは勿論、系統を立せざる先生の本義に背くことであり、且つはまた各章の含蓄せる無限の妙味は、多少なりとも一々以上の三大想を貫綜《くわんそう》縷練《るれん》せざるはないのでありますから。分類按排は唯、初心の読者の便宜を思ふ老婆親切と見て戴きたい、章数は各品を通じて八十であります。

一　超人（仏）

序品《じよほん》全部　　第六十二章
第六十四章　　第六十五章
第六十六章　　第六十七章
第六十八章　　第六十九章
第七十一章　　第七十三章
第七十六章　　第八十章

二　久遠回帰（久遠還相）

第四十四章　第四十六章
第五十七章　第五十九章
第六十章　第七十章
第七十九章

三　一切価値の転換（廻心）

（い）此土と彼土

第三章　第四章
第九章　第二十六章
第七十二章　第七十四章
第七十七章　第七十八章

（ろ）善悪の彼岸

第六章　第十三章
第十九章　第二十八章
第二十九章　第四十章
第四十三章　第四十八章
第五十五章　第五十六章

(は)廻施の法

第二十二章　第二十五章

(に)正法・邪法

第五章　第二十七章

第四十九章　第五十四章

(ほ)友人・敵人

第十四章　第二十三章

(へ)独去独来

第十二章　第十六章

第三十一章　第五十章

第五十三章

(と)創造者とその道

第一章　第十章

第十七章　第二十四章

第三十三章　第四十五章

第四十七章　第五十一章

第五十二章　第六十一章

（ち）天才と能才

第八章　第三十五章

（り）智慧・学問・文明・文化

第二章　第七章

第三十章　第三十六章

第三十七章　第三十八章

第三十九章　第四十二章

第七十五章

（ぬ）生死

第二十一章　第三十二章

第三十四章　第四十一章

第五十六章

（る）男女

第十八章　第二十章

（を）国家・国王・国民

第十一章　第十五章

第六十三章

この順序に観てゆくのも、面白いかもしれません。しかし、それは、勿論、全篇を一応読過した後の御慰みであります。

六　訳註論評について

本書の訳文は、現時文壇の驍将《げうしやう》学友生田《いくた》長江《ちやうこう》君が、明治四十三年に訳出せられ、爾今広く世に行はれてゐるのでありますから、訳文だけの刊行ならば、何も今更私如き文に拙い、学に薄い者が屋上屋を重ぬる如き愚を演出する要は無いのであります。それなら、註釈論評の文はと、問はれるとき。これまた恥ぢ入る外はないのでありますが、何分にも、原書は難解の一書、註釈書の既に出づべくして未だ出でない今日、老朽敗残の私が已むを得ず筆を執りまして杜撰《づざん》の此の書を公にしました結果が、ニーチエ研究・殊に如是経研究の一助ともなり、且つは又唯物思想万能の今日に、何等かの警策にもなりましたらば、との老婆心から、恥かしさも身の程もうち忘れ、とう〳〵思ひ切つて、こんなものを世に出すことになりました。

訳語については、生田君の名訳から、いろ〳〵教を受けましたことを、こゝに厚く感謝いたします。

本書は巻頭に掲げ置きましたやうに小生の恩師　梨庵谷本富先生　に捧げ奉る。と書き出しますと、もう涙ぐまれて、後が書けませぬ。

六方礼経《ろくはうらいきやう》に曰く、

「師の弟子に教ふるに五事あり。一には、当に疾く知らしむべし。二には当に他人の弟子に勝れしむべし。三には当に知りて忘れざらしむべし。四には諸の疑難は悉く為に之を解説す。五には、弟子の智慧をして師より勝れしめんと欲す。」

先生は、まことに、この五事を兼ね備へられてゐらせられる名師匠であります。然るに小生は何をか成せし。師の大いなる期待に背いて、放浪幾十年、徒《いたづ》らに老ひ、空しく衰へ、いつ知れず四十九歳の馬齢を重ね候ひき。今後の事推して知るべしであります。嗚呼また何をか為し得ん、唯々慚愧の外はありませぬ。久方振に先生の大喝を喫すべく、せめてはこの小《さゝや》かな一書を先生の坐右に捧げ申して、先生の長広舌相の大光明の遍照を祈り奉る。

大正十年七月二十六日

北海道旭川にて白樺聳ゆる家に孫の頭を撫しつゝ、

竹　風　生

Also sprach Zarathustra

Ein Buch für Alle und Keinen

Von

Friedrich Nietzsche

如是經

(光炎菩薩大師子吼經)

一切衆生悉可讀
一切衆生不可讀

フリードリヒ・ニーチエ

如是経 序品

訳者曰　有信者　悉可読
　　　　無信者　不可読

一

光炎菩薩、御齢三十にして、その故郷を去り、故郷の湖辺を去りて、遠く山に入りたまへり。山に住して禅定《ぜんぢやう》に入り、孤独寂寞《じやくまく》を楽しみたまふこと、茲《ここ》に十年なるに、未だ曾て倦みたまふことなかりき。十年の後、心機遂に一転、某の朝、曙光を仰いで起ち、昇る大日輪を仰いで、語つて曰く、　1

「三十歳」とあるに眼を着けねばなりません。更に「十年の修行」を看過してはならない。孔子は「三十にして立つ」といはれた。「立つ」とは如何なる意味か。非常に夙成《しゆくせい》な人や天才は別と致して、吾々凡人の境地から考へて見ても、三十頃から思想の上に大変化が生ずるのが普通であります。まことにゲエテ先生が云つたやうに、人の一生は世界歴史の縮図であります。云ふこゝろは、人皆生れながらに、祖先の智慧や才覚を有するものでない以上、何んな人間も、そも〳〵の始めから、出立せねばならないゆゑ、人類の文化の発展を一身に体現して進み行くものだといふ意味であります。

例を挙ぐれば際限がありませんが、試みに一二を云つて見やうなら、釈迦牟尼仏は二十九の御年に、あらゆる家族の繋縛《けばく》から離れて、深山の奥に入られ、六ケ年の難行苦行を積まれて後、三十五歳を以て、菩提樹下に成道《じやうだう》せられた。わが親鸞聖人は同じく二十九歳で、法然上人の門に走つて、聖道門《しやうだうもん》の教義を捨て丶浄土《じやうど》門《もん》に帰入せられ、同じく三十五歳を以て流罪の逆縁を便りに、衆生済度《しゆじやうさいど》の序開きをなされました。日蓮上人が法華伝弘《ほつけでんぐ》の発軫《ほつしん》はたしか三十二歳であつたと思ひます。「然るに、クリストは三十になるかならぬ若年で殺されたのであるから、その教が未熟で惜しいものだ、若しクリストが、せめて四十歳まで生き存《なが》らへたなら、その教その法は一変したであらう、」といふのがニイチエ先生のクリスト観であります。彼是を思ひうかべて、三十歳上山の意義甚深なるを味ふべしぢや。

「山中修行」といふ一語にも甚大の意義があります。一体何んな宗教でも、一たび穢土《ゑど》を厭離《えんり》し浄土を欣求《ごんぐ》するものでなければなりません。歴代の祖師開山達、何れも然らざるはない。仏教は厭世教だ、見るに足らず聴くに堪へずなど、軽々しく批評し去る人々があるが、以ての外の僻言《ひがごと》である。此のありのま丶の現世相に愛想もこそも尽き果てぬればこそ、家族も棄て、一切の繋縛からも離れて、山へも入り、難行苦行もするのではありませんか。ニイチエの教は楽天教だなんぞと早合点に埒を明けてはならない。この現前の世相を見て、それで善い結構だといふのなら、聖賢の教は要らざる婆々談議ぢや。古より幾人の聖人幾人の高僧知識が現はれ来り現はれ来り、入り変り立ち変り、口を酸くし筆を枯らして、説いても書いても、猶ほ／＼今見るが如き人間の浅間しさ、生老病死の四苦は固《もと》より百八の煩悩に責めさいなまれて、畜生餓鬼にも劣つた生活に蠢々《うぢ／＼》して居る有様を見ては、人は何の為に生れ、何の為に死ぬるのだか、誰しも疑惑の淵に沈まざるを得ないではないか。真に穢土である、不浄の土である。大きな声して、娑婆《しやば》即《そく》寂光土《じやくくわうど》だ、日々是好日だなんど、、澄まし込んで居られるものではない。一旦厭はしい世と観じてからは、一刻も、現在に安住しては居られない。「三千世界に充てらん火をも過ぎ行きて」法が聞きたい、生死の一大事が究めたい。が、聞くべき法なく、師とすべき人なく、諸の人は皆厭はしいとあつては、遠く人界《にんがい》を去つて大自然の声に耳傾くる外はなからう。ゲエテ先生が、自然を通じて、神の顕現を見ると云つたのも、山川草木禽獣虫魚の種々相を観なかつたなら自分は飛んでもない人間になつてゐたであらうと云ふのも、或は禅家の所謂無情説法と云ふのも、蘇東坡《そとうば》先生の、渓声便是広長舌《けいせいすなはちこれくわうちやうぜつ》・山色豈非清浄身《さんしよくあにしやうじやうしんにあらざらんや》と云ふ有名な詩の意味も、畢竟《ひつきやう》ずるに、私の多い、迷の多い、無明長夜の人界を去つて、大自然の懐に抱かれ、超然として、内観自省の三昧に入つた境地からでなくては、到底浄土の風光は拝まれないと云ふ心でありませう。著者のニイチエ先生が、煩雑《うるさ》いドイツを去つて、絶えず空青く気清き南欧の別天地に身を隠して静かに「思想を捕獲」したのも、同じ意味合の厭穢欣浄《えんゑごんじやう》の心がなさしめた自然の行方であります。「曙光を仰いで立ち、昇る大日輪を迎ふ」貴い言葉である。曙光と云ふも日輪と云ふも、闇黒に対する光明の象徴である。迷に対する悟の謂である。妄に対する真の意である。仏本行集経《ぶつほんぎやうしふきやう》の成無上道品《じやうむじやうだうほん》に、仏の成道《じやうだう》の刹那を説いて曰く。

其の夜三分已に過ぎて。第四に夜の後分に於いて、明星将に初めて出現せんと欲する時、夜尚、寂静にして、一切の衆生、行くと行かざると皆未だ覚悟せず。是の時婆伽婆《ばかば》（仏《ぶつ》）、即ち智見を生じて、阿耨多羅三藐三菩提《あぬくたらさんみやくさんぼだい》（正覚《しやうがく》）を成じたまふ。而して偈《げ》ありて説く、

『是の夜四分の三已に過ぎて、余の後の一分に、明将に現ぜんとす、
衆類の、行と不と、皆未だ動かず、是の時、大聖無上尊《だいしやうむじやうそん》、衆苦滅し已りて
菩提を得たまひ、即ち世間の一切智と名づく。』

太陽の光未だ現はれず、世は挙つて猶ほ黒闇々たるに、仏の智慧の光明、十方世界に照耀して一切衆生悉く摂取せられ、各相見、各相知り、「此処に亦復衆生あるか、此処に、亦復衆生あるか、」と相語りて、驚歎する趣が、たとへがたなく貴い。

日蓮上人は、建長五年、安房の山嶺に登り、赫々たる東海の旭日に対して、高声に南無妙法蓮華経を唱ふること十遍。かくして、教法弘通の第一声を放たれたと伝へられてあります。

ハウプトマン氏の戯曲「沈鐘」の主人公ハインリヒが末期の一句「太陽は登る、夜は長し」の意味も味へば味ふほど難有い。まことに無明の夜は長い。われ四十九年の非を知ると云つた唐人を笑ひ得る人が幾人あるでありませうか。孔子は四十にして惑はずと云はれました。光炎菩薩は四十歳にして、無明を脱して覚者の境地に立つたのである。人事と思つてはならぬ。人々《にん〳〵》各、自家の心事を検討すべしであります。

「われ、星中の王たる汝に告ぐ。汝は照すを以て汝の生命とす。若し、照さるべきものなかつせば、汝何を以てか汝の幸福となさん。[2]

汝の来つてわが仙窟を照らすこと、十年まさに一日の如し。然《しか》れどもこのわれなく、わが鷲なく、わが蛇なかつせば、汝恐らくは、汝の光と汝の道とに飽けるならん。[3]

さはれ、吾等は、朝ごとに汝を待てり、汝の光明を享けて楽めり、楽んで後

汝の幸を祈れり。 4

以上三節（四節の誤りか——編集部）は次節の伏線とも見るべし。太陽は照すのが生命である以上、照すべき当体がなければ、さぞ寂しからう。蛇や鷲が居なければ、光も道も、照し甲斐なく、来甲斐がなからう、と云ふのは、一見甚だ高慢痴気のたは言のやうに響く、が、こゝが面白いところぢや。太陽の大光明を自分一身に引き受けるところが即ち宗教的自覚と云ふものである。日も月も、山川も草木も、国土も人間も、我あるが為に存するのであるとまでに、徹底的に自覚するとき、山川生き、草木笑ひ、国土も衆生も嬉々として踊り出すのぢや。万物同根の理《ことわり》も、天人一如の大道も、皆、我に悶へ、我に目醒めて、愕然大悟した後の踴躍歓喜の心持なのであります。されば、親鸞聖人は、「歎異抄」の中に、「弥陀の五劫思惟《こふしゆゐ》の願をよく〳〵案ずれば偏へに親鸞一人が為なりけり」と御述懐なされました。何といふ崇高《けだか》い信仰なのでありませう。

太陽は自分一人を照してくれたのだと思へばこそ、感謝の念も湧き出でゝ、太陽の幸を祝福するに至るのであつて、総じて、何事によらず、宗教的の見方はとんと世間並の見方とはあべこべになるところが、至極妙なのである。

第三節に、蛇と鷲が始めて飛び出して来ました。何れも、吾々日本人から云うと、物騒極まる気味の悪い代物で、何だか有難味を無くされてしまうやうな気分になるが、斯ういふところが、一面には西洋式の面白いところであり、また一面には東西両洋の思想表現法の著るしい相違であるから。此処暫らく、西洋気分になつて、厭な顔をしないで読んで戴きたい。

蛇も鷲も勿論譬喩である。蛇は智の・鷲は勇の象徴である。菩薩は仁者となつて法を説き徳を施さうと云ふのだから、智仁勇の三尊を立てた趣に解すればよい。観音《くわんおん》・勢至《せいし》の二菩薩が慈悲と智慧とを司つて、阿弥陀如来に随伴してゐられるやうな塩梅式である。蛇菩薩・鷲菩薩はをかしいなんどゝ茶化してはいけません。

見よ、蜜を作りて多きに過ぎたる蜂はその蜜に飽けるならずや。われもまた智を集むること多きに過ぎたり。われは、延ばし来る多くの手を要《もと》む。[5]
かの賢きものゝ、再びその愚なるを暁《さと》りて喜び、かの貧しきものゝ、再びその富めるを覚えて喜ぶに至らんまで、希《こひねがは》くはわれ、或は施し、或は頒たん。[6]

太陽がその光を恵んで惜まざる如く、智慧を集めた自分は智を頒たずにはゐられない。仏教の所謂法施である、常行大悲である。自利の後の利他行である、自信の後の教人信に外ならない。

財施は尽くることあるべし。法施は無尽蔵である。頒つところ愈々多くして、利益を蒙るもの愈々多く、しかも施者に一分の増減なし。不思議といふもなか〳〵愚なりける次第である。マッチ一本の火も、之を幾万本に移し点じて、その火力の少しも増減なきを見て、自然の妙を悟るべしである。

延ばし来る手は法施を受ける人々のことである。が、後に本品に入《い》りて、千手の施者といふ語があります。即ち千手観音の意である、おもしろいですな。

賢者が愚者となる、これが全く宗教の妙諦《みやうたい》ぢや。智者第一と讃へられた法然上人が、自らは愚痴の法然房《はふぜんばう》といはれ、親鸞聖人が愚禿《ぐとく》を標榜せられたところに宗教的大自覚が現はれてゐるのであります。大真理の前には、人間の賢なるもの、よしや無上の賢としたところで、果して何程の価値があらうぞ。

貧しきものが富む。これがまた宗教の妙諦ぢや。勿論心の上の沙汰であって、財の上の所談ではない。一たび大悟の境に入れば、天地万物皆我有とまで、禅家の教は言ふではないか。古歌に

我といふちいさい心捨て見よ大千世界障るものなし

欲し惜しや憎くや可愛とおもはねば今は世界が丸で我もの

虚空法界を心の主とした人々の風光である。今まで心の貧しかつたものが忽ち心機一転、心霊界の大福長者になるから、不思議であります。一休和尚の

あら楽や虚空を家と住みなして心にかゝる造作もなし

も同じ境界を詠ぜられた道歌である。虚空とは何ぢや、そこいらの禅僧に一喝を食つて教を乞ふが宜しい。

畢竟天下の広居に住んでゐる心持になるのが、宗教心の顕現であります。

かゝらん為に、われはこの山を降りて谷に趣かざるべからず。ゆふべ夕べ、海の彼方に没して猶ほ下界に光を恵む汝の如く。[7]
われは汝の如く沈み行かざるべからず、沈み行くとは人の語なり、われは、その人の許に趣かんとす。[8]
されば、静かなる汝の眼よ、余りに大いなる人の幸をも、猶ほ且つ些の嫉妬なく眺め得る汝の眼よ、われを祝せ。[9]
されば汝、わが盃を祝せ、盃はまさに溢れんとす、水は金色の波を湛へて、盃の外に溢れ出で、八面玲瓏として、汝の快楽《けらく》を映じ出だすを見よ。[10]
見よ、盃の水はまさに虚《むな》しからんとす、而《しか》してわれ光炎は、再び人とならんとす。」[11]

かくの如くして、光炎菩薩の還相廻向《げんさうゑかう》は始まる。[12]

この還相廻向の文字は、後の第四章で、詳説しますから、こゝ暫らく、下山説法の意味、上求菩提の菩薩が下化衆生に向ひたまふ意味に解して置いて戴きたい。

何処々々までも、日輪を離れないのが愉快であります。御日様は、大光明を宇宙に施与して恩心なく、人間の幸福を見ても憎心なし。これが難有いところであります。今や、光炎菩薩、普《あまね》く、法を一切人に施さんとする一世の山出である。過ぎにし十年の友を思へば、嗚呼唯この心ばかり。その勇猛心は鷲となり、その智慧光は龍となりて、山の空・山の地を飛び狂ひ駆け巡るも、山川草木の間に宴坐して、独り味ひ・独り微笑し・独り嘯《うそぶ》いて何にかはせん。照さるべき我なき時、太陽も寂しいと感ずるほどなるを、ましてや人間の我、救はるべき衆生無き時、嗚《あ》呼《あ》噫《ああ》、この超世の悲願を何とかせんや。人は太陽の西に隠るゝを見て、太陽沈むと言ひ没すと云ふ。われもまた、過去十年の向上の道を向け変へて向下の道を辿り、山を出でて人に下れば、彼の世を厭うて山に登れる光炎子、再び人の世を恋ひ慕うて煩悩海中に堕落せりとや云はれん。焉《いづく》んぞ知らん、日の西に隠るるは、他の世界を照さんが為なるを。向下は即ち向上の道である。衆生済度の大願を成就せんが為である。仏教の所謂退歩却来である。回光反照《ゑくわうへんぜう》である、還来穢土《げんらいゑど》である。厭世は忽ち救世となるのぢや。下らざるを得ない、下らずには居られない。下山の路は即ち上山の路、面白いことであります。

さるにても、過ぎにし十年の友とては、之を身にして云へばわが影ばかりである。影は日の照らすとき月の影さすとき、わが傍を離れざりし唯一無二の友であつた。日は人の世にも光るのである、月も、人の世の夜を照らすに、毛頭変りはないけれど、さすがに十年の山住居、日にも月にも、今更のやうに、名残は惜しい。別して、今朝が別れの一人旅、酒あらば……といふところであらうが、あいにく山中に酒は無い。が、心の盃には事欠かぬ身の上、その心の盃に清澄な悟りの水を注ぎ込んで、溢れ出る喜悦の情を酌めば、至公至大の大日輪は、人の幸は即ち己れの幸とやうに、嬉々として快楽の大光明を放つて、その水の一滴一滴の尽十方に流れよとばかり、菩薩の心の盃を照らして、今朝の山出を祝福するのであつた。

かくして、太陽に祝福された光炎菩薩は、広く衆生の為に闇冥を照除すべく、再び人となるのである。

この人となるの一句、著者が大獅子吼の雷轟《らいがう》である。この一言、三千大千世界を震撼せしむ、と評しても過言ではない。諸君、思へ。世に法を説き道を伝ふるもの、何ぞ、しかく、賢者ぶり、聖者ぶり、学者ぶり、豪《えら》がり強がることの甚だしきや。今の世の学問は、名聞名利の為の学問ではないか。名利を離れて、学問なし。勝他を離れて学問なし、これでは、百千億劫を経たつて、衆生の助かり救はるる時は来ないに極つてゐる。

この意味を親鸞聖人は、その教行信証《けうぎやうしんしよう》に、外に「賢善精進の相を現ずることなかれ、内に虚仮《こけ》を懐けばなり」と云はれた。今の世に、虚仮を懐く賢者の如何に多きかを見られよ。まことに恐ろしい世の中になつたものではある。

今の世では、人皆が仮名仮相《けみやうけさう》に囚はれてゐるのであります。頭上にばかり眼を向けて脚下を忘れてゐるのであります。自分が倒れかゝつてゐながら、救世済民は可笑しいではないか。

「臨済録」といふ書物に、無位の真人といふ語があります。釈尊もクリスト上人も、無位の真人となつて、法を説かれ道を説かれたところが難有いのではありませぬか。

人となつて法を説くといふのが、だから難有い言葉なのである。仏教では、その摂化済度《せつけさいど》の方便は実に無尽蔵である。豈《あ》に啻《たゞ》に人となるのみならんやで、その殺活自在の妙境力用は、とても〱、説き尽せるものではない。逆を履んで常に順なる趣や、光を塵労に和する行き方や、魔に入ることを示して仏智慧に順ずるの道や、一々列挙するに遑《いとま》がない。奈良の春朝上人《しゆんてうしやうにん》は、牢獄の中に苦しんでゐる罪人を教化すべく、自らわざと罪を犯して罪人となり、牢屋に入れられて、法を説かれたと云ふ話が伝はつてゐる。是れ即ち、今云ふところの魔に入ることを示して仏智慧に順ずるの一例である。よしや、かほどまでにはなり得ずとするも、せめては、人の上に、人為的に冠する一切の汚はしい形容詞を取り去つて、純乎たる人間となつて法を説くといふことは、著者の大卓見と謂ふべしで、別して、著者在世の時の西洋では、この一語がどの位の大痛棒であつたかは、想ひやるだに痛快であります。

も少し、この人となつて法を説くの意味を徹見すべく、私は、観音経の、観世音菩薩三十三身示現《しんじげん》の教を味つて見たい。

経に拠れば、観世音菩薩は、「仏身を以て得度すべき者には仏身を現じて為に法を説き、長者《ちやうじや》・居士《こじ》・宰官《さいくわん》・波羅門《ばらもん》の婦女の身を以て得度すべきものには婦女の身を現じて為に法を説き、童男・童女の身を以て得度すべき者には童男・童女の身を現じて為に法を説く」、等と説かれてあります。観世音菩薩は千手千眼の菩薩であります。神通自在変化自在な菩薩であります。種々の形を以て、諸の国土に遊びて衆生を度脱《どだつ》する菩薩であります。

これが高大無辺の仏智慧の顕現たることは、云ふを待たないことであるが、吾々凡夫にも、一たびこの観音心を悟る以上は、何の苦もなく出来得る妙用であります。身を現ずるとは、心を現ずることなのであらねばならない。私自身の問題にして説いて見ると、私が学生諸君に接するときには、私の心が学生の心にならねば教育は出来ないではないか。釈迦が法を説かるゝとき、衆生の心を以て心となし玉ひたればこそ、吾々衆生が救はれるのではないか。然るに、教師だぞといふ冠を着ける、奥様だぞといふ仮名を難有がる、大臣だぞといふ仮相に誇る、労働者だぞと威張り出す、資本家だぞと空嘯く。天下の乱れは皆是より生ずる。何が故に、奥様は女中の心になり得ないのであるか。何が故に、姑は嫁の心になり得ないのであるか。何が故に、主人は家来の心になり得ないのであるか。芸者に向つては、芸者の心になつて法を説き、娼婦に向つては娼婦の心になつて法を説き、悪魔外道には悪魔外道の心になつて法を説く。之を神通自在といふのである。まことに、吾々は、一心に観世音菩薩を供養しなければなりません。人となるといふことは、だから、人の心になるといふことであります。

二

光炎菩薩、単身山を下りたまふ。途上人なし。深山を出でて、森林《はやし》に来りたまひしとき、童顔鶴髪の老翁忽然としてその面前に立てり。夙《つと》にその精舎を去つて、林間に草根を求むる老翁なりき。翁、菩薩を見て告げて云く、13

「旅人は未見の人にあらず、幾年の昔なりけん、この道を過《よぎ》りたるは、まさしく彼なりき、彼は光炎子と呼べり、されど、その人今や別人の如し。14

その時よ、汝は汝の灰を山に運び行けり。かゝりし汝は、今や、汝の火を谷に持ち往かんと欲するか、汝は火を放てるもの、罰を恐れずや。15

然り、われは能く、今の光炎子の人となりを解す。彼の眼は清らかなり、彼の唇には厭ふべきところなし、彼は舞ふ人の如く踊り往く。16

然り光炎子は別人となれり、光炎子は児童となれり。光炎子は覚めたる人なり。覚めたる汝よ、かの眠れる人に向つて、今や何を為さんと欲するや。17

汝の山中に孤独を楽しめるや、猶ほ渺茫たる大海の中に遊べるが如かりき、然り、汝は海に遊べるなりき、海に遊びたる汝は、再び陸《をか》に上らんと欲するか、憫むべきかな、汝は再び佻々《てうく》として汝の形骸を曳かんと欲するか、憫むべきかな。」18

宗教は心の方向変換である。別人の如くなるのが至当である。否な〱、別人にならずにはゐられないのである。著者の一代を以て言へば、その始め、ショーペンハウエルやワーグネルを理想としてゐた形而上学者の時が第一期、それより懐疑的となり実証学者となつたのが第二期、再転して、この如是経の説法になつたときが第三期と云はれてゐるが、所謂第三期の新教義は、懐疑より熱烈な信念に移つてから後の沙汰で、超人の教・久遠輪廻の教が、就中《なかんづく》最も大切な法である、しかし、かやうに個条を立てて、兎や角と、義を立てるのは、著者の本志でないことは、追々本文を読めば、分明することであります。今は先づ、著者の確立せる信念が、あらゆる宗教の信者や開祖に於けると同じく、著者をして、些の疑惑なく些の畏懼《ゐく》なく、金剛不壊《こんがうふえ》の妙境に到らしめたものと信ずればよい。

　昔、憧憬してゐた理想（火）が雲散霧消したのを灰に譬へ、新理想新信念を火に譬へたのである。迷を迷とも知らないで、うかりひよんと酔生夢死してゐる衆生に、新しき法を説くべく、其眠を醒ますのは、火を彼等の心家に放つと一般である。放火者は罰を受くる如く、衆生の心に火を点ずる菩薩は、いつの世何れの国でも、刀杖瓦石《たうぢやうがしやく》の難は免れ難い。

　火と言ひ、灰と言ふのは、古代エヂプトの伝説中にある怪鳥フエニクス（Phönix）より来る。フエニクスは、己れ自ら己れを焼いた灰の中より、幾たびも久遠劫《くをんこふ》にわたりて、蘇生復活せんが為に、各五百年毎に自分を焼くと云ふ。久遠青春化の象徴であります。

わが恩師ケーベル先生は、人を見るには眼を以てせよ、見よ、彼は死んだ眼を有つてゐる。某の眼は病的だなど評せられて、よく吾等を笑はせられたものであつたが、今もその如くで、心の顕現《あらはれ》は、眼に出で、唇に出で、歩く姿にまでも及ぶものぢや。踊の一字は、著者の最も好きな文字の一つで、これから度々出て来る。疑懼《ぎく》つかない態度を表現し得て面白い。所謂、信二甚深法一無二疑懼一《じんしんのほふをしんじてぎくなし》、の趣である。お互も修行一番、この一節のやうな人にならうではござりませぬか。眼は濁りかすんで力なく、唇は見るも嫌な、歩く姿は蟇蛙ではイヤハヤ。

児童は天真の姿、嫌択《けんちやく》なき自然の趣である。委しくは本品《ほんぼん》第一章に出ます。

悠々自適、山に遊び海に逃れてゐればこそ、人の毀誉褒貶をよそに、風月を友として、何不自由なく暮らせるものを、何を好んで、虎狼の巷に身を投ぜんとはするぞ。危いかな危いかな。

惟ふにこの老聖者、専ら道行を修め、身を修めて自から翫《あそ》び、山林に放蕩して、心を淡泊に帰するの人、仏教で謂ふ声聞縁覚《しやうもんえんがく》の境涯を出で得ざる小乗の徒である。維摩経《ゆゐまぎやう》に、舎利弗《しやりほつ》が、林中に於いて樹下に宴坐してゐると、維摩居士が来て、

唯舎利弗、必ずしも是坐するを以て宴坐と為さざれ。（中略）道法を捨てずして、

凡夫の事を現ずる、是を宴坐と為す。……煩悩を断ぜずして涅槃に入る、是を宴坐と為す。

と一喝を食はすことが書いてあるが、この老翁も、維摩の大喝を喫すべき小乗の行人である。

と云つたからつて、小智小才の吾輩如き分際で、この老聖者を貶黜するのではない。仏祖の智見に照して、論じて見ただけのことである。一休和尚の法語に、

黄衣下《こういのした》　多名利《みやうりおほし》　我要児孫滅大燈《われはようすぢそんのたいとうをめつせんことを》

とある。名利を追ふ人のみの世の中では、小乗の修行者は、いかばかり貴いことであらうぞ。寒巌に隠栖して容貌枯悴し、布繻零落して風狂の士の如く、生廉《せいもれん》死亦楽《しもまたたのし》と吟じ、虚名定無益と喝する寒山・拾得の如き隠者は、これぞも〳〵小乗の傑か。大乗の雄か。大小乗豈に知り易からんや。咄咄。

光炎菩薩答へて曰く、「われは人を愛す。」[19]

聖者の云く、「果して然らば、われは何が故に世を遁れて無人の境を楽しめりと思ふや。こはわが余りに人を愛したるが為ならずや。[20]今のわれは、人を愛せずして神を愛す。人はあまりに円満を欠く。われ若し

人を愛せざるべからずんば、われ恐らくは死せん。」21

光炎菩薩答へて曰く、「愛について、われ、そもそも何をか語れる。われは、人々に法施をなさん。」22

聖者の云く、「人には何物をも与ふることなかれ。寧ろ如かんや、人より或るものを奪ひ取りて、人と与《とも》に之を有せんには。汝若し、かくして自ら楽しまば、人は最も楽しと為さん。23

汝若し強ひて与へんと思はば、人の請ふを待ちて、財施をなせ。されど財施以上を恵むことなかれ。」24

光炎菩薩答へて曰く、「あらず聖者。われは財施をなさず。われは、財施をなすが如き貧しきものにあらざればなり。」25


　平等門の高処から云へば、一句一偈《いつくいちげ》の法も、一銭一草の財もその慈種善根の布施たるに於いて、毫も上下軽重の別を立つべき理《いはれ》はない、固より、其物の軽きを嫌はず、其功の実なるべきを貴ぶべしであるが、前にも云ふ如く、法施に限りなく、財施には限りあり。人々分上《にん〳〵ぶんじやう》、各、その長に準じて施すところあるべしぢや。

　今の言葉でいへば、かの老聖者は所謂理想家である。短兵急に自家の樹立せる理想のままに、人類を化度せんとして、物の見事に失敗した揚句の果てが、人間なるものに愛想を尽かして、山に遁れざるを得なくなつた人なのである。他の人間に愛想を尽かしたのか、自分といふ人間の無能無力にあきれ果てたのか、そこは分らぬが、総じて理想々々で、むきになつていきり立つ人々の末路は、大抵、斯うしたものである。

　下世話に云へば。可愛さ余つて嫌さが百倍といふ格で、極端の愛人家は、極端の厭人家となつた訳で、そこで大悟一番、人間なるものに見切をつけて了つた。菩薩が「人を愛す」と云つたのを聞いて、菩薩も、畢竟、吾が轍を踏むかと、心中憫を催しての諫言とも見るべきが、以上の聖者の言であります。

人から離れた聖者は、山に入りて神をのみ信頼《たより》とする人となつた。この境涯に到達し得るのも、実は、容易の事ではない筈ぢや。所謂全身完膚なしで、その心の傷を想《おも》へば、噫涙がこぼれる。

　聖者惟へらく、人には何物も与へないがよい、それよりも、人から或る物を取つて人と与にそれを有して居ればよいと。言ふこゝろは、世相のままにうち棄てて置け。人の世に、現在行はれてゐる道徳・習慣・風俗・宗教、どれもこれも、あるがまに〳〵成るがまに〳〵、それをまた自分の物とも思うて、人と与に暮らし行けよ、かくせば天下平かならん、煩悶も焦慮も無い筈ではござらぬか。それではあまりに物足りない、是非何とかしたいとあらば、財を恵んで人を助けよ、それも、こちらからぶしつけにさし出しては、却つて人の怒を買ふ道理、他人が哀願するを待つて後に致すことぢや、と諭したのであります。

以下は訳者の一家言であるが、愛の一字については、吾輩大いに説がある。まあ聞いて下さい。兎角、西洋の学問をした人々は、よく、わが日本には、言葉が無い、言霊《ことだま》ふ御国《さきは》なんぞ、ちやんちやらをかしいわいと、何事によらず言語貧弱国を呼号するのであるが、果して然うであらうか。早い話が、先づ、この愛の一字ぢや。何ぞそれ西洋言語の貧弱なるやで、しみぐ\情なくなつてしまふ、ばかりでなく、この愛の種々相・種々心に向つて、平等無差別式に、愛の一字を加ふるのが、そもぐ\西洋文明が今日の大破綻を来たした源由とさへ、吾輩は考へるので。

ここの本文も、直訳式に、人を愛す、神を愛す、と原文のままを出して置いたが、何だか、自分でも、不好《いや》な気がする。こゝの人を愛すといふ文字は、英語の片言を覚えた青年男女が口を尖らして、「あなた私を愛してくれますか」などと云ふ、嘔吐を催さしめるやうな気障千万な愛の意味とは、天地の相違があるのですぞ。気を附けて下さい。

本文の愛の意味を、仏教では、或は哀愍《あいみん》といひ、或は矜哀《こうあい》といひ、或は大慈大悲といひ、或は慈悲といひ、或は慈念といふ。法華経に、「衆生を慈念すること猶ほ赤子の如し」とあり。

無量寿経《むりやうじゆきやう》には。

「我れ汝等諸天人民を哀愍すること父母の子を念ふよりも甚し。」

「如来無蓋の大悲を以て、三界を矜哀す。」

とあるが、如き即ちその一例であります。

人を愛すといふはまだ可いとして、神を愛すといふに至つては実に言語道断である。吾々日本人は、親を愛すとさへ言はぬ筈ぢや。父母に事《つか》ふるといつたり、父母に孝するといつたり、父母を難有く思ふといつたり、父母を敬するとこそいへ、父母を愛するとは、苟《いやし》くも子としては、金輪際言はぬでないか。まして況《いは》んや、神を愛すなどとは、沙汰の限りである。仮に私が今、人前で、恐れ多くも、われ、天照皇大神を愛すと云つたら、どうだ、直ちに鉄拳者であらう。われ、阿弥陀仏を愛すと云つたらどうだ、心ある人々の呵喝《かかつ》を受けずには済むまい。よしや他人は、聞き逃がし見逃がしにしてくれるにせよ、われと我が浅間しい感じを起すのは、どうしたものぢや、吾々日本人の頭の中には、はつきり区劃の立つた、微妙な感情が巣食うてゐるからである。

然るに西洋に於ては、少くとも言葉の上では、とんとかゝる区別がない。神様に向つても、親に向つても、衆生に向つても、子に向つても、夫からも妻からも、兄からも弟からも、情婦からも、奴婢からも、猫も杓子も、どいつもこいつも、唯もう愛・愛・愛・ぢや。何だ、タアイもないと云ひたくなる。所が、なかなかタアイがあるので、毫釐《がうりん》の差が天地懸絶の大騒動を惹き起してゐるから恐ろしいのである。

クリストの教にある愛の一字が、どういふ意味合のものであつたかは暫らく措く。件の愛の一字で、人間の複雑な感情を一貫した結果がどうである。人間といふ奴は、甚だ勝手のものぢや。種々の愛がある中で最も分りのよいのは、人間の愛慾・恋慾・性慾であるところから、男女の愛を中心として、一切の愛を見るやうになり、知るやうになり、行ふやうになつた。勿論何処の国、何時の世からかは知らぬが、斯くなつたのか、歴史上の事実だから仕方がない。そこで、それ、新旧両宗教の争闘なるものが、政治上教権上の表面義は云はずもあれ、内面的には、クリストの奪ひ合ひやマリアのひつたくり合ひとなり、新教の女がクリストを情夫として夢見たり、旧教の男がマリアを女房にしたりして、愛と敬をこんがらせて、味噌も糞も一列平等、イヤハヤ恐れ入つた始末ぢや。そこまでは、まだ御勝手次第、余所事として見ぬふりも出来やうといふものだが、さて次に、これがいよ〳〵、宗教の教・道徳の風となる場合、どんな咄々《とつとつ》怪々事が起るとするぞ。

「汝他人を愛すること、猶ほ汝の夫の如くせよ。汝、他人の妻を愛すること、猶ほ汝の妻の如くせよ」、となつたらどうぢや。男女の愛は、父母が子を愛するのとは違ふ。この愛の反面には憎がある。恋の反面には妬がある。まかり間違へば、昨日の偕老同穴は、今日の不倶戴天の仇敵である。人々相憎み、人々相噬《か》む。これで四海兄弟も同胞もあるかい。これで博愛とは何の事だ。これで神の愛とは何の意味だ。気を附けて貰はねば、傍が迷惑する。

個人同志の間なら、まだ可い。これが国といふ個体になつたら、どうである。まるで女敵を討つやうな勢ひで、他国を浸逼《しんぴつ》したり、迫害したり、残忍な殺戮さへするに至るではないか。古往今来、愛欲から起る殺戮ほど残忍なるは他にない。これと同じ残忍性を一国一民が有するのは、西洋に限る。論より証拠。東洋には、残忍酷薄を極めた宗教戦争なるものは、未だ曾て無いではないか。

これは勿論、クリストの教の本義ではあるまい。が、言葉の不足はかやうな恐ろしい事になる、イヤなつてゐるのである。吾輩は敢て、日本の基督教徒に告げる。「私は神を愛す」といふやうな貧弱下賤な言語を用ひることを已めて戴きたい。日本人たるものゝ面汚しであるからで。

然らば、東洋殊に日本の教はどうぢや。論評があまりに岐路に入つた。之は、後章に譲つて置いて、さて次は、聖者、光炎菩薩を見て笑つて云く、「さらば汝、心を用ひて、衆生をして汝の法宝を享けしめよ。彼等は成心以て道士を迎ふればなり。彼等に布施せんがために趣く吾等をば、彼等は信ぜざればなり。26

街上を歩む吾等の跫音は、彼等のあまりに気味悪く感ずるところなり。太陽未だ出でざるに先だつこと遠く、人一人、逍遥漫歩、彼等が枕頭夜半の夢を驚かす時のそれの如く、彼等恐らく、吾等を見て、互に相顧み相問ひ、「盗児何処に行くか」と云はん。27

「気味悪く」の一語絶妙。盗の譬喩《たとへ》も面白い。衆生が惰眠を貪つてゐるとは、在来の教に安住してゐる状態を云ふ。時代の先覚者は何時も、衆生の夢を驚かす夜歩き人である。叛逆者といはれたり、罪人を以て刑せられたりするのも、その為である。まことに妥当な譬喩であります。

法然も親鸞も日蓮も、皆各その時その世に於て、気味の悪い人々であつたに相違ない。志士仁人の人々、何れも然らざるはない。

汝光炎子、人の間に往くことなかれ、而《しか》うしてこの森に遊びたまへ。人の間に趣かんよりも寧ろ禽獣の間に遊ばずや。汝は、何が故に、余の如く、熊の中に熊となり、鳥の中に鳥となるを欲せざるや。」28

聖者の見地からいへば、禽獣の方が人間よりも友とし易いのであらう。げに〳〵観来れば、人ほど恐ろしい動物はないのであるから。

光炎菩薩問うて曰く、「然らば則ち、聖者、此処に遊びて何をか為したまふ。」29

聖者答へて云く、「われは歌を作りて之を吟ずるのみ。われ歌を作らば、或は泣き、或は笑ひ、或は嘯《うそぶ》く。此の如きのみ。かくして、われは神を讃嘆す。30

或は歌ひ、或は笑ひ、或は嘯き、われは、わが神を讃嘆す。わが為すところ此の如し。さもあらばあれ、汝はわれに何物を与ふるや。」31

光炎菩薩、この語を聞きて、聖者に一揖《いつ》して曰く、「われ能く、上人に何物をか呈《てい》し得ん。われもまた、上人より、何物をも享くるなからんがために、速に茲を去らん。」――此の如くして、老翁と中年の人とは、呵々大笑して袖を別ちぬ。その笑ふや、二人の男児が相笑ふが如かりき。32

光炎菩薩再び孤独の身となりしとき、われとわが心に語つて曰く、「かの老上人は久しく人の世を遁れたるがために、神の死せるを毛頭聞かざるならんが、か丶ることの有り得べきことか、不可思議なるかな。」33

道同じからざれば、相論じ相議するも何の甲斐かあるべき。君子の相別る丶や、まことに淡々水の如し、綺麗さつぱりしたものではある。与へるも受くるもない筈ぢや。著者自身も、真の信仰人とは睦まじく交はることが出来た。著者の敵とせるところは、伝習的宗教や教会に阿附盲従して、何等の信仰味も徹底味もない薄つぺらな見え信者達であつたのであります。

菩薩と聖者とが、中年と老年とに、はつきり書き分てあるのも面白い。呵々大笑して、各好むところに随はんと云つたやうに相別れるのも面白い。

老聖者が、独り山林に住して、歌を詠じてわれの神を讃嘆するのは貴い。かくても世は住めるものか。

上田秋成の雨月物語に、破戒無慚の一悪僧が快庵禅師《くわいあんぜんじ》の教化を蒙り、一ケ年の間、破れ寺の庭に坐して、禅師から賜つた証道の歌、「明月照松風吹《めいげつてらししようふうふく》、永夜清宵《えいやせいせう》何所為《なんのしよゐぞ》」を唱へ続けて遂に成仏せることが書いてあるが、かくても、世は住めるものか。

白隠禅師の師であつたと伝へられてゐる、白幽子《はくいうし》の事を、近世畸人伝の著者は、

「洛東白川の山中に巌居せる人あり、白幽子と名づく、寿は二百歳に過ぎたらんやも知るべからず云々と、或人のいふを聞きて、白隠、山深く入ること二里ばかり、樵夫に路を尋ね、雲を分け岩を伝ひ、辛くして至りつゝ見れば、洞口に蘆の簾を掛けたり。透間よりうかゞへば、目を閉ぢ端坐す。蒼髪は垂れて膝に至り、朱顔うるはしくして棗の如し。机上に中庸・老子・金剛経を置くのみして、飲食の器・夜の衾も見えず。高風清致人間にあらず」と書し、その人の実有は論なしと、結んでゐる。昔は、かゝる人もありけらし。高趣高風仰ぐべし、貴ぶべし。神の死せるを知らずと云つて、老翁を気の毒がり不思議がる菩薩の心、これは何と解かうぞ。

西洋《あちら》の評家達にも、この一句を以て、著者を傲大妄想狂だと罵つた人もある位、世を驚かした言葉である。本品《ほんぽん》第二編に出る、「若し神々なるもの在《ましま》さば、人誰か神とならずに居られやうぞ、だから神は無い」、といふ無神論めいた一節と与に、大いにクリスト教徒の怒りを招くところである。

神は死んだ――恐ろしい言葉である。不可解の言葉である。本来、生死なき神が、死ぬるとは何事だ、と先づ一応は、文字の上から、非難を加へずには居られないのである、が、さて、眼光紙背に徹して甚深の意義を汲めば、菩薩が心眼の、高大無辺なるところが伺はれる。総じて、宗教の事たる、人間の不完全な言葉では、言ひ現はされないことばかりである。だから、仏教で、拈華微笑《ねんげみせう》といひ、不《ふ》立文字《りうもんじ》といひ、維摩《ゆゐま》の一黙《いちもく》といふが如き、何れも、言語道断・言詮不及の境地をば、これまたやはり、不完全な人間の言葉で、諷示したに外ならない。

人を嫌うて山に逃れた聖者は、人を愛せずして神を愛すと云ふ。神とは何ぞ、人とは何ぞや。神と人とを峻別して、十万億土も啻《たゞ》ならざるばかり、客観的に、相対的に、我他彼此《がたびし》を建立せるところが、聖者の小乗的見地である。我も人も神の子にあらずや、国土山川皆神の子にあらずや、禽獣虫魚また神の子にあらずや。一信到底するとき、魚鳥もとよりわが友なり、草木もとよりわが兄弟なり、何をか厭ひ、何をか憎まん、蘇東坡の讃仏偈に、「仏以㆓大円覚㆒、充満㆓河沙界㆒、我以㆓顛倒想㆒、出没㆓生死中㆒」とある、一念弥陀仏、顛倒の想ひを脱し得れば、我則ち仏と同じぢや。至道無難・唯嫌㆓揀択㆒と云ふのも同じ道理を説いたものである。然るに今、かの老聖者、是非をのがれて是非にまじけるの妙諦を知らず、有無をはなれて有無にまじはるの大乗地に達せず、取捨憎愛に囚はれて、あくまで迷悟《めいご》・凡聖《ぼんしやう》。是非得失《ぜひとくしつ》の両辺に滞ほりて、自由無碍の一行三昧に達することが出来ない。何としたことぞや。なまなかに、クリスト世に出でず、神といふものを説くことなかつせば、かゝる迷も生ぜざらんものを、あたら自作自造の神に囚はれて、無縄自縛の牢獄裡に呻吟することのあはれさよ。聖者の所謂己れの神は、疾くの昔に死んでるぞ――これが菩薩の心である。
畢竟この老聖者は大死底の人である。大死底の人却って活するの機を知らぬ人である。果然、彼の神は死んでるではないか。然るに、大死一番、大活現成《たいくわつげんじやう》して、神人一如の虚空蔵より躍り出で、退歩却来《たいほきやくらい》、下化衆生《げけしゆじやう》の大獅子吼を為すべく、一たび厭うた穢土に還相廻向《げんさうゑかう》するのが光炎菩薩であります。

三

光炎菩薩、森また森を経て、始めて街上に立ち、偶ま、綱渡を見んとて集へる大衆に逢ひたまふ。乃ち大衆に説いて曰く 34
「われ、汝等に超人（仏）を説かん。人は今の人に克つて、更に向上進化すべきものなり。汝等は人間の向上進化のために、何を為したりや。35
天地万物は、皆己れの上に或るものを作りて進みたるなり。汝等は大いなる潮の干潮となりて、人の進化を企てんよりも、寧ろ禽獣に退化せんと欲するか。36
人よりいへば、かの猿は何の状ぞ。笑ふべく、悲しむべく、恥づべきものにあらずや。超人の人に於ける、また此の如し。笑ふべく、悲しむべく、恥づべきは今の人なり。37
汝等は、虫より人となるべき道を辿りて進めり。されば、汝等の身心の多くは、今猶ほ虫にあらずや。汝等は嘗て猿たりき。されば、今も猶ほ人は、かの猿の類よりも猿たるに近し。38
汝等のうちの最も賢きものも、唯草木と妖怪との醜き雑種たるに過ぎず。さればとて、われ焉《いづく》んぞ、汝等をして、かの草木たり・妖怪たらしむるを好まんや。39

いよ〱光炎菩薩の辻説法であります。日蓮上人の鎌倉に於ける辻説法を想ひうかぶべしぢや。日蓮は、例の有名な四箇格言を以て、折伏の火蓋を切ったのであるが、今や光炎菩薩、超人と此土の意義とを振りかざして、現前の迷妄をうち破らんとするのであります。

超人――従来に、あまり見慣ない文字であるため、多くの人が、眼を睜って驚くのであるが、別に驚くには当らない。何の不思議もないことであります。菩薩の法は、あくまで心の問題を教へるのであります。無明の偸心《とうしん》に眼覚めて、顛倒《てんだう》想《さう》を解脱することを教へるのであります。道は近きにあり、之を遠きに求む。外慕外向の焦慮を已めて、自家の脚下に眼を着けて見よ。意馬心猿の狂ひ廻る穢い有様を照見したら、虫けらにも劣り、猿にも恥づべきのが、吾々の日常の生活振りではないか。超人とは、かやうな浅間しい人間、自己心頭上に隠顕する浅間しい人間を超越するの意味に外ならぬ。

西洋では、超人といふ言葉は、ゲエテのファウスト第一巻に出たのがそも〳〵の始めであるさうであるから、よほど新しい言葉である、それだけに耳慣ない変な語に響くのであるが、わが仏教では、遠くの昔からこの超の字が、経文等に盛んに使はれてゐるので、この方から合点すると、何の苦もなく、その意味合が分るのであります。

大無量寿経《だいむりやうじゆきやう》には、「阿弥陀仏の超世無上の本願」と説かれ、親鸞聖人の正信偈《しやうしんげ》には「稀有の大弘誓《だいぐぜい》を超発し」とあり、或は「一超直入如来地《いつてうぢきにふによらいち》」と云ふ禅語もある。

ところで、超人の下に括弧をなして、(仏)の一語を挿んだのは訳者の附言であるが、多くの読者は、恐らく読下一番驚心駭魄《きやうしんがいはく》せらるることゝ察する。が、訳者の信念の中には、これが毛頭牽強附会の無理こじつけに非ずして、実に妙不可思議の一致融合である、と考へらるるのみならず、斯くならずんば、「如是経」の一書は、少くとも訳者の私だけには、宇宙間無用の囈語《たはごと》たるに過ぎないとまで思はれるのであります。

そも〳〵、原著者は、この「如是経」の一書を以て、既に前にも解説した通り、一切衆生必可読の書と銘打つて世に出した以上、万人が、此の所説の法を聞いて、万人悉く、超人となるべき恩沢を蒙らねば、何の所詮もないことである。而して、その著者は、神あつても神となれぬ教に愛想をつかして神を無みした無神論者である以上、超人あつて超人となれぬ教を説かう筈が無い。然らば則ち、超人とは何であるか。

超人とは、仏語を借りて云へば、一超直入無上道の謂《いひ》である。親鸞の正信偈に所謂、能発㆓一念喜愛心㆒・不㆑断㆓煩悩㆒、得㆓涅槃㆒、の謂でなければならぬ。人生の迷妄から解脱した無碍人の謂であらねばならぬ。世の迷を超出した解脱人の謂であらねばならぬ。親鸞聖人の教行信証には、竪超横超《しゆてうわうてう》の文字を以て、自力門他力門を区別し、聖道自力教のうち華厳天台等の実大乗教を竪超と名づけ、願成就一実円満の真教真宗の他力教を横超と名づけ、品位階次を経て修行得道するのを竪の一字で現はし、一念須臾《ねんしゆゆ》の頃《あひだ》に、金剛の信心を獲得する者の、横さまに五悪趣を超截《てうせつ》し、すみやかに生死の大海を越えて無上道に至る所謂即得往生住不退転の不可思議解脱を横の一字で説かれてあるが、竪でも横でも、一切衆生が生死の大海を超ゆるが一大事である。即ち一切衆生成仏が一大事である。超人とは畢竟仏に成れる人の謂である。超人といふ新しい言葉に眩惑してはならぬ。

己れに克つとは、必ずしも世間通途の言ふ如く、自己一切の煩悩にうち克つの意味ではない。心の欲するところに従うて、矩を踰えずと云つたやうな境涯は、古の聖人でも、齢七十にして始めて成し得る至難事である。凡夫の吾等がなか〳〵一足飛びに学び得らるべき道ではない。自己の煩悩を断滅せねば仏となれぬのなら、仏法といふものも超人といふものも、共に均しく、一向に難有くない教である。煩悩を断じ尽すといふも、勿論行為の上にのみの沙汰ではなく、吾々が心の上に日夜刻々露現する千種万種の穢い醜い映像についての沙汰である。これを断滅し尽すなど〻いふことは、人間にしては或は、有り得べからざる事かも知れぬ。少くとも、私一身に鑑みて言へば、未来永劫出来さうには思はれぬ。又、釈迦ともあらう方が、何でさやうな残酷な教法を人類に垂れたまはうぞ。況んや光炎菩薩にして見れば、五濁悪世《ぢよくあくせ》の今日、煩悩熾盛《しじやう》此上もない現代に向つて、救世の大願を立てやうとの説法である。煩悩を滅尽せよなど〻説かう筈がない。然らば、己に克つとは如何なる意味であらうか、語簡にして意深しである。少しく、訳者の体験を説いて見よう。

　己に克つとは、自己省察の結果、己れの煩悩に眼覚めることである。己れの愚痴を自覚することである。自分の浅間しさにあきれはてることである。三界唯吾一人のみありて、しかもその一人を何うすることも出来なくなつた。切破つまつたことである。言ひ換れば、内見内照徹底的に自己を知ることである。自覚することである。決して、他人や古人と、比較対照しての優劣論などでは勿論ない。そんな生温い余裕などの毛頭無い、生くるか死ぬるかの刹那である。自殺もしかねまじき程に自分に対する愛想づかしの一瞬間のことである。諸君想へ、自己を知らずして、己れに克つといふは、無意義ではないか。己れを善しとして、己に克つといふことは、無用の沙汰ではないか。己れを賢として、己れに克つといふも、有り得べからざることではないか。之を古人の言葉を仮りて言へば、善導大師の所謂、「自身は現に罪悪生死の凡夫、曠劫《くわうごふ》よりこのかた、常に没し常に流転して、出離の縁あることなし。」と深く信知することである。

かくの如く信知自覚するが、即ち宗教心の露現といふべきもので、この一刹那、即ち克己復礼の往生を遂ぐるのである。自力門でも他力門でも、先づ第一に自己省察をやかましく言ふのは当然といはねばならぬ。己の闇愚を徹見して、この土を穢土と観ずるが、いかばかり、道に進む者に大切であるかを説くのが、次説の眼目である。

見よ、この土は穢土ではないか。地に住む人間の有様を観よ。猿の如く、虫の如し。否々、猿以上の猿根性を有し、虫以上の虫根性を有するにあらずや。仏眼から見られたなら、人間の賢者といふものも、英雄といふものも、憫然《びんぜん》至極のものであらう。今、光炎菩薩、世の賢者は植物と妖姪の雑種だと説く。一語、世の賢者ぶるもの、肝胆を寒からしむる大叱咤である。

マーテルリンクは、その名著「花の智慧」に於いて、植物の智慧の人間以上なるを実見して、人間も植物だけの智慧があつたなら、も少し気の利いた生活をするのであらうに、と歎声を放つてゐるが、真に人間ほど、あきれ返つた動物は無いのかも知れない。

聞け、われ汝等に超人（仏）を説かん。40

超人（仏）は地の意義なり。汝等希《こひねがは》くば、超人（仏）は地の意義なることを欲するところあれ。41

わが同胞よ、われ切に汝等に冀《こひねが》ふ、汝等この地に忠なれ、而して天のもろ〳〵の希望を談ずる者を信ずることなかれ。彼等は毒害者なり、彼等自から之を識るや否や、そはわが問ふところにあらず。42

彼等は生を侮る人なり、死にゆく人なり、彼等自ら毒を飲ませられし人なり。地は彼等に倦みぬ。かるが故に彼等、あの世に去り往くが可《よ》きなり。43

むかしは、神に背くを以て最大の背徳となしぬ。然れども、その神は死せり。

神と共にかゝる背徳者もまた死せり。今や、地に背くが最も恐るべきなり、地の意義よりも高く、不可知物（神）の腸《はらわた》を重んずるが最も恐るべきなり。 44

まことに超人は地の意義である。諸君、以上の言を他人事にして、西人の一人生観など、思つては、何の所詮も無いことである。人々各自分の脚下を見るがよい。吾等、会ひ難き人界に生を享けたのは、何の為ぞ、生を享けて今、何を為しつゝあるぞ。死しての後は如何。誰しも茫々然として、帰趣に迷はざるを得ないではないか。

苟《いやし》くも、宗教と名のつく程のものならば、それがいかなる教義の上に立つにもせよ、一切衆生をして転迷開悟せしめ、この紛々擾々たる世界の大渦巻の中に於いて、大船に乗つたやうな気持で、遊戯三昧に、呵々大笑して、日々是好日式に、業海を乗つ切らせる底のものでなくてはならぬ筈であるが、さてどうしたものか、むかしから厭世教とやら云ふものがあつて、この地を呪詛《のろ》ふやうな教が、随分出て来たものだ。

かゝる厭世的・遁世的・自殺的宗教に、徹底的に止めを刺すべく、現はれ出たのが、光炎菩薩の超人教であります。

超人は即ち仏である。仏の出世が一大事因縁である如く、仏の教を信じて、吾等が信念の上に、仏心の顕現を体得するのが即ち地の意義である。

地に忠なれの大獅子吼は、吾等が大悟の後、信仰穫得の後には、当然遵奉せねばならぬ無上命令——と云はんよりも寧ろ、影の形に添ふ如き不即不離の因縁果であつて、わが仏教の上では、何等珍らしい教ではないのであるが、基督教国では、これが破天荒の毒語の如くに響いたのであるから可笑しいのである。

神は死せりの一句は、既に前にも出てゐる。総じて宗教上の問題なるものは、信念信仰上の問題であつて、断じて弁証や分析や批判の問題ではない。神は死せりといふのは、キリスト教の神を光炎菩薩が信じなかつたからのことで、信ぜざるがゆゑに神死し、信ずるがゆゑに超人（仏）生る、此の如きのみである。

不可知物の腸——本品《ほんぽん》に、実在の腹といふ言葉あり。人の腹を探ると同じ意味合で、多少の可笑味がある。

ゲーテ先生の宗教観は、こゝの説法と相似て、頗《すこぶ》る興趣の深いものであるから、先生が門弟子エケルマンに談じた一節を訳して見よう。

「余は来世を信ずるの幸福を得たいと思ふ、のみならず、来世の生を望まざる人々は、この世の生に於ても既に死せる人々だと言ひたい。併しながら、かゝる不可解の事どもは、日常の観察や思索の題目となるべく、あまりに縁遠きかけはなれたものである。世に愚な婦人達があつて、不死不滅を信じ得たるを誇り顔に、此の点に就いて、先生は如何の御考へですかなど、、馬鹿らしくも、余を試験に来たものさ。余はその時、「この一生畢《をは》つてから後、来世の生活が吾々を幸福にしてくれるなら、難有いことですな、しかし余は、この世で来世の祝福を信じてゐた人々には、あの世では会ひたくありませんね。何故つてあなた、若し一緒に御会ひでもしやうものなら、それこそ大変なことになりませう、信者であつた人々は寄つてたかつて余の所へ来て、それ御覧遊ばせな私共が兼々申し上げてゐたことは本当でございましたでせう、当りましたでせう、なんど、仰しやるに極つてる。それでは、天国へ参つて、又もや、倦怠尽しで欠伸の仕通しですから」と言つたら、婦人達に憤られて了つたよ。

一体、不死不滅の考へなどに一生懸命になるのは、貴族の人々や何の用もなくのらりくらりして徒然に暮らしてゐる婦女子に限るね。此の世で既に相当な人間であり、またそれであるから、努力せねばならず、奮闘せねばならず、活動せねばならない有為な人間は、あの世の事には大安住して、この世に於いて勤勉精進して有益な事業をする。

「人間が七十五歳にもなると、時折は死の事を考へることはある。私は、吾々の心は全く滅すべからざる性質のものであると確信して疑はないから、死に就いては、余は全く安心立命してゐる。吾々の心は久遠劫から久遠劫に渉つて活き続くものである。例へば、日輪の如きものか、人間の肉眼には、唯沈み行くやうに見えるが、実は沈み行くのではなくして絶えず照耀してゐるのである。」

面白い言葉であります。

嘗ては、霊、肉を賤しみぬ。故に当時にありては、この軽侮を以て最も高きものと思へり。肉をして痩せしめ、肉をして凄からしめ、肉をして飢えしむるは、霊の欲せるところなりき。かくの如くして、霊は肉と地とを遁れむと思へり。45

嗚呼、その霊こそは、自ら痩せ、自ら凄く、自ら飢えたるにあらずや。残忍はかゝる霊の快楽とするところなりき。46

然れどもわが同胞よ。汝等の肉は汝等の霊について何をか告ぐるや。汝等の霊は貧しく、穢く、楽しんで儚きものなり。47

難解の文字は無い。吾等の身体にして物言ひ得べくんば、洵《まこと》に、この四七節の如く、吾等の心を罵しつて、貧しく穢いもので、楽しむも束の間の、憫むべき儚いものだ、と歎くこと、必然である。

釈迦牟尼仏も、その成道前に、多年の難行苦行の、真の修道の法にあらざるを大悟せられたのであつた。親鸞聖人が修行時代を、存覚上人《そんかくしやうにん》は、その歎徳文に於いて、「定水《ぢやうすゐ》を凝らすと雖も識浪《しきらう》頻りに動き、心月を観ずと雖も妄雲猶ほ覆ふ。而るに一息追《つ》がざれば千載に長く往く。何ぞ浮生の交衆を貪つて、徒らに仮名の修学に疲れん、須らく勢利を抛つて、直ちに出離を悕《ねが》ふべし」と書かれてあるが、まことに聖人の心境を描き来つて絶妙といふべしである。

更に進んで、聖人の肉食妻帯が、いかなる信念の上から出たものであるかを想ふとき、こゝに書かれてある菩薩の言と相対比して、聖人の人間性の自覚が、いかばかり深刻であつたかゞ窺はれると思ふ。

いくら身を苦しめても霊が向上せぬとなるとき、律法主義の修行が無意味にある。釈尊然り、親鸞聖人また然りでありました。

まことに人は穢き河なり。吾等は海とならざるべからず。穢き河流を享けて、もろ〳〵の汚穢《をゑ》を浄化するは、海なればなり。48

聞け、われ汝等に超人（仏）を説かん。超人（仏）こそは実にかゝる海なれ。超人（仏）の海に帰入し見よ。汝等が大いなる自侮の念は、直ちにその底に沈み往かん。

49

この河と海の譬は、仏典には無数に出てゐる。或は河を凡夫となし、海を仏となし、或は河を煩悩となし海を菩提となし、或は河を生死に譬へ海を涅槃に譬ふ。その意全く以上二節と符節を合するが如しであるが、その数ある中にも、親鸞聖人の和讃が、最も簡明直截であるから、その二三首を拝借して見ませう。

本願力にあひぬれば　むなしくすぐる人ぞなき
功徳の宝海みち〱て　煩悩の濁水へだてなし

名号不思議の海水は　逆謗の屍骸もとゞまらず
衆悪の万川帰しぬれば　功徳のうしほに一味なり

尽《じん》十《じつ》方《ぽう》無《む》碍《げ》光《くわう》の　大悲大願の海水に
煩悩の衆流帰しぬれば　智慧のうしほに一味なり

弥陀の智願海水に　他力の信心いりぬれば
真実報土のならひにて　煩悩菩提一味なり

弥陀智願の広海に　凡夫善悪の心水も
帰入しぬればすなはちに　大悲心とぞ転ずなる

読誦幾遍、甚深美妙の教を仰ぐべしである。

凡夫の自悔の念が沈み往くとは、仏語に所謂往生の義で、仏凡一体となる妙諦を説いたものに外ならぬ。

汝等が体験し能ふもの、最大なるものは何ぞや。大いなる自悔の念の起る時、即ち是なり。汝等の幸福が厭ふべきものとなり、汝等の理性が厭ふべきものとなり、汝等の道徳はた厭ふべきものとなれる時。50

その時よ、汝等は斯く云はん。わが幸福何するものぞ。そは貧しく、穢く、楽しんで儚きものなり。然れども、この幸福だに微《なか》つせば、わが生畢竟何の謂《いひ》ぞ。51

その時よ、汝等は斯く云はん。わが理性何するものぞ。わが理性は、かの獅子の食を求むる如く、智識に渇することありや。あらずあらず、そは貧しく、穢く、楽しんで儚きものなり。52

その時よ、汝等は斯く云はん。わが道徳何するものぞ。われは未だ曾て、わが道徳の為に熱狂せることなし。嗚呼われは、如何にわが善と悪とに倦みけるよ。一切のそれは、貧しく、穢く、楽しんで儚きものなり。53

その時よ、汝等は斯く云はん。わが正義何するものぞ。われは、或は火となり或は炭となれるを覚えず。然れども、かの所謂正しき人は、火にして且つ炭なり。54

この一節は文意の解釈を要する。原著者の全集第二巻の六三七節に「人々の諸の説（意見）は、煩悩から生じ出るものであるが、智慧の怠惰は此等の諸説を化石の如く固定せしめて確説（原則）とならしめる。――然るに絶えず活動して已まざる自由の智慧を己に感得せる人は、不断の変化進転を以て、かゝる化石的固定を防ぎ得るし、更に進んで彼若し、渾身思想の雪達磨である場合は、総じて説など、云ふものを建立せずして、唯確実性・若しくは十二分に測度せられた蓋然性を、彼の頭脳中に有するであらう。併しながら、左様な生一本でなく雑り気の多いために、或る時は煩悩の火で燃え切つて了ひ、或る時は、智慧の氷で冷え切つて了ふやうな吾々人間なるものは、吾々の上に認むる唯一の女神として、正義の前に跪きたいと思ふ（正義の為に熱烈火の如く正義の為に冷静水の如くなりたいと思つて）。さて正義の女神に向つて見ると、吾々の煩悩の火は何時も不正であり不純である。それでは正義の女神の御手に触れることは勿体ないし、女神のうれしげな気高い微笑は吾々の上には下つて来ない。そこで吾々は、御神体は永遠に見られない埃及《エヂプト》の女神イージスの如くに、吾々が生活の神として、正義の神を礼拝する。煩悩の火が吾々を焼き尽さんとする時、恥しさうに、或は懺悔として或は供物として、吾々は唯、吾々の苦痛を神に捧げる外はない。かゝる時、吾々が全く煩悩の為に燃え切つて炭とならないやうに、吾々を救ひ出してくれるものは、吾々の智慧である。智慧は即ち、正義の女神の供物壇から、此処や彼処へ吾々を連れ出して、石綿《アスベスト》で出来た着物の中に吾々を包んでくれる。火中から救ひ出された吾々は、そこで智慧のまに〳〵追ひまくられて、説から説へと、党論の変化の為に、変説改論御勝手次第で、総じて裏切られ得るほど一切物の重宝な裏切人として横行濶歩するのである、――しかも悪事を為したといふ感じなどは、毛頭皆無で。」

　これで本文の意味は明瞭になつたことゝ思ふ。即ち、真の正しい人は、燃えるも冷えるも正義の為である。一つにして云へば正義の焔で燃え切つて炭となるのが、天下の志士仁人義人であらう。然るに、凡夫の吾等は、燃ゆるは煩悩の為め、冷えて唱ふる説は、さもしい心の小さい智慧が、得手勝手に作りこしらへた手前味噌である。

冷熱だけはあつても、冷熱を起す原動力は義人とは天地の差である。火にもなれず炭にもなれないとあつては、己れ自ら己れを侮らずにはゐられないではないか。

その時よ、汝等は斯く云はん。「わが慈悲何するものぞ。慈悲は、人類を愛する人の、磔刑《たくけい》に処せらるる十字架にあらずや。然れども、わが慈悲は磔刑にあらず。」 55

クリストは愛の福音を説いたが為に、磔刑《はりつけ》に処せられた。極刑に処せられても愛の教を説くことは已めなかつたところに、彼の人類に対する無限の慈悲・徹底的の愛を見ることが出来るが、吾々の口に唱へ行ひに現はれる同情や慈悲が、果して此の如き徹底至極のものであらうか。名聞名利の穢い慈悲ではないか。無上道を説くための不惜身命《ふじやくしんみやう》的大慈悲心が、吾々に有るか何うか。無い、無い。わが慈悲は不惜身命ではない、即ち磔刑にあらずぢや。浅間しいではないか、自侮の念の起る所以であります。

汝等は既に斯く語れることありや。汝等は既に斯く叫べることありや。嗚呼《あ》、われは、汝等の既に斯く叫ぶを聞き得たらむことをこそ願へ。 56

真に同歎至極である。大自侮を起す人は稀有なのであるから、歎かざるを得ない訳である。人々悉く皆斯く叫ぶに至るまで、大慈悲の大音声を常に放ちつゝ居たまふが、阿弥陀仏であると信ずる。

汝等の罪ならで、汝等の満足、天に呼はる。汝等の罪に於いてすら吝嗇《りんしょく》なる汝、天に呼はる。 57

真に自己の罪悪に眼が覚めた人にのみ仏智慧は顕現するのである、現状に満足して、一切の事に不徹底のまゝで安住してゐる人は、永遠に道に入ることは出来ぬ。大疑の後に大信ありぢや。自覚自見の苦悶裡に始めて仏は顕はれたまふのである。「罪に於いてすら吝嗇である」の一句は、誠に一大警句であつて、文字通りに解釈すれば、大罪悪を犯し得ない者の意味である。が、決して世間法式に解してはならぬ。実に宗教的大警策である。「悪に於いて吝嗇であり、善に於いてすら吝嗇である」と、或一人を評した場合、其一人は、悪にも強くないが、善にさへ強くないと言ふ意味で、大した悪人ではないから善人かと思ふと、善事にかけてさへも大した人物ではないと云つたやうな評し方で、すらの副詞は、一向無理がなく、分り易く、吾等の頭に入るのであるが、今は菩薩「罪に於てすら」と云ふ、そのすらは「善に於いて吝嗇であり、罪に於てすら吝嗇である」のすらである。世間一般の言ひ方とは丁度あべこべの言ひ方である。しかも、このすら・即ち原語の Selbst《ゼルプスト》 の一字は容易ならざる文字であることを味はねばならぬ。罪に於いてすら吝嗇な者が、天に叫び、神に縋るのは何事だと叱咤してあるのである。罪悪に於いて犯ししぶる者は、世間法で云へば、嘉《よみ》すべきことではないか、それを不可《いけな》いと言ふのであるから、難しいのであります。それを一気に読み下して、危険思想の如く思ふものは、菩薩の大慈悲心を戴くことは出来ません。

弥陀教に於いて、悪人正機と云はれてあるのは、こゝの文と同一味である。

以上は一応字義の解釈を試みたのであるが、以下少しく、原文の宗教味を説いて見よう。

河海の譬の一節と超人の海に帰入し見よ云々の一節（四八・四九）とを、自侮の個条を列挙した各節の後にあるものと見ると、文意が能く通ずるやうに思ふ。尤も是は、人によつて見方が違ひ、経験が違ふやうであるから一概には言ひ難い。前にも一寸申して置いた通り、浄土を欣求《ごんく》するのが先で、穢土穢身を厭離するのが後である人もあり、その反対で、厭穢が先で、欣浄《ごんじやう》が後になる人もある。所謂大自悔は、幸福もつまらない、理性もつまらない、道徳もつまらない、正義もつまらない、慈悲もつまらない、何も歟《か》も下らない、たよりない、貧しく、穢く、楽しみ甲斐もない儚いものとなつてしまつた時の自覚を自評せる一念発起の意味であつて、仏教の語で言へば、我は是れ罪悪生死の凡夫也と徹見することである。この大自悔大自卑の念が起らない限り、金輪際道に入れないと云ふのが菩薩の真意で、誠に難有い言葉であります。

　然るに、その自悔の念が、超人（仏）の海に帰入する一刹那、その海底に沈み往く、といふのが、極めて難有いので、信仰の妙諦であり、宗教の極致であります。

　若し、吾々が自悔の念・自卑の思ひを発起したまゝであつたなら、吾々は永遠に下らない人間のまゝで、苦しみ通しに苦しまねばならぬ、即ち地獄行きの罪人で一生を終らねばならぬ、世の中で何が苦しいと云つたつて、此位苦しいことは他にまたと有り得べきでない。例へば、水に溺れ往くものが、終に救ひの手が来ないで、段々に沈み往く苦しさにも似通へる境涯であらう。溺れる者は藁をも攫む、況んやそれが、大慈大悲の救ひの御手であつたらどうぢや。それを攫まずに居られやうか。

　阿弥陀仏の一切衆生を救はずには置かぬの本願、その本願の至心が、吾等煩悩熾盛《しじやう》の凡夫・自悔自卑の罪人に徹した一刹那、吾等は即得往生住不退転の位に住

す、といふ心を和讃に

超世の悲願ききしより・われらは生死の凡夫かは
有漏《うろ》の穢身はかはらねど・心は浄土にすみあそふ

と親鸞聖人は讃嘆せられてあるが、超人の海に帰入する意味合は、畢竟、これに外ならぬと信ずるのであります。煩悩のまゝで仏果を得る、これ程貴いことがあらうか。凡夫の心に仏心現はる。これ程難有いことがあらうか。大自侮のまゝで大自尊となる味はひ、天上天下唯我独卑が天上天下唯我独尊となる味はひ、到底理屈や議論で解すべくも知るべくもない甚深微妙の法味を説いて光炎菩薩は、自侮の念が仏海中に沈み往く、と云はれたのであると信ずるのであります。

　大自侮あつて、始めて、此の如き大自尊の境が開けるのであるから、大自侮の一念発起の時が、人間の閲歴体験し得るかぎりの中の最大事である意味は、自から諸君に解せられるであらう。洵《まこと》に一大事である。この一大事に遭遇せずして、空しく一生を終る人々が如何に多数であるかを思ふ時、限りなく悲哀の念に打たれます。

　碧巌集の第七則の頌《じゅ》に、

三級《さんきふ》波《なみ》高《たかうして》魚《うを》化《りようと》レ龍《くわす》　痴《ち》人《じん》猶《なほ》戽《くむ》夜《や》塘《とう》水《みづ》

とある。三級は三段の瀧のことださうですが、魚が龍と化すといふ一句が、此上なく面白いですな。人が超人となる味はひが即ちそれであらうと思ふ。いつ迄も自覚しない人間が即ち痴人なのであらう。

真の孝子は、自らは孝たることを知らず、真の忠臣は、自らは忠たる所以を知らない。自分は善人とあると思ふ人に善人はなく、修養が出来たと云ふ人の修養は、それで行き止まりで、もはや進展の余地はない。彼是を思ふとき、大自侮の時を最大事の時と絶叫せる一語の難有さを、しみ〴〵感得せざるを得ない。私なども、過去四十八年、之を心得々なかつた赤凡夫でありました、お恥しい次第であります。

猶ほ、これに因める仏典を引用して見ますと、

仏言く、天下の愚人、但人の悪を見て自らの悪を知らず、但自らの善を見て人の善を見ず、己れを智と称する者は皆智に非ざるなり、自ら明に処る者は其迷甚だし。〔法律三昧経〕

若し多少聞くことありとて、自ら大なりとして以て人に憍《おご》らば、是れ盲の燭を執るが如し、彼を照せども自ら明かならず。〔法句経〕

自己の愚を知る愚人は当に善慧を得べし。自ら智ありと称する愚人は愚人中の

愚人なり。〔出曜経〕

猶ほ歎異鈔の難解の一節を引用して、こゝの意味を明かにしたい。

『善人なほもて往生を遂ぐ、いはんや悪人をや。

しかるを世の人常にいはく「悪人なほ往生す、いかにいはんや善人をや」と。

この条、一旦その謂あるに似たれども、本願他力の意趣に背けり。

その故は、自力作善の人は、偏に他力をたのむ心欠けたるあひだ、弥陀の本願にあらず、しかれども、自力の心を飜して、他力をたのみたてまつれば、真実報土の往生を遂ぐるなり。

煩悩具足のわれらは、何れの行にても、生死を離るゝことあるべからざるを憐みたまひて願を作《おこ》したまふ本意、悪人成仏のためなれば、他力をたのみたてまつる悪人最も往生の正因なり、よて「善人だにこそ往生され、まして悪人は、」と仰せ候ひき、と云々。』

この難有い教が分れば、菩薩の言も分る筈である。

同じく親鸞聖人の、教行信証に引用されてある浄土論註に、

「彼の安楽浄土に生れんと願ふ者は无上菩提心を発するを要す。若し人、无上《むじやう》菩提心を発せずして、但彼の国土の受楽間無きを聞きて、楽の為の故に生れんと願はゞ、亦当に往生を得ざるべきなり、」とある。

この楽の為の故に往生を願ふ徒が、即ち罪が天に呼ばらずして、満足が天に呼ばゝるの意である。无上菩提心とは大信心である。大信心は自己の罪悪に眼覚むる者にのみ起り来る仏の廻向である。

蓮如聖人御一代記聞書の第百二十三条にも、「極楽はたのしむと聞いて参らんと願ひ望む人は仏にならず」とある。同じ意味であります。

さもあれ、彼の舌を以て汝等を嘗むる電光は何処にありや。汝等に種痘を植うべき狂乱は何処にありや。58

見よ、われ汝等に超人（仏）を教へん。超人（仏）はこの電光なり、超人（仏）はこの狂乱なり。――59

仏の大光明が、吾等を摂取したまふ趣は、電光一閃、吾等を一嘗《なめ》に嘗てしまふが如しであらう。仏の大慈悲が一切衆生を哀憐したまふやるせない親心は、種痘を嫌つて逃げ廻る子供を、狂乱の如く追ひ廻る母親の如きものであらう、「種痘を植うる」の一句絶妙である。一度植疱瘡すれば、またと天然痘に罹らぬ如く、一度仏種子を植つけられた凡夫は長《とこ》へに流転輪廻の迷を断ち切られて了ふのである。こゝの難有い趣を、経文には「火中蓮華を生ず、」とも譬へられ、「無辺の聖徳、識心に攬入し永く仏種と為る、」とも云はれ、或は「衆生の貪瞋《どんちん》煩悩の中に能く清浄の願往生の心を生ぜしむ、」とも説かれてある。「狂乱」の二字は、一見甚だ変な文字であるが、字義まさに以上の私見の通りであると思ふ。涅槃経の偈頌《げじゅ》に曰く。

如《によ》来《らい》為《ために》二一《いち》切《さいの》一常《つねになり玉へり》作二慈《じ》父《ふ》母《ぼと》一
当《まさに》レ知《しるべし》諸《もろ〳〵の》衆《しゅ》生《じやう》皆《みな》是《これ》如《によ》来《らいの》子《こなり》
世《せ》尊《そんの》大《だい》慈《じ》悲《ひ》為《ために》レ衆《しゅの》修《しゆし玉ふ》二苦《く》行《げふを》一
如《ごとし》下人《ひとの》著《くるはされて》二鬼《き》魅《みに》一狂乱多《おほきが》中所《しょ》為《ゐ》上

如来が衆生の為に難行苦行を修したまふ大慈悲心は、恰《あたか》も吾々人間が魔物に取り憑かれて、狂乱の所為《しわざ》をするやうなものである、との仏意であらう。菩薩の狂乱の二字、これで明瞭である。

光炎菩薩、斯く語りたまひしとき、大衆の一人叫《さけ》んで云く、「吾等はこれ以上綱《つなわ》渡《たり》人についで聞くことを欲せず。吾等今、彼を見ることを得ん」。人皆は、光炎菩薩を見て大いに笑ふ。しかるを綱渡人は、かの語を聞き誤りて、己れの事と做し、その曲芸を始む。

60

所謂大声俚耳に入らずである。光炎菩薩の説法が、軽業芸人の口上言と聞き間違へられるに至つては、実に言語道断であります。一人の解するものなし。――これがそも〳〵道を説き法を談ずるもの、古今東西その軌を同じうして、享くべき運命なるか、噫《あゝ》。

四

光炎菩薩、大衆を視て、驚愕の色あり。再び語つて曰く、61

「人間は一条の綱（を渡りゆく行人）なり。此岸に動物あり、彼岸に超人（仏）あり。無底の深淵その下にあり。62

渡り終るも危きなり。途上にあるも危きなり。後を顧るも危きなり、顫《ふる》ひ悸《おのの》くも危きなり。足を停るも危きなり。63

人間界の火宅無常の有様が能く書かれてある。これについて思ひ出すのは、善《ぜん》導大師《だうだいし》の二河白道《がびやくだう》の譬の教である。諸君は、その文の長きを厭はず、先づ心を虚しうして、幾度も〳〵熟読せられ、大師が信仰の実験を体得し、且つは菩薩の教に還つて、文簡なれども意の深い妙趣を看取せられたい。

二河白道の教

「また一切の往生人等にまふさく、いま更に行者のために一の譬喩をときて、信心を守護して、以て外邪異見の難を防がん。譬へば、人ありて西に向ひて、百千里を行かんと欲するが如きことあらんに、忽然として中路に二つの河あり。一つには是れ火の河、南にあり。二つには是れ水の河、北にあり。二河おの〳〵ひろさ百歩、おの〳〵深くして底なし。南北に辺《ほとり》なし、まさしく水火の中間に一つの白道あり。闊《ひろさ》四五寸ばかりなるべし。この道、東の岸より西の岸に至るに亦長さ百歩、その水の波浪まじはりすぎて道をうるほす、その火焔また来りて道をやく。水火あひ交りて、常にして休息することなけん。この人すでに空曠のはるかなるところにいたるに、さらに人物《にんもつ》なし。おほく群賊悪獣ありて、この人の単独なるをみて、競ひ来りて、この人を殺さんとす。死を怖れて、直ちに走りて西にむかふに忽然としてこの大河を見て、すなはち自ら念言すらく、この河南北に辺畔を見ず、中間にひとつの白道を見る、きはめてこれ狭小なり。両の岸あひ去ること近しといへども、何に由りてか行くべき。今日さだめて死せんことうたがはず。まさしく到り回《かへ》らんとすれば、群賊毒虫きほひ来りて、我に向ふ。まさしく西にむかひて道を尋ねて、しかも去《ゆか》んとすれば、また恐らくはこの水火の二河に堕せん。当時に惶怖《くわうふ》することまた言ふべからず。すなはち自ら思念すらく、われ今回るともまた死せん、住すともまた死せん、去くともまた死せん。一種として死を免れざれば、われ寧ろこの道を尋ねて前に向ひてしかも去かん。すでにこの道あり、かならず度すべしと。この念を作《な》すとき、東の岸に忽ちに人の勧むる声をきく、仁者《なんぢ》たゞ決定《けつぢやう》してこの道をたづねて行け。かならず死の難なけん。もし住せばかならず死せんと。また西の岸の上に人あり、喚《よば》うていはく、なんぢ一心正念にして直に来れ、われよく汝を護らん。すべて水火の難に堕せんことを畏れざれと。この人既にこゝに遣はし、かしこに喚ふをきゝて、すなはち自らまさしく身心にあたりて決定して道を尋ねて、直ちにすゝんで疑怯退心を生ぜず、あるひはゆくこと一分二分するに、東の岸の群賊等喚うていはく、仁者かへり来れ、このみち険悪なり、過ぐることを得じ。かならず死せんこと疑はず。われ等すべて悪心ありて相向ふことなしと。この人よばふ声を聞くといへどもまた回観《かへりみ》ず。一心に直にすゝんで道を念じて而も去けば、須臾にすなはち西のきしにいたりて、ながくもろ〳〵の難をはなれ、善友あひみて慶楽すること已むことなからんがごとし。此はこれ譬喩なり。次にたとへを合せば、東の岸と云ふは、すなはちこの娑婆の火宅にたとふ、西の岸といふは、すなはち極楽宝国にたとふ。群賊悪獣詐《いつは》り親しむといふは、すなはち衆生の六根、六識、六塵、五陰、四大にたとふ。人なき空迥《くうくわう》の沢といふは、すなはち、つねに悪友にしたがひて、真の善知識にあはざるにたとふ。水火の二河といふは、すなはち衆生の貪愛は水のごとく、瞋憎《しんぞう》は火の如しとたとふ。中間の白道四五寸といふは、すなはち衆生の貪瞋《どんぢん》煩悩のなかに、よく清浄願往生の心を生ぜしむるにたとふ。貪瞋強きによるがゆゑに、すなはち水火のごとしとたとふ。善心微なるがゆゑに、白道の如しとたとふ。また水波つねに道をうるほすといふは、すなはち愛心つねにおこりて、よく善心を染汚するにたとふ。また火焔つねに道をやくといふは、すなはち瞋嫌《しんけん》の心よく功徳の法財を焼くにたとふ。人、道の上を行きて直に西に向ふといふは、すなはちもろ〳〵の行業を廻して、たゞちに西方にむかふにたとふ。東の岸に人の声の勧め遣はすをきゝて、道を尋ねて直に西にすゝむといふは、すなはち釈迦既に滅したまうて、後の人見たてまつらざれども、なほ教法ありてたづぬべきにたとふ。即ちこれを声の如しとたとふるなり。あるひはゆくこと一分二分するに群賊等よばひ回すといふは、すなはち別解、別行悪見の人等みだりに見解を説きて、たがひに惑乱し、および自ら罪を造りて損失するにたとふ。西の岸の上に人ありて喚うといふは、すなはち弥陀の願意にたとふ。須臾に西の岸に到りて善友あひみて喜ぶといふは、すなはち衆生久しく生死に沈んで曠劫より輪廻し迷倒して、自ら纏うて解脱するによしなし。仰いで釈迦発遣して、指《をし》へて西方に向はしめたまふことを蒙り、又弥陀の悲心招喚したまふによりて、いま二尊の心に信順して水火の二河をかへりみず、念々に遺《わする》ることなく、かの願力の道に乗じて、命を捨てゝのち、かの国に生ずることを得て、仏とあひみて慶喜すること何ぞ極まらんといふに喩ふるなり。また一切の行者、行住坐臥に三業の所修、昼夜時節を問ふことなく、つねにこの解をなし、つねにこの想をなす。かるがゆゑに廻向発願心となづく。」

　超人は阿弥陀仏である、彼岸は浄土である。此岸の動物は群賊悪獣である。一条の綱は四五寸の白道である。此岸は即ち東岸にして三界無安の娑婆の火宅である。「渡り終るも危し云々」は「回《かへ》るも死せん。住するも死せん、行くもまた死せん」に相当し、水火の二河は即ち無底の深淵である。言々相対比し来つて、妙言ふべからずであります。

人間の大なる所以は、そが目的にあらずして橋梁たるところに存す。人間の敬愛せられ得る所以は、そが往相にしてまた還相たるところに存す。

　何といふ難有い言葉であらうぞ。人間は永遠に架け橋であり綱渡であり、此岸から彼岸に趣く人であつて、断じて目的でなく標的でなく究竟でない。綱渡であるところに無限の努力があり、究竟でないからこそ無窮の創造が展開されるのである。

原文の Übergang は超え行くこと。過渡、通過等の意であり、Untergang は下り行くこと、沈むこと、沈没、滅亡、破滅等の意である。これは一応の字義である。今、超人と人間との関係交渉からこの二字を検討すると、二字は正しく、親鸞聖人の往相還相《わうさうげんさう》の二廻向に当ると信ずるところより、この広大無辺の意義を含蓄せる往相、還相を拝借して訳字に当てた次第であります。

往相は往生であり、還相は還来であり、往相は迷から悟に入る姿で、還相は悟から迷に来る姿である。往相は衆生が如来の懐に飛び込む端的に、自我が絶対の無我（無限の大我とも言ふ）となることで、衆水悉く大海に入りて平等一味となる趣である。還相は、絶対の無我境・如来涅槃の一如法海から彼我相対の差別界《しやべつかい》に戻り来ることで、大海の水が逆流して衆河に還り来る趣である。

平たく言へば、吾々が浄土に入りて仏となるのが往相で、その吾々が仏の真証を得て後、浄土から再び娑婆へ戻つて来て衆生を摂化して極楽に趣かしむる大活動が還相である。それゆゑに、かの観世音菩薩の三十三身示現《しんじげん》は、全く還相菩薩の摂化教化である。

要するに、人間といふものは、未来久遠劫《くをんごふ》にわたりて、永遠無窮に、衆生が仏になり仏が衆生になるべく、浄土穢土橋上の往還反復である。こゝに至つて始めて、光炎菩薩の言はるゝやうに、人間が大であり、また人間が敬愛せられ得るのである。これを外にして人間に意義はない。

以下各節悉《ことごと》く、還相菩薩を咏嘆した名文であります。

わが仰いで敬する人々は何ぞや。還相としてより外に、この世に生くる所以を解せざる人々なり。何となれば、此の如き人々は往相の人なればなり。65

一文明瞭。往還二相の一体不二なる妙趣を看取せられよ。

わが仰いで敬する人々は何ぞや。大卑の人々即ち是なり。何となれば、大卑の人々は大尊の人にして、彼岸欣求の矢なればなり。66

衆生は卑しく仏は尊し、人は卑しくして超人尊し。この尊卑を知る人にして、始めて無為涅槃を憧憬讃仰す。かゝる人にして、始めて、自己自身、大卑人にしてまた大尊人たるを領解《りやうげ》するのであります。

わが仰いで敬する人々は何ぞや。還相の人たり、身を殺して仁を為す人たる所以を、第一に星の後に求むることなく、ゆく〳〵この地の超人の地（仏地）とならんがために、地の為に身命を惜まざる人即ち是なり。67

功徳を積んで神明の気に入らうとしたり、万行諸善を仏に廻向し奉りて往生の楽果を得やうとしたりするのが、皆、「星のうしろに求むる」人である。親鸞聖人は、万行諸善皆雑毒《ばんぎやうしよぜんみなざふどく》の行也と喝破せられた。還相菩薩の活動は、唯々衆生可愛しの慈悲心に外ならぬ。衆生なければ仏なしぢや。釈尊の娑婆界往返が八千遍といはれてあるのも、畢竟は衆生悉皆成仏の大願を成就したまはむがためであらう。この地をして仏地たらしめよ。この大願より外には何も無いのが還相の目的である。功徳を種にして仏たる資格を作らうなどといふ大妄想なぞの少しも無いところが難有いのである。

以上三節原文では、「人々」とあつて複数になつてゐるが、次節以下は「人」が単数になつてゐる。単数ではあるが定冠詞の単数であつて「その人を」と、鋭くきはどく適確直截に出て来て、文は一段と緊張して来る。

わが仰いで敬する人は何ぞや。悟らんがために生き、ゆく〳〵超人（仏）の生きんがために悟らんと欲する、その人即ち是なり。かくして還相たらんこそ、かゝる人の本懐なれ。

68

仏心が衆生の心に生れるのが即ち、仏がこの土に生れたまうたのである。仏心を生れしめんがために悟る、まことに還相菩薩の本志である。生れ来り・生きゆくは悟道見性のため、悟道見性の自利は、衆生済度の利他のためである。

わが仰いで敬する人は何ぞや。超人（仏）のために家を建て、大地・禽獣・草木を挙《こぞ》つて、超人（仏）のために備へんとて、勤労発明する、その人即ち是なり。かくして還相たらんは、この人の本懐なればなり。69

所謂、山川草木国土成仏が還相菩薩の本志本願である。豈に他あらんや、豈に他あらんや。

わが仰いで敬する人は何ぞや。己れの法を悦ぶ、その人即ち是なり。法は還相の本懐にして、また（彼岸）欣求の矢なればなり。70

まことに、法悦は還相の本懐であり、極楽往生を希《こひねが》ふ矢である。貴ぶべきは法悦の一境地である。日々是好日の遊戯三昧は法悦の人の独壇場。余人の伺ひ知るべきところでない。

わが仰いで敬する人は何ぞや。精神の一滴をも、自己のために残留することな

く、自己が全く法の精神たらむことを欲する、その人即ち是なり。かくしてかゝる人は、精神としてかの橋を歩まん。 71

往還幾万回、唯法の為である。身命を惜まず無上道を惜むの人である。還相菩薩たる所以である。

わが仰いで敬する人は何ぞや。その執着も法より生じ、その禍福も法より生ずる、その人即ち是なり。かくしてかゝる人は、法のために猶ほ生きんと欲し、また法のためにもはや生きざらんと欲す。 72

生くるも死するも法の為である。法以外に着するところなく、禍福・栄辱・毀誉・褒貶・其他一切の運命、悉く法に着するより生ずるの人。之を法然上人に見よ、之を親鸞聖人に見よ。

わが仰いで敬する人は何ぞや。余りに多くの諸法を有するを好まざる、その人即ち是なり。それ、唯一不二の法は、二の法よりも、より以上に、法なり。何となれば、唯一不二の法は、二の法よりも、より以上に、禍福の拠つて繫《かゝは》るべき因縁なればなり。 73

真に然り真に然り。法はあくまで一法でなければならぬ、無碍《むげ》の一道でなければならぬ。而して永遠無窮にわたつて真理たる唯一大乗の法門でなければならぬ。しかも、唯一不二の法門を説く人は、自ら禍福の繋はる因縁を作る。首刎ねられんも知るべからず、刀杖瓦石の難も来るべし。いかなる大難の来るも疑懼《ぎく》せざるが還相菩薩である。

かゝる禍を恐れて、朝に一法を説き、夕に他法を説くの輩は、法の為に身を献ぐるにあらずして、身の為に法を説くのである。その法が真の法にあらざる所以である。

わが仰いで敬する人は何ぞや。全心を傾倒して惜むことなく、感謝を欲することなく、而うしてまた返すことなき、その人即ち是なり。かゝる人は返すことなし、何となれば、かゝる人は唯常に法施をなすの人なれば、自守自衛の要、絶えて無ければなり。

74

還相菩薩でなければ出来ぬ全然無我の境地、大徳の行履《あんり》である。凡夫の成し得る境涯ではない。人は皆自守自衛のために、心にもない偽善を行つてゐるではないか。

わが仰いで敬する人は何ぞや。骰子を振って勝てるとき羞恥の色あり、而してその時、「吾は詐偽の賭博者にあらずや」、と自から省る、その人即ち是なり。何となれば、還相がその本懐なればなり。75

不義の富貴は浮雲の如し。僥倖は厭ふべき魔郷である。恥ぢて且つ避けざるべけんや。富貴は目的ではない、衆生摂化が本志であるからである。

わが仰いで敬する人は何ぞや。その行に先だちて金言を垂れ、而して常に、先きの立言よりも以上の事を為す、その人即ち是なり。何となれば、還相がその本懐なればなり。76

宗教の極致は、言よりも行、理よりも事である。併しながら、その言は必ず金言でなくては何の所詮もない事ぢや。釈尊の説法が金口の説法といはれてあるのも成程とうなづかれる。

わが仰いで敬する人は何ぞや。未来の人々（の往生成仏）を慶信して、過去の人々を済度する、その人即ち是なり。何となれば、か丶る人は、現在の人々のためには、還相たるがその本懐なればなり。77

一読甚だ解し難き文章である。が、しかし、親鸞聖人の信仰からは、何の苦もなく、文意が解けるから難有い。

還相菩薩の任務は永遠に無窮である。著者のニイチエ先生も久遠転生の信者である。還相菩薩は即ち久遠転生して、衆生を済度するのである。即ち、無量寿であり、無量光である。聖人の正信偈《しやうしんげ》に

功徳の大宝海に帰入すれば
必ず大《たい》会《ゑ》衆《しゆ》の数に入ることを獲《う》
蓮華蔵世界に至ることを得れば
即ち真如法性の身を証せしむ
煩悩の林に遊んで神通を現じ
生死の薗に入りて応化を示す

とあるが即ちそれで、一たび仏となつて、真如法性の身を証せしめられた暁には神通自在の妙用で、過去の祖先縁者は云ふに及ばず、あらゆる人々の六道に輪廻せる人を救ひ助くるといふのが、弥陀の本願力の廻向である。将来の人々をば勿論、悉くまた成仏得道せしめねば置かぬの本願であるから、未来の人々に対しては慶信の念を懐かずにはゐられない。原文の rechtfertigen の一字は英語の justify に当る字で、「その正しきを証する、正しとする・擁護する」等の意味で、宗教

上の用語としては、「罪なしと宣告する」の意であるから、こゝでは文義の上から、慶信と訳して置いた。

さて現在では、還相菩薩は、現前の人間に当面して、現実の生死海に浮沈し、その善巧方便で、普《あまね》く衆生の大導師となるのが、その出世の本懐であるのは、云ふまでもない。現当二世どころではない。過去まで救済するといふのが弥陀仏の本願である、実に不可称・不可説・言語道断であつて、唯仰ぐべし信ずべしである。

わが仰いで敬する人は何ぞや。己れの神を愛（信）するが故に、己れの神を叱咤する、その人即ち是なり。何となれば、かゝる人は、己れの神の怒のために還相たらざるを得ざればなり。78

これは、禅で言ふ悟後の修行、真宗でいへば、信後の懺悔である。仏を信じない人には、仏に対して全然済むも済まぬもあつたものでない。しかるに、仏を信ずる人にあつては、今日の信心は昨日の信心を叱咤懲戒する底に、深く突つ込んで行かなければならぬ。固より、信の一念に動きはないけれど、一日又一日、不断の精進を重ねて、自己の魂に眼覚め、仏の慈悲を仰ぎ、日々夜々懺悔して勇往邁進するところがなくてはならぬ。

　信心獲得そのものが、実は容易の事ではない。「難中の難之に過ぐるなし」、と聖人の正信偈に説かれてある通りである。自分で勝手な仏をこしらへて拝んだり、独り飲み込みのあやふや信心に安住してゐたり、自分の道具に使用する仏をこしらへて見たりする。しかしながら、か丶る場合にあつても、仏は難有い（一字不明）の位のことは心得てゐるのである。唯その難有さが徹底してゐないから、自作自造の仏に安んじてゐるのである。この時、一番、安逸懈怠な心を振り捨て、雑行雑修を抛棄し、「三千世界に満てらん火をも過ぎ行きて法を聞く」底の大憤志を起さねばならぬ。これが即ち、己の神を叱咤するの謂ぢや、己の仏をかなぐり捨てて、真の仏に接するのぢや。誠に、危いかな危いかなであります。

　禅の方では、「仏を罵しり祖を詈《のゝし》りて、仏病祖病ともに一言下に喝破して痕跡を留めず」など丶いふ。これも無仏無祖の無見からなら、罵詈は無用の沙汰であらう。仏を信ずるがゆゑに祖を礼するが故にこそ、喝破叱咤の要もある訳で、畢竟は己れの妄信妄分別を駆逐するの意に外ならぬ。か丶る大胆不敵な勇猛心発憤心があればこそ、遂に真の仏真の祖に接するやうになり、手の舞ひ足の踏むところを知らざるに至り、終に「菩薩清涼の月、畢竟空に現ず、衆生心水清ければ、菩提の影は中に現ず」る霊境に遊ぶのであらう。「神の怒のために」とは、仏祖に激励せしめらるるの意に外ならぬ。

わが仰いで敬する人は何ぞや。その心の傷むことも極めて深く、一些事のために還相たり得る、その人即ち是なり。此の如くにしてかゝる人は、嬉々としてかの橋を歩まん。79

自分が傷けられたとき、深くその傷みを感ずる心の人ならでは、他人の傷さも分らぬ道理である。善につけ悪につけ、敏感の人でなければ、衆生摂化は出来ない。「一些事のために還相たり得る」の一句、殊に妙である。一些事を粗末にしないのが仏法であるとは、常に聞かされてゐるのであるが、さて吾等の日々の行のふしだらさ、唯々慚愧の外はない。

一塵一芥も皆是仏種

である。菅原洞禅師編禅門佳話より、左の難有い一節を拝借して、吾等の戒めとする。

『兎角禅僧と云へば「釈迦弥勒も是れ児孫」などと大言壮語、随って日常の行持も、一些事に頓着せざるが如く解する者あるは遺憾の至りである。「一粒米の重きこと須弥山の如し、七十二功豈に等閑《なほざり》ならんや」。この仏意を体して、一紙一塵と雖も麁末《そまつ》に取扱はぬのは、真の禅者である。

往昔《むかし》、一僧あり、師を求めんとして、叡山の一寺に大徳を訪ねんと山路へかゝつた。だん〳〵行くと一の谷川がある。この谷川の上流が大徳の寺と聞き、喜び勇んで道を急ぐ途端、フト見ると川上から一茎の菜の葉が流れて来た。僧これを見て思へらく、一塵一芥悉く仏物である。然るにこの菜は定めし信者の供養にかゝるものならんが、これを漫《みだ》りに流すと云ふは、定めし行解相応の大徳ではあるまい、何ぞ遥々訪ねて斯る無道心者を師と仰がんやと大いに落胆して元来た途を戻らんとした。折しも上の方から走り来つた一僧がある。「何事で御座る」と問へば、「今誤つて一本の菜の葉を流したれば、それを拾ひに行くのである」と答へる。これを聞いた件の僧は、「貴僧は如何なる方なりや」と尋ねると、「この山奥に住する大徳の弟子である」との答へに、僧は再び山に登り、大徳の会下《ゑか》に参じて修行したとの事である。

これは一場の昔語、これを今人の行履《あんり》に徴すれば、豪放無二なる南天棒中原鄧州《とうしう》和尚は、平素信者から貰ふ進物の包紙は丁寧に皺伸しをして書信の用箋又は手習用にせられる。先年遷化せられた禅門近代の大徳森田悟由禅師は、新聞雑誌の小さな包紙すら其儘には捨てられなかつた、即ち日本紙は自ら鋏を入れて小撚にし、洋紙は剪つて一枚として同じく習字用に供せられたものである。

他の信施を麁末にするは仏意に背く。この故に彼の伊深の泰龍《たいりう》和尚は、中秋の一日、会下の大衆が大根作務を監督しつゝ、一雲衲《うんのう》が大根の枯葉を二三枚切り棄てたのを見て、厳然として下山を申し付けた。いくら謝罪しても赦さない。役寮一同協議の結果、「あれは平素より人並勝れた綿密の僧であれば、爾後は必ず斯様な不注意は致しませぬ是非お許しを……」と云つて願ひ出たが、「一度仏意に背きしものは我が会下には置くことならず」と、遂に下山を命じたと云ふ事である。

敢て大根の枯葉一枚が問題である訳ではない。吾人は深く和尚の意のあるところを考へ、以て深く省みるところがなくてはならぬ。』

蓮如上人《れんにょしやうにん》御一代記聞書第百五十三条に、

「上人は、御門徒の進上物をば、御衣の下にて御おがみ候。又仏物と思し召し候へば、御自身のめし物までも、御足にあたり候へば、御いたゞき候。御門徒の進上の物、則ち聖人(親鸞)よりの御あたへと思し召し候。」

同じく第百五十五条には

「蓮如上人、御廊下を御通り候て、紙切のおちて候ひつるを御覧ぜられ、仏法領の物をあだにするかやと仰せられ、両の御手にて、御いたゞき候。総じて紙の切なんどのやうなる物をも、仏物と思召御用ひ候へば、あだに御沙汰なく候ひし。」

とある。其他、この御一代記聞書には、勿体ない事ばかり書かれてあつて、「一些事のために還相菩薩たり得る」活証は、数限りもないのであります。

わが仰いで敬する人は何ぞや。一切万物を包有網羅して、忘我の境に遊ぶことを得るばかり、その心の豊麗なる、その人即ち是なり。かくして、一切万物は、かゝる人の還相とならむ。80


古歌に、「世の中に我といふもの棄てて見よ天地万物すべてわがもの、」とある。この文と同意である。むづかしく云へば、一即一切、一切即一である。仏法の宗致、畢竟無我の二字に極まるものであらう。蓮如上人御一代記聞書に
「仏法には無我と仰せられ候。われと思ふことは、いささかあるまじきことなり。われはわろしとおもふ人なし、これ聖人の御罰なりと、御詞候。（第四十八条）」

「弥陀をたのめる人は、南無阿弥陀仏に身をばまるめたる事なり。（第六十二条）」

「上人、衣のえりを御たゝきありて、南無阿弥陀仏よと仰せられ候。又御畳をたゝかれ南無阿弥陀仏にもたれたるよし、仰せられ候ひき。（第六十三条）」

等の各条、何れも、上人の心の豊麗なる無我境忘我境が伺はれる。

永嘉大師《えうかだいし》の証道歌の、

心鏡明、鑒無㆑礙　廓然瑩徹周㆓沙界㆒
万象森羅影現㆑中　一顆円光非㆓内外㆒

も、無我の心鏡には、万法がそのままの実相を映じ出すの意であらう。又、

一性《しやう》円《えん》通《つう》一《いつ》切《さい》性《しやう》　一《いつ》法《ぽふ》徧《あまねく》含《ふくむ》一《いつ》切《さん》法《ほふ》
一月《ぐわつ》普《あまねく》現《げんず》一《いつ》切《さい》水《すゐ》　一《いつ》切《さいの》水《すゐ》月《ぐわつ》一《いち》月《ぐわつ》摂《おさむ》
諸仏法身入㆓我性㆒　我性還与㆓如来㆒合

も、訳文の意と相合して、妙言ふべからず。蘇東坡の詩の、

無一物中無尽蔵　有㆑月有㆑花有㆓楼台㆒

も同じ心境である。

此の如き豊麗な心境に到り得た人に取つては、事々物々、還相の縁である。

わが仰いで敬する人は何ぞや。その智慧も無碍にして、その慈悲もまた無碍なる、その人即ち是なり。かくして、その智慧はその慈悲の腸たるに外ならず。かゝる人をして還相たらしむるは、この慈悲心なり。 81

仏心とは大慈悲心である。不可思議なる仏智は大慈悲心の顕現に外ならない。大慈悲心は衆生済度より外にはない。一文明瞭、仏教の端的、一にこの文に尽く。

無碍の二字は能く〳〵味はねばならぬ。吾等凡夫の智慧は有碍である。無碍と有碍《うげ》と相去ること、まことに白雲万里、十万億土も啻《たゞ》ならざるを知つて、始めて仏の広大無辺の大光明を仰信することが出来るのである。

人間の上に懸れる黒雲より、一つ一つ落下し来る、重き点滴の如き、その凡ての人々は、わが仰いで敬するところなり。かゝる人々は電光の来るを告げん、而して告ぐる人々として還相たらん。82

見よ、われは電光の予言者なり。雲より落ち来る重き滴なり。然らば則ち、電光とは何ぞや、曰く超人（仏）。」83

光炎菩薩こゝに至つて、始めて、われはこれ生死海に廻入して衆生を教化する還相菩薩なり、と名乗り出でたまうた。法を説くものは、無憂懼《むうく》の大権威を有せねばならぬ。しかしながら、われは超人（仏）なりとは断じて云はれて無いところを、よく〳〵味はねばならぬ。われは、あくまで超人の予告者である、仏を教ふるものである、仏願を伝ふるものである、といふのが還相菩薩の信念である。わが親鸞聖人は、われ等より見れば、還相菩薩で居らせられる。が聖人はわれは菩薩なりと曰うたことはない。実に絶対の謙譲である、仰いで恐れ入らざるを得

ないところであるが、その一たび如来の信心を説きたまふや、実に絶大の権威者で、ゐらせられた。「歎異抄」の第七章、

「念仏者は無碍の一道なり。その謂いかんとならば、信心の行者には、天神地祇も敬伏し、魔界外道も障碍することなし、罪業も業報も感ずることあたはず、諸善も及ぶことなき故に、無碍の一道なり。」

を拝読するごとに、われ等直ちに仏の大梵音を聞くが如くに感ずる。

雲と滴水と電光の譬喩的文字は、華厳経の離世間品《りせけんほん》の、

「大慈の雲を興起して、普《あまね》く一切を覆ひ、大慈の電《いなづま》を明耀《かがやか》して、雷のごとく法洪の音を震ひ、四弁は法雨を澍《そゝ》ぎ、八正の甘露水は、煩悩の火を除滅して、一切の義に安住す。」

と相似てゐるのも妙であります。

五

光炎菩薩、説いて玆《こゝ》に至り、再び大衆を諦視し、黙して以為《おもへ》らく、 84

「彼等こゝに立ち、彼等こゝに笑ふ。彼等はわれを解せざるなり、われは彼等の耳に語るべき口にあらず。 85

彼等が耳を以て聞かず眼を以て聞くを学び得んがために、われは先づ彼等の耳を破らざるべからざるか。われは、かの缶鼓の如く、かの懺悔を勧むる僧の如くに喧囂《けんごう》せざるべからざるか。或は彼等、咄《とつ》々言ふ能はざる人々をのみ信ずるなるか。 86

耳を破つて、眼を以て聞かしむ。甚だ面白い文字である。天下の事凡て耳を以て聞くから、事面倒になるのぢや。若し心眼を以て聞くことが出来たら、天下の事易々たるのみであらう。

禅宗所伝の説に従へば、昔、釈尊高坐に在らせられ、金波羅華《きんはらくわ》を拈一拈《ねんいちねん》せられ、一言隻句も仰せられなかつたとき、大衆は唖然として、その意を解するものがなかつた。唯一人首坐に在つた迦葉尊者《かせふそんじや》がにこりと会心の笑を浮かべた。すると釈尊始めて口を開きたまひ、「我に正法眼蔵《しやうはふげんざう》涅槃《ねはん》妙心《めうしん》実相《じつさう》無相《むさう》微妙《みめう》の法門あり摩訶《まか》迦葉に分附す」と仰せられとある。迦葉尊者は眼で聞いたのぢや。

昨年大往生を遂げられた日置黙仙《ひおきもくせん》禅師の説法を伺つた時、禅師云く、「私は、アメリカに往つたが、英語の片言も知らぬぢや。知らぬで何の位助かつたか知れぬ。イヤハヤ西洋人のベチヤクチヤ饒舌ること〳〵。これが英語でも話せて見なさい、うるさくて浮ぶ瀬はない。英語を知らぬ御蔭で、静かにあちらの山水を見得たといふものぢや。さて愈々ウヰルソンに会ふ段取となつた、言葉も分らないで何をしたかと、皆様が不思議がるかも知らぬが、言葉は通じなくとも、眼と眼が相会へばそれで何事も分るものぢやて。下世話にも申すではないか、成るか成らぬか眼元で知れる、今朝の眼元は成る眼元と、な、それ、どうぢや……」と言つて、一同を笑はせられたが、諧謔の中に高遠の理を説かるる風丰《ふうぼう》、今も見るやうである。禅師も眼で聞いたのぢや。

己れ親鸞奴生かして置かうかと、血相変へて、聖人の禅室に飛び込んだ弁円《べんゑん》が、左右《さう》なく出であひたまひたる聖人の尊顔にむかひたる途端、たちまち日頃の害心消滅して、後悔の涙に咽《むせ》んだのも、眼で聞いた貴い一例である。

が、さて、眼で聞かしむるは容易でない。彼等の耳を粉砕するも一法であるが、これまた不可能の事に属する。何としたら可からうぞ。大声疾呼して怒鳴り立てるも、彼等に法を聞かしむる一手段であらうが、覚者は絶叫せず、美の声は静かなるべき筈ぢや。怒号は自分の柄にはない。と云つてまた、かの熱狂者等が、情迫り意激して咄々言ふ能はざるが如き様も、自分の能くし得るところでない。あゝ、何としやうか。――まあ、ざつと、斯う云ふ意味であらう。

絶叫の価値が否定してあることに就て、訳者《わたし》自身は色々の事を反省させられます。御承知の方もありましやうが、訳者は、その昔随分大きな声で下らないことを怒鳴つた者であります。今から回顧しますと、唯々冷汗の出ることばかりです。慚愧する外はありません。

釈尊の説法を評して、大獅子吼だの、広長舌相だの、と経文に書いてありますが、これは寧ろ聴者の胸に響いた結果を、説者の向ふへ廻はして言つた言葉であると信じます。経文等を拝しましても、その説きぶりが、いかにも諄々と、徐ろに糸を繰り出すやうな、春の水が静かに流れ行くやうな趣であります。

孔子の説き方なども、平静和楽な行き方でありましたらう。老子は一日も物言はないで人と対坐して嫣然《にこ〳〵》してゐるやうに見えますし、孟子となると、大分烈しく、時には大きな声をしたらしく見え、蘇秦張儀《そしんちやうぎ》などになると、とんと、品が下るやうに思はれます。

親鸞聖人の教化を思ひ浮かべて見ますと、時には凜として叱られたこともありましたらうが、先づ大抵は、静かな悠長な坐談式なものであつたやうに訳者には思はれます。日蓮上人の辻説法の如きは、何うも訳者には、あまり難有く思はれません。

総じて、道を談じ信仰を説くといふ場合に当つては、一人対一人であるべきもので、多数を相手に、手を動かしたり足を動かしたり、顔を七面鳥のやうに変化させたりして説くべきものではありますまい。彼是を思ひ廻らしますと、禅宗の師家の教導法は難有いものであります。禅宗に所謂「砕啄同時《さいたくどうじ》」や、「黙識心通《もくしきしんつう》」や、「函蓋相合《かんがいさうがふ》」や、「面授面稟《めんじゆめんりん》」や、何れも一人対一人の教化学習でなくては出て来ない心境である。こんな事を書き出すと、今の教育全体が、何だか不好《いや》になつて了ひます。

因に言ひますが、ニイチエ先生の声は、極めて優しい、静かな、低い、なだらかなものであつたさうです。

彼等はその誇とするものを有す。彼等の誇とするものとは何ぞや。彼等之を名づけて教育といふ。教育の有無は彼等と牧羊者とを別つ所以なり。87 かるが故に彼等、自卑の語を聞くを喜ばざるなり。さらば、われ、彼等の誇に愬《うつた》へてわが教を説かん。

さらば、われ、彼等に説くに、最も卑しむべき人を以てせん。そは、しかしながら、下品下生（げぼんげしやう）の人なり。」88

下品下生といふ訳字は観無量寿経から拝借しました。原語の der letzte Mensch は末の人・最後の人の意で、即ち下下の下人といふ意味でありますから、観経の四字に当ると信じまして。

この節では教育が否定してあります。こゝに着眼して貰はなくては困ります。宗教殊に信仰の上から云へば、教育別して今の教育――たとひそれが、人智を極めた大学者であらうともですな――の如きは、大鎔鉱炉の前の氷一斤にも価しない、果ないものであります。いかなる大学者であらうとも、その魂がぐらついてゐては、畢竟書を読む・書を読んだ一職人たるに過ぎないではありませんか。斯く申す訳者なんぞは、独逸語を話し、独逸文を読むだけの、最も卑しむべき職人であります。職人としてなら、もつと気の利いた職業もあつたらうに、と今更のやうに後悔してゐます。読書万巻畢竟何の用ぞ、と言ひたくなります。

蓮如上人が、その御文に、「八万の法蔵を知るといへども後世《ごせ》を知らざるを愚者とす、たとひ一文不知の尼入道なりといふとも後世を知るを智者とすと言へり、」と云はれてあるのは、単に宗学の上のみの言葉ではありません。多少の学問を鼻にかけて、われは牧羊者以上だ、農夫以上だと誇り顔に、天下をうろつき廻る似而非学者等に対しての大鉄槌であります。かやうな俗物を罵つて、ニイチエ先生は Bildungsphilister「教育馬鹿」と名づけました。人は皆下品下生たらざるべく、眼覚めなければなりません。

華厳経《けごんきやう》に十種の慢業が説かれてある中に、

「憍慢の心を起して、自ら高ぶり彼を降し、己が過を省みず自心を調べず、是を慢業と為す。我を許する心を起して、功徳智慧有る者を見るも、其の美を讃めず、徳無き者を見て、反つて其の善を説き、若し他を讃むるを聞かば、彼の人の所に於て嫉妬の心を起す、是を慢業と為す。若し法師ありて、是は法なり是は律なり、是は実なり、是は仏語なりと知るも、憎嫉《ぞうしつ》を以ての故に、説いて法に非ず、律にあらず、実にあらず、仏語に非ずと言ふ、他の信心を壊せんと欲するが故なり、是を慢業と為す。慢心を起すが故に、諸仏の得難きの法に値はず、宿世に種《う》ゑし所の善根を消尽し、説くべからざるを而も説きて訶責の心を起し、更に相識論す……是を慢業となす云々」（離世間品《りせけんぼん》）
とあるが、下品下生の徒は、この慢業の行者であります。

光炎菩薩、乃ち大衆に告げて曰く、
「今や人、自己の目的を立つる時なり。今や人、その至高なる希望の芽を植うる時なり。
90（89原本欠——編集部註）
芽を植うるの土地、今は猶ほ豊饒なり。しかれども、この土地の瘦せ衰ふる時は来ぬべし。大樹喬木のまた、この土地に生育し能はざる時は来ぬべし。
91
その時よ、人は今の人を超えて彼岸に、欣求の矢をもはや放つことなく、その弓の弦はまた、戛《かつ》として鳴ることなからん。嗚呼禍なるかな。92

われ汝等に告げん。踊る星を産み得んがために、人は猶ほ自己の中に、混沌の境を蔵せざるべからず。われ汝等に告げん。汝等は猶ほ自己の中に、この混沌の境を蔵す。93

嗚呼、かの星のまた、人の間に産れ出でざらん世は禍なるかな、されど、その時は来ぬべし。もはや自己を卑しみ能はざる、最も卑しむべき人の世は禍なるかな、されどその時は来ぬべし。94

各節ともに難有い文字であります。

人を超えて彼岸の世界は、即ち超人の世界、即ち仏陀広大の世界であります。無為涅槃の極楽世界であります。

踊る星は超人の事であります。本品十八章には、明かに超人として出て居ります。化石の如くなつて、身動きの出来ない人間に比して、舞ひ踊る星は面白いではありませんか。仏陀の円融無礙界《えんゆうむげかい》を形容した文字と見て、甚だ妙なるを覚えます。踊るといふ文字はニイチエ先生の殊に好きな文字の一つでこれから本文に何度も出て来ます。

混沌の境はまあ云はゞ赤子の心といつたやうな意味合でせう。思ひ遣つて見て、赤子の心ほど不思議なものはない。あの心になり得たら、迷も悟もあつたものでない、生も死もあつたものでない。禅宗に無位の真人といはれたり、金剛正体赤条々といはれたり、いろ〳〵難解の文字が出ますが、赤子の心を形容した文字のやうに解して見ても面白いと思ひます。畢竟、何うにでも変り得る正体、いかばかり発達し得るか前途甚だ多望な性質を含んでゐる境地、しかも又無我無心の不可思議境を包蔵してゐるところが、所謂混沌でありませう。宇宙が混沌から出たと云つたやうな混沌、混沌として鶏子の如しと云ふ文字もあるから、まだ雛児《ひよつこ》にもならない前の卵の如き意味の混沌、何だか混沌として分らなくなつて来ましたが、その何とも分らぬものがなくなつたら、人間といふものも、もうおぢやんであります。

話が少し横に外れますが、西洋各国は、今はもうおぢやんになつたのではないでせうか。スペイン、ポウテユガルなんどは申すも愚のこと、イギリスもフランスもドイツさへも、もう混沌として居ませんね。あまりに事が分明して了つて、何だか余裕がない。現状一番混沌として居て一番訳の分らない怪物同然のロシヤが、何と云つても混沌国だけに、将来或は踊る星を産み出すのではないか。

と、かう講じて来ると、混沌なるものが少し分つたやうでありますか、要するに混沌ぢや。

われを卑しみ能はざる人間に、仏の見えやう道理はありません。自悔の念の出て来ない人が最も卑しむべき人間であるとは、まことに千古の鉄案で、宗教教育上の金科玉条としたいと思ひます。

仏教に「五濁悪世《ぢよくあくせ》」といふ言葉があります。大分、訳文に思ひ当る節がありますから列挙して見ますと、

第一、劫濁《ごふぢよく》——病気や戦争など種々の災が溢れること。

第二、見濁《けんぢよく》——邪見盛にして思想の濁ること。

第三、煩悩濁《ぼんなうぢよく》——貪瞋痴《とんぢんち》の三毒の煩悩が暴れ狂うて、衆生の心を悩ますことの盛なること。

第四、衆生濁《しゆじやうぢよく》——衆生、道を畏れず徳を修めず、種々の濁が衆生の心身の上にあること。

第五、命濁《みやうぢよく》——煩悩盛に邪見強く、時代が濁つて来て、人に中夭《わかじに》のものが多いこと、即ち命の濁ること。

この五濁の行はれる時代が、即ち五濁悪世であります。前節に、「その時よ」とあるその時代が、丁度、この悪世に当るやうであります。現代はさて如何、顧みて慄然たらざるを得ません。

仏教には、また、仏を見奉ることが出来ず正法を聞くことの出来ないことに「八難」あると説かれてある中の第七難に、「世智弁聡《せちべんそう》の難《なん》」といふのがありますが、これがてつきり学問や教育を鼻にかけるおつちよこちよいの事であります。

見よ、われ汝等に下品下生を示さん。

「慈悲とは何ぞや。創造とは何ぞや。欣求とは何ぞや。星とは何ぞや。」――下品下生《げぼんげしやう》は斯く問ひて瞬目《またゝき》す。96 （95原本欠――編集部註）

その時よ、大地は小となれり。大地の上には、一切を小化する下品下生、ぴよこぴよこと跳ぶ。その種属は地蚤の如く駆除し難きなり。下品下生はその寿命最も長し。97

「吾等は幸福を発明せり」――下品下生は斯く言ひて瞬目す。98

彼等は活くるに難かりし土地を去りたるなり、暖気を要すればなり。彼等は猶ほ隣人を愛し、隣人と相摩す、暖気を要すればなり。99

病める身となると疑の心を有するとは、彼等の以て罪悪となすところなり。彼等は戦々競々として往来す。しかるを猶ほ、或は石に躓き或は人に躓かば、そは彼等の呼んで愚人となすところなり。[100]

　時折少量の毒を服して、楽しき夢を結び、終に多量の毒を服して、楽しき死に就く。[101]

　彼等は猶ほ労働す、労働は渡世なればなり。しかれども、かゝる渡世の、その身を害はんは彼等の懼《おそ》るゝところなり。[102]

　富なく貧なく、君なく臣なし。貧富も煩はしければなり、君臣も煩はしければなり。[103]

　畜群はあれども牧者なく、各人平等を欲して、各人平等たり。異を樹つるものは、甘んじて癲狂院《てんきやうゐん》に入らん。[104]

「むかしは、一切の世界を挙つて悉く狂へり。」下品下生の最も優れたるもの、斯く言ひて瞬目す。[105]

　人皆は世智弁聡《せちべんそう》の徒にして、世間日常の事、凡て知らざるところなし。かるが故に彼等の嘲笑は果しなきなり。彼等は猶ほ相争へども、忽ちにしてまた相和す。若し然らずんば、彼等の胃は傷むべければなり。[106]

彼等は昼のための小歓を有し、また夜のための小歓を有す。然れども彼等は健康を尊重す。107

「吾等は幸福を発明したり。」——下品下生は斯く言ひて瞬目す。」108

下品下生は遠き将来の事ではない、全く今日の吾々の身の上と合点せねばなりません。下品下生は、利己的であります、我利我利亡者であります。だから慈悲も分らない、愛も分らないのです。今の自己に安住して向上の念が皆無なのだから、創造といふことはありません。無理想であるから、彼岸への欣求もなければ憧憬もありません。超人だの仏だのといへば、愚人の寝言としか思へない。星とは何だ、星が踊るとは何の痴言……といつたやうな人間なのであるから、何をしやらくさい、様あ見やあがれ、とでも言ひさうな御面相で瞬目するのである。瞬目はかゝる人の得意さ加減・狡猾さ加減・あきれ気味を形容し得て妙だと思ひます。

小人のみ跋扈《ばつこ》跳梁《てうりやう》するのですから、この大地も小化《せうくわ》します。一寸法師は何人集つても一寸法師であります。百人の小人が集つて一人の英雄を生ずるのなら、多数といふものも頼もしい訳でありますが、人間の集合には、数理は成り立たないから困ります。ショーペンハウエル先生の言に、「頭脳の優れた人が社交を嫌つて孤独の人となるのは、多数の人が集つても、その量がその質を変へ得ないからである。千人の馬鹿が集まつて一人の賢者を生ずるのなら、多数を相手の社交汎交も面白からうが、千人の馬鹿は一人の馬鹿と同じいのだから惘《あき》れ返つて引き下らざるを得ない。」とありますが、幸か不幸か、真に然りと申さゞるを得ません。かゝる下品下生を地蚤に譬へ、その跳びかたまでぴよこ〳〵（原語 Hüpfen）と形容してあるのは可笑しい、蚤ほど駆除し難い代物も滅多にありませんから、駆除し難しの文字も生きてをります。その寿命最も長しは大分皮肉です、実際また長命なのかも知れませんな。法句経に

寝ねざれば夜長く、疲倦すれば道長く、愚なれば生死長し。

とあります。生死といふ二字は勿論迷といふ意味でせうが、これを生命の義に解すると、前文と同意義になります。

創造のない人間・事業に志ない人間であるから、その工夫焦慮するところは、唯幸福であります。その幸福といふものがまた、甚だ安価な・煮え切らない・事勿れ主義の姑息偸安式《とうあんしき》のものたるは言ふを待たない。冒険も禁物である、躍進も禁物である。凡て日新しいことは禁物である。小さな城廓に立て籠つて、見ざる・聞かざる・物言はざるの三猿主義を奉ずるに限るので、序に今一猿を加へて、物思はざるを得れば、更に妙であります。

何事によらず、生活《い》き易い楽易の境がその目安であるから、苦しいことは避けねばならぬ、寒いところは避けねばならぬ。馬が厩に温まつてゐるやうに、温々と暖まつて、今日一日を楽に過ごし得れば、それで善いのであります。隣人を愛し隣人と触れるのも、唯憎まれるが損の打算主義・利己主義からの義理振に過ぎない。相摩すの一句は暖気の文字と共に、多少の滑稽味があります。

自分なんどは、暖かい都を去つて寒い雪の国・氷の土地へ来たのですから、文字の上から云ふと、こゝの文意とは反対で、楽を去つて苦に就いたやうになりますが、その実はやはり、下品下生の卑劣根性から、暖気を欲したのであります。活き難い住みにくい東京《みやこ》から逃げ走つた都落の恥しさ、たゞもう穴へでも入りたい心持であります。

楽易の境涯には健康が第一、病気は最も恐るべき悪魔であります。だから衛生がやかましい。疑の心は山ほどあり、猜《そね》む根性は海ほどあつても、さらぬげに振舞はねば、他人から憎まれる。総じて他人の思惑ばかり気にして生きてゐるのが下品下生の生命ですから、偽善と虚飾が大事であります。石に躓きころぶのも不用心からなら、人に衝き当つてその怒を買ふなどは、以ての外の不了見、痴人と笑はれても仕方はありません。

少量の毒――難解の文字でありますが、時代相応に考へて見ると、先づ、酒と煙草と今一つ何とかでありませう。アルコールとニコチン、それも、多量にやつては健康に害がある。チビリ〳〵召し上るのがよろしい訳であるが、終には少量づゝが多量の毒となつて、アルコール中毒・ニコチン中毒で、目出度く死ぬるといふ意味であるか、或は終には大酒家・大喫烟家となつて脳溢血にでもなつて卒中式にころりと往生するといふ意であるか。何れにしても大差はありません。

全集第三巻一〇九節に、「芸術と酒と無き生活」の題の下に、「芸術の作品と酒とは同じ関係であるが、寧ろ水党となつて、二者を必要とすることなく、心の内的火焰と心の内的甘美とで、何度でも何時でも、自から酒に変る方が遥かに好い、」とある。外部からの刺戟を受けずに、自心で酒を作り自心で熱を生じ芸術を生むが好いといふ意味でありましやう。

又、同書の三四七節に「水党《みづとう》曰く」と題して、「君の生涯、君を慰め来つた酒を、今後も飲み続けたまへ、僕が水党たらざるを得ないことは君の関するところでない。酒と水とは何等の非難なく互に相住し得るほどに仲の善い兄弟ではないか、」とあつて、これはまた大層粋な仰せであります。かと思ふと、全集第四巻二〇七節には、ドイツ人が酒と音楽とを過度に濫用することが手痛く叱責せられてあり、全集第八巻の四二頁には、ワーグネルの音楽を罵倒して、「彼ワーグネル（の音楽）は不断飲酒と同作用を起す、彼は神経を鈍くし胃を粘らす」とある。

酒に就いて想ひ出しますのは、龍樹菩薩の大智度論《だいちどろん》に出てゐる酒の三十五失でありま す。訳者自身には思ひ当ることだらけでありますので、水党の方には無関係のことで御迷惑かも知れませんが、有難い教訓でありますから玆に朗読します。

「問うて曰く、酒は能く冷を破り、身を益し、心をして歓喜せしむ。何を以ての故に飲まざるや。答へて曰く、身を益すること甚だ少くして、損する所甚だ多し。是の故に飲むべからず。譬へば美飲《みおん》の、其中に毒を雑ふるが如し、是れ何等の毒なるか。仏の難提迦優婆塞《なんだいかうばそく》に語りたまふが如くんば、酒に三十五の失あり。何等か三十五なる。一には現在世に財物虚しく竭《つ》く。何となれば人酒を飲んで酔へば、心に節減なく、用を費すこと度なきを以てなり。二には衆病の門なり。三には闘《とう》諍《じやう》の本なり。四には裸露《らろ》にして恥なし。五には醜名悪声《しうみやうあくしやう》にして人の敬はざる所なり、六には智慧を覆ひ没す。七には応《まさ》に得らるべきものを得ず、已に得る所の物は散失す。八には伏匿の事を尽《ことごと》く人に向つて説く。九には種々の事業廃して成弁《をは》せず。十には酔は愁の本となる。何となれば酔の中には失すること多く、醒め已つて慚愧憂愁すればなり。十一には身力転《うた》た少し。十二には身色壊る。十三には父を敬ふことを知らず。十四には母を敬ふことを知らず。十五には沙門を敬はず。十六には婆羅門を敬はず。十七には伯叔及び尊長を敬はず。何んとなれば酔悶恍惚として別つ所なきを以てなり。十八には仏を尊敬せず。十九には法を敬はず。

二十には僧を敬はず。二十一には悪人も朋党す。二十二には賢善を疎遠す。二十三には破戒の人と作《な》る。二十四には無慚無愧なり。二十五には六情を守らず。二十六には色を縦《ほしい》まゝにして放逸なり。二十七には人の憎悪する所にして之を見ることを喜ばず。二十八には貴重の親属及び諸の智識の共に擯棄《ひんき》する所なり。二十九には不善の法を行ず。三十には善法を棄捨す。三十一には明人智士の信用せざるところなり。何となれば酒は放逸なるを以てなり。三十二には涅槃を遠離す。三十三には狂痴《わうち》の因縁を種《う》う。三十四には身壊れ命終つて、悪道泥犂《あくだうないり》の中に堕つ。三十五には若し人と為ることを得ては、所生の処常に当に狂駭《わうがい》なるべし云々。」

（巻の第十三）

いやはや、往き届いた説法であります。

さてまた訳文に移りますが彼等は猶ほ労働す以下の文には難解の文字はありません。労働の一節は、即ち近頃の労働問題を予知しての菩薩の論評とも見られます。勇猛な精進力の欠けた安逸的労働のみを欲求するのが下品下生たる所以であります。

富なく貧なく――の一節は、そのまま今日の社会運動を剋実《こくじつ》した時の世相世界相の批評とも見られるではありませんか。世界戦争後の欧羅巴に対する予言とも見られて、悲痛骨を刺すが如き文字であると思ひます。

涅槃経《ねはんぎやう》巻十四梵行品《ぼんぎやうぼん》に、菩薩の七善法が説かれてある其第七に、知尊卑の一語がある。これは仏法修行の上の教であるが、これをそのまま世法に拝借して限りなく有難い教であると思ふ。尊卑を知らざる社会、想うても慄然たらざるを得ません。人皆は平等の穿き違へを演じてゐるのではないか。

訳者は曾て或る席で、次のやうな駄洒落を言つたことがありました。平等といふ言葉は、フランス語で égalité《エガリテー》 と申すのださうですが、今の世に云ふ平等はエガリテーにあらずして、日本語のエラガリテエになつてゐるのではないか。俺達は豪《えら》がりてえんだい、何を云つてやあがる、べらんめえと云つたやうな塩梅式の下剋上主義を平等といふ美名で掩ひ隠してゐるのではないか。浅間しいことであります云々……と。かやうに申したことがありましたが、見当違ひですか知らん。諸君の教を乞ひます。

ゲーテ先生の坐談の中に、自由平等を簡明に説いて次のやうに云つてあります。「吾々は自分以上には何物も認めないと云ふことが吾々を自由にするのではなく、寧ろ吾々よりも上にある或物を尊重することが即ち吾々を自由にするのである。その故は吾々はその上の物を尊重することに由つて、吾々は、吾々自身を、その上にまでも引き上げ、また自分以上の物を認知することに由つて、吾々自身が、今の自身よりも高きある物を自身内に包蔵して居り、その上のものと平等たる価値を有するからである。私は旅行中度々北ドイツの商人に出会したが、彼等は無作法に私の傍に腰掛けることを以て私と平等になつたと思つたものだ、がそれでは平等に成り得たのではない。彼等若し、私を尊敬し私を待遇する道を心得てゐたなら、それでこそ彼等も私と平等の人であらう。」

洵《まこと》に、哲人の言である、と感嘆する外はない。涅槃経の知尊卑の教と同じであります。

君なく臣なしの一句に就いては、「雑譬喩経《ざうひゆきやう》」といふ経文を引用します。

「昔一の蛇あり。頭と尾と互に其勝れるを諍ふ。頭曰く、我に耳ありて能く聞き、目ありて能く視、口ありて能く食ひ、行くときは必ず我前にあり。此故に我勝れり、汝は総て此事なし、汝何ぞ我に勝らんや。尾曰く、我汝をして行かしむるを以て汝行くことを得るなり、我若し汝を行かしめずんば云何《いかん》と、即ち身を樹に繞《めぐ》らすこと三匝《さんそう》し、三日を経て猶放たず。頭去りて、食を求めんと欲するも得ず、飢て死せんとして、尾に告げて曰く、汝我に勝れり、故に身を放てよ。尾則ち之を放つ。頭復曰く、汝既に勝れり、我に先ちて進むべしと、尾喜びて先づ進み、須臾にして火坑に堕ちて死せり。仏給はく、此は是衆生の無智にして、人我を執し、互に瞋《いか》り諍ひて共に三塗に沈むに譬へたるなり。」

実に、ロシヤやドイツの現状を鏡に写したやうに、見せられてゐるではありませんか。恐るべし恐るべしであります。

人皆世智弁聡の徒にして――一節は、新聞雑誌から得た不消化な知識を、心得顔に振り廻はす、半可通の民衆を叱咤した文字であります。知識の材料は、その日その夜、無限でありますから、毀誉褒貶・漫罵嘲笑も絶ゆる時はありません。洵に吾々の日常の生活振を顧みますと、一々此の通で、何とも申訳の無い次第であります。膚浅俗悪な浮世話無駄話はまだ善いとして、やれ新思潮だ新学問だ、マルクスが何うの、クロポトキンが何うのと生噛りの不消化物を、四辺構はず、吐き散らし撒き散らすのが、吾々の現実相であります。大いに争ふ君子の争の如きは、自守自衛のみ眼先きにちらついてゐる吾々には、胃袋の関係上、到底出来ないのであります。

昼には昼だけの小歓があります。大歓喜などは勿論有り得ない。棋《ご》を打つたり、将棋をさしたり、浄瑠璃を唸つたり、長唄をやつたり。夜は夜で一盃飲むか、イヤハヤですな。これは勿論僕自身の小歓小楽、笑つてはいけません。……何うしたつて、下品下生たることは争はれない。諸君は如何です。!?

爾《そ》の時大衆、或は叫《さけ》び或は笑へるがために、光炎菩薩の初転法輪は、あはれ此処にて終れり。世の人の、菩薩の「前説法」とも名づくるもの是なり。「嗚呼君、吾等にその下品《げぼん》下生《げしやう》を与へよ、吾等をその下品下生となせ、さらば吾等、君に贈るにその超人を以てせん。」――大衆は斯く叫べるなりき。彼等皆歓呼して舌を鼓しぬる時、光炎菩薩悄然として以為《おも》へらく、109

彼等はわれを解せざるなり、われは彼等の耳に語るべき口にあらず。110

われ恐らくは、山中に住すること、あまりに長きに過ぎたり。樹声水音を聴くこと、あまりに多きに過ぎたり。かゝるわれ、今牧羊者に同じき彼等に向つて、法を説かんとす。111

わが心は動ぜざるなり、わが心は朝の山の如く澄みわたれるなり。然るに彼等、われを以て冷酷なるものとなし、恐るべき諧謔を弄する嘲罵者となすなり。112

彼等今われを見て笑ふ。笑ひつゝ、猶ほわれを憎む、彼等の笑の中には氷あり。113

大衆の嘲笑のために、菩薩の初転法輪は終を告げたのであります。

菩薩の超人の教に向つては、大衆は唯聾の如く唖の如しであつた、所謂下品下生が彼等の本懐であつた。

その昔、釈迦牟尼仏の初転法輪は、あの大部の経典華厳経であつて、その高遠幽妙な法門を仏の説きたまふや、舎利弗《しやりほつ》等の諸大弟子《しよたいていし》すら猶ほ且つ聾の如く唖の如しであつたと伝はつてゐます。比倫を失するといふ御非難が起るかも知れませぬが、光炎菩薩の前説法が、全然失敗に畢《おは》つた趣《おもむき》は、釈尊のそれと似てゐると思ひます。

菩薩の心は不動山の如く澄明湖の如くであつても、不動の沈着は却つて冷酷と見え、澄明な智慧は却つて皮肉と響く。彼等大衆、笑を以てその説法に報いた、笑ふだけならまだ可い。彼等の笑のうちは氷ありで、憎悪の念の充ちた嘲笑であります。嗚呼已んぬるかなであります。

然しながら、菩薩は、その説法を已めたまはぬのであります。已めたまはぬのでありますが、説法の趣は違つて来ます。

六

折しも一大事こそは起りたれ、凡ての人の口は物言ふ能はず、凡ての人の眼は凝《すは》りぬ。これより先きかの綱渡人はその曲芸を始めたるなりき。彼は小さき戸を開いて現はれ出で、街と人とを脚下に眺めて、此方の塔より彼方の塔に懸わたしたる綱の上を歩みぬ。綱の中ほどに来れるとき、小さき戸は再び開かれ、五色の衣着たる道化者は、飛ぶが如く、綱の上に現はれ、足を速めて、先きの綱渡人の後を追ひ往き、恐ろしき声して、呼ばはるやう、「疾く歩まずや跛者奴、疾く歩まずや、怠惰者《なまけ》奴・憶病者奴・青瓢箪奴。わが踵もて擽《くすぐ》られざるやう疾く歩まずや。塔と塔との間のこの綱の上にて、汝何を為しつゝありや。塔の中にこそ汝は入るべきなれ、牢獄《ひとや》の中にこそ。汝は、汝よりも巧なる者の自在なる進路を妨ぐ」——と一語は一語より追ひ近づき、いま一歩と見るほどに、一大事こそは起りたれ、凡ての人の口は物言ふ能はず、凡ての人の眼は凝りぬ。かの道化者は悪魔の如き大声挙げて、その前に立てる男の頭上をば、身を躍らしてひらりと跳び超ゆる。かの時早くこの時遅く、すは先きんぜられしかと心附きし綱渡人は、心を失ひ綱も失ひ、その手に有てる竿を投げ捨て、その竿よりも早く、手と足とにて空に渦を画きて、地上に落ちたり。市の人々は、さながら暴風に狂へる海にも似たり、右往左往に逃げ廻り、彼の身の落つべき辺は、殊に狼狽を極めたりき。

さりながら、光炎菩薩のみは泰然として動きたまはざりき。かの綱渡人は、まさしく菩薩の傍に落ちぬ。あはれにも身は傷れ裂けたれども、虫の息は猶ほ通ひぬ。暫し経て後、彼は正気づきて傍に蹲踞《うづく》まれる菩薩を見て訴ふらく、「君、此処にて何を為したまふや。悪魔の吾を闇打せんは、わが夙に知れるところなりき。かの恐ろしき悪魔、今我を地獄に連れ往かんとす。君、われを救ひたまふや。」115

光炎菩薩答へて曰く、「心安かれ、わが友よ。汝の言ふところのもの一も在ることなし。地獄もあらず、鬼もあらず。汝の霊は汝の身よりも早く死するならん。汝、今に及んで何物をも恐るゝことなかれ。」116

綱渡人は猶ほ疑ふものあるが如く仰ぎ視つ、さて言ふやう、「君の語りたまふところ信ならば、われ今死して、何の失ふところなし。われは、或は鞭れ、或は飢えしめられて、踊ることを教へられたる一禽獣に外ならざればなり。」117

光炎菩薩告げたまはく、「さにあらず。汝は危険を以て汝の務と為したり、何の卑しむべきことかあらん。今や汝、その職の為に斃る。斯るを以ての故に、われ、わが双手もて、汝を葬らん。」118
光炎菩薩かく語りたまへるとき、死にゆく人は既《は》や答へざりき。されど彼、
その手を動かしぬ。菩薩に謝せんが為に、その手を求むるものゝ如かりき。119

本章には難解の文字が多い。西洋の註釈者もいろ〳〵の説を立ててゐるが、何れを見ても要領を得ない。先づ第一、綱は前章にもある通り、人類進化の象徴で、人間より超人に至る連鎖の行き路であるから、これには別段仔細はないとして、次に綱の上から落ちた綱渡人は、何を象徴したものでありましやう。

全集第五巻の三四七節の末文に、自由思想家《デル、フライエガイスト》（独立者・無神論者）を釈して、「人間一人が、他から命令せられねばならぬといふ根本的確信に到達せる時、その人は信仰的になるのであるが、之に反して、玆に如何なる信仰にも、また確実を欲する希望の一切にも告別を告ぐる程の意志の自由が、某の人にあつて、その人の鍛錬修行は能く、その人をして、軽い綱の上をも歩ましめ、懸崖に手を撤してさへ猶ほ且つ躍り得せしむるほどであつたなら、斯る人こそ即ち、無上の自由思想家であらうか」といふ一文があります、この独立者・無神論者・無解決・無理想のままで現実の大荒海を冒険的に乗つ切つて行く人が、此処の綱渡其人でありましやう。それは先づ、それで可いとしてさて、その綱渡を飛び越した道化

者が、甚だ不可解なのであります。

本品《ほんぽん》第五六章三七節に『道化者のみ「人間は跳び越され得るなり」、と思ふ』、といふ一句があり、全集十二巻二五五頁には「ツァーラトフーストラ自身が即ち、憐むべき綱渡人を跳び越す道化者なり、自己に対する嘲罵なり」、とある。以上の二文は一見矛盾した扞格《かんかく》相容れざる意味の文であります。註釈者のナウマン氏は、道化者の性急な・跳躍的な・大言壮語的な・五色絢爛式なところから割り出して、道化者は現実を無視して一躍蓬萊郷を建設しやうとするユトピアンであらう、と言つてゐます。同じく註釈者のグラムツォフ氏は、道化者は畢竟道化者で、真面目に解すべきものではなからう、と云つて、極めて簡単に埒を明けてゐます。

愈々訳が分らなくなつて来ました。そこでこれからが訳者自身の一家言でありますが、まあまあ聞いて下さい。驚いてはいけません。

綱渡人は仏教で所謂聖道門・難行道・律法主義の修行者であつて、道化者は即ち浄土門・易行道・信仰主義の妙好人である――これが訳者の説であります。諸君或は、奇想天外より落ち来る思をなされるかも知れぬが、訳者は斯く解するのが最も正しい解釈と信ずるのであります。

前に掲げた、親鸞聖人の教判を再び茲に拝借すれば、綱渡人は竪超の人で、道化者は横超の人であります。聖道門と云つたからつて、決してかの極めて無造作に我即仏を気取つて、のほほんと澄まし込んでゐる野狐禅輩を言ふのではない。或は手足切断、或は九年面壁、或は坐禅観法、或は精進潔斎、或は何、或は何、実に今日の吾人には、想像だも及ばざる程の必死の修行思惟をして、此土で成仏しやうとする大求道者を云ふのであります。前に引用したニーチエ先生の語にもある通り、「懸崖に手を撤してさへ踊り得る」に至らんとしつゝある人の謂であります。無限の綱を渡り行く修行者、万里一条の鉄を踏み行く求道者、一路蕩々果てしもない長道中をする聖道門の人々の勇猛心は、雄々しくもまた勇ましき自力振でありますが、さてかゝる修行者は、弥陀の本願力に乗托《じようたく》して、信楽開発《しんげうかいほつ》の一念に飛行自在の大翼を賦与せられた念仏の行者に追ひ越されはしないであらうか。健脚を誇つててく／＼と東海道を歩くのは、其志は殊勝至極であるが、楽々と汽車に乗つて煙草でも喫んでる人に、先き立たれるのを何とするぞ。日暮れて道遠しの感は起らぬであらうか。

まことに。日暮れて道遠しであります。此章の綱渡人のやうにまだ綱を渡り了らぬ前に死んだら何とするのであらう。凡夫と仏との間隔は五十二段もあると説かれたり、或は仏となるには三祇《ぎ》百大劫《たいごふ》の修行をせねばならぬとも云はれてある。見性悟道豈に容易ならんやで、まことに難行道であります。

人間として綱を渡るのは、容易ならぬ修行を積んだものでなければ出来ない芸当であるから、禅者の修行に譬へて、至極妙であります。それをまた、道化者が、楽々と歩いて来るところが、面白いのであります。広大無辺の仏力の加護を受けて、大安住の境に遊戯する念仏の行者の進む道は、無碍の一道であります。禅者の自力修行の道程を飛び越す事は、有り得べきことであります。

綱渡人がその臨終に際して言へる「悪魔、今我を地獄に連れ往かんとす云々」の言葉も、色々貴い宗教上の教訓を与へる文辞でありまして、決して軽々に看過してはならない。

禅の修行をして、我即仏とか心外無仏とかに大悟してゐた人が、その臨終に際して、鬼を恐れ、地獄を畏れ出した例は、いくらも有ることを御記憶を願ひたい。それは禅の不徹底から来るのだと云つて了へばそれ迄ですが、死に往く人の、何とも云へぬ淋しみを救済する力が、我即仏の安心悟得では、生れ出ないのではありますまいか。（近角常観《ちかずみじやうくわん》師著「親鸞聖人の信仰」参照）

この悲歎怖畏に対する光炎菩薩の初引導——これがまた禅家の引導に似てゐるのも面白い。

一休和尚の歌に、

本来もなき古への我なれば
死にゆく方も何もかもなし

作りおく罪の須弥ほどあるならば
　ゑんまのちやうにつけ所なし
我心そのまま仏いき仏
　波を離れて水のあらめや
そんなら、吾々は死んで何うなるのであらうか。一休和尚云く、
雨あられ雪や氷とへだつれど
　おつれば同じ谷川の水
また、和尚の仮名法語に云く、
「地獄とは汝が心中に貪瞋痴《どんしんち》の三毒是也、地獄とて別に余の世界あることにては非ず」。
菩薩の引導も、地獄を否定し鬼を否定し、死後の心を否定して、唯死者の作った業・冒険的な一生の業を歎美して、汝の一生は禽獣のそれではなく、危険を冒してその務となせる天晴な一生であると賞めたまうた。
「君の語りたまふところ信ならば」の一句がある以上、瀕死の綱渡人は菩薩の言を信じて安住したものと見えるのでありますが、私の信仰から云へば、この引導では、私自身は成仏はできませぬ、一休和尚の御引導でも、私は往生は出来ませぬ。
私自身は、親鸞聖人の教行信証を、絶対に文字通に信ずるものであります、他

力を信じます、弥陀の本願を有難く信受いたします。されば、西方極楽も地獄も地理的に如実に信じます。己身の弥陀・己心の浄土などは、私には囈言《たはこと》としか思はれません。自覚成仏だのと云つて、西洋哲学と聖人の信仰を雑種にしたやうな説き方は、信仰上の悪魔外道だと思ひます。これだけを御承知を願つて置かないと、後の評論に於いて、諸君の誤解を来たす恐がありますから、蛇足ながら一言する次第であります。

七

暮れ果てゝ、街は闇の中に包まれたり。大衆は皆去りぬ。怖きもの見たき思も今は倦みければなり。光炎菩薩は、さりながら、死者の傍の地上に坐して、深き思に沈みたまひぬ。かくして時の過ぐるを忘れゐたまへり。さるほどに終《つひ》に夜となりて、冷風一陣、寂しき人の面を吹きぬ。光炎菩薩やをら身を起したまひ、その心に語つて曰く、120

「実に実に、われ光炎、今日おもしろき漁《すなどり》を為しぬ。人を漁らんとせしわれは、人を釣らずして、死体を獲たり。121

人生は気味悪きものなり。常に猶ほ意義なきものなり。かの道化者すら、人の世の災禍となり得んとは、噫。123（122原本欠——編集部註）

われは人々にその生存の意義を教へんと欲するものなり。生存の意義は超人（仏）なり。人間の黒雲より現はれ来る電光なり。

されどわれは、彼等とは今猶ほ縁遠きものなり。124 わが心は彼等の心に語らざるなり。彼等より見れば、今のわれは猶ほ、愚人と死骸《むくろ》との中間物たるに外ならざらん。125

夜は暗し、われ光炎の歩む道もまた暗し。来れ汝冷かなる硬き同行《とも》よ、わが双手以て汝を葬るべきところに、われ汝を運び往かん。」126

「人を漁る」といふ語は、新約全書に出てゐる。

「イエス、ガラリヤの海辺を歩みて、ペテロと云ふシモン、その兄弟アンデレと二人にて海に網うてるを見たり、彼等は漁者《すなどりびと》なり。之に曰けるは、我に従へ、我爾曹《なんぢら》を人を漁る者と為さん」（馬太伝《マタイでん》第四章一八、一九節）

この語は、後に本品《ほんぽん》に出て来ます。宗教の使命は人を漁ることであるから、この一語は面白い。然るに、光炎菩薩は生ける人を漁らずして、死人を漁つたのであるから、その失望思ひ遣るだに気の毒であります。併しながら、かの道化者すら人の運命を左右するを見ては、人生の真意義を人間に説かんとする自分の使命の、いよ〱重大なるを思はざるを得ない。

この章では、道化者はやはり道化者のままに解して、一椿事を惹き起した一人の芸人と解しても可し、またナウマン氏の説の如く、現実の因縁果を無視する空想家と解しても面白からう。夢想家・空想家・ユトピアンですら、一人の人間を精神的に殺すほどの力があるとなつては、人生は未だ意義なしと云はざるを得ないではないか。わが行く道は、前途遼遠である。夜の暗きが如く、わが行く道も暗い。また夜の危きが如く、わが行く道も危いのであるが、わが心・わが志は鉄石の如く堅い、猛然と疑懼つかずに、己が目標さして進まん、――これが菩薩の述懐でありましょう。

「愚人と死骸」――愚人は下らぬ言説を弄するの意、死骸は冷酷の意である。

八

光炎菩薩、かくその心に語りたまひし後、死骸をその脊に負ひて歩み出でたまへり。歩み進みたまふこと百歩にも足らざる時、人一人忍び寄りて、菩薩の耳に囁きぬ。――物言ひしは誰ぞ、見よ、そは、かの塔の道化者なりき。彼、光炎菩薩に告げて云く、「噫、光炎子、早く此の町を去らずや、汝を憎む人は余りに多し。善き人義《たゞ》しき人は汝を憎み、汝を呼んで彼等の敵となし彼等の侮蔑者となすなり。正しき宗教の信者もまた汝を憎みて、汝を呼んで衆生の敵となすなり。彼等が唯汝を笑ひたるは汝の僥倖なりき、而《しかう》して彼等の笑ひたるは理ならずや、汝は道化者の如く説きたればなり。汝が死せる犬と道を共にせるは汝の僥倖なりき、汝が自ら卑うすること此の如かりしがために、汝の身は今日のみは安穏なるを得たりしなり。されど疾く疾く此の町を去れ、――汝去らずんば、われ明日、汝の頭上を跳び越えん、生きたるわれは、汝を跳び越えて汝を殺さん」――、と言ひ畢《をは》りて、人の姿は消えぬ。光炎菩薩は、さりながら、暗き途を進み往きたまへり。[127]

道化者の忠告は、半ば好意で、半ば利己的であります。新しき道を説く人は、何時の世にもある如く、時の自称善人自称義人から迫害せられ、時の正教信者から悪魔外道視されるのが常である以上、道化者の忠言は当つて居ります。それと同時に空想家の道化者は、光炎菩薩のために、自分の畑を荒される恐もあるのであるから、自分の為にも、菩薩が、この辺を徘徊《うろつ》いてくれぬ方が有難い訳であります。早く此の処を去れと云ふ言葉は利己心が言はせた表向の忠言とも解《と》れます。「生きたるわれは、汝を跳び越えて汝を殺さん、」――自分の道化者めいた説法で、物の見事に汝の教に打ち勝たうの意味であらう。超人だの仏だのと、世迷言を言はうより、俺の空想談の方が人気を博するぜ。今日の説法は俺の云ふところと同じであつたから、大迫害を免れたのだ、危いことであつたといふ意であらう。道化者が、相手を道化者にして了つたところが可笑しい。

町の門の辺にて、菩薩は二三の墓掘人に会ひたまへり。彼等は各々手に持てる火把《たいまつ》もて菩薩の面を照らし、その光炎菩薩たるを見識りて、嘲つて云く、「見よ光炎先生は死せる犬を運び往く、先生が墓掘人となれる、妙ならずや。何となれば、吾等が手は、此の如き腐肉のためには余りに清ければなり。先生は悪魔より、悪魔の食を盗まんと欲するなるか。それもまた可ならん。希《こひねがは》くは、その晩餐の目出度かれ。唯それ、悪魔の、先生よりも優れたる盗人ならずんば幸なり。――悪魔は先生と犬とを盗まん、先生と犬とを食まん」、而して彼等互に笑ひ崩ほれて、鉢合をなしぬ。128

「墓掘人」——歴史家の事です、歴史家と云つても、史家全体を指すのではありません。過去の墓穴を掘り返して、その塵埃の下に没頭して、現在現実を忘れる史家のことを云ふのであります。此の言葉は、全集の所々に出ます、或は学者が墓掘と云はれ、或は哲学者が墓掘と云はれ、或は片々たる蛙鳴《あめい》蟬噪《ぜんさう》の代議士が墓掘と云はれます。全集八巻の六四頁には、「物の原始を探求せんが為に、人は蟹と為る。歴史家は逆視す、終には彼はまた逆信する」、とあつて、蟹にも譬へられる。

　これに就いて思ひ出しましたことは、仏の十大尊号の中に、善逝といふ尊号のあることです。善逝とは如何なる意味か、読んで字の如しで、善く逝くの意である。水の一たび逝いて帰り来らざるが如しで、云ふ心は、過去の一切に囚はれずして、後顧の憂なく、光明ある未来に向つて勇往邁進したまふの意であるさうであります。

　吾々は過去の事を、勿論知らねばならぬ。吾々一切の学問知識は、先づ過去の事を教へられることから始まると言つても可い。併しながら、宗教上の事になると、左様な意味の事を申すのではない。吾々の心の煩悶懊悩のことを云ふのである。吾々が現在、困りつゝあることは、十中八九、悉く過去の追憶や後悔やで充ち充ちて居るものであります。あゝせねば可かつた、斯うすれば善かつたなどと、今更取り返しのつかぬことを、何度でも繰り返しては思ひ出し、思ひ出しては繰り返して、悩んでゐるのがお互の日常生活ではありませぬか。これが若し仏の如く、善逝式に、一切の過去の繋縛から切り放されたら、吾々煩悶の大部分は無くなる訳である。史家を墓掘と云ふ所以のものも、吾々の心史の問題としなければ、何の意義もないことであります。吾々が一たび信楽開発《しんげうかいほつ》して、涅槃の浄土が将来に開けて来ますと、たとひそれが仏のやうに善逝には成り得ずとするも、迷の根本は断ち切られて、稍ともすると、眼が後に向ひさうになる途端、未来の赫々たる光明を仰いでは楽しませて戴く心持、何とも言へぬ難有さであります。これは、どうしてもその境を実験したものでなくては、分りませぬ。

　悪魔は死骸を餌食とするものであると云ふところから、死骸を脊負うて行く光炎菩薩を、その悪魔の如く死骸を食うものと見て、史家達は、悪魔の食を盗むものと評したのであらう。

　光炎菩薩は、史家の人々から、とうとう、盗人と罵られて了つた。宗教的自覚から云はうなら、汝は盗人也、はい然うであります。汝は神なき悪人也、はい然うであります。汝は五逆の罪人なり、はい然うであります、汝は大馬鹿也、はい然うであります。何と云はれたつて、はい然うでありますとなります。他人が罵らない前から、大悪人を自覚してゐるのでありますから、何と云はれても、腹の立ちやうが無い訳であります。光炎菩薩が、何と言はれやうが、無言で過ぎ往かるゝ貴さを看て戴かなくては、勿体ないことであります。

光炎菩薩は、一語も之に答ふることなく、その途を歩みたまへり。森また森を越え、沼また沼を経て、二時《ふたとき》の道を過《よぎ》りたまひしとき、餓えたる狼の咆ゆるを聞きて、自らも飢えたるを覚えたまひつ、只《と》ある一軒家の、燈あるをたよりて、近《ちかづ》きたまひぬ。129

光炎菩薩曰く、飢餓のわれを襲ふや、猶ほ山賊のわれを襲ふが如し。わが飢餓は森と沼との中にて深夜われを襲ふ。130

わが飢餓には不可思議なる癖あり。彼は屢々食後に及んで始めてわれに迫れるなるを、然るに彼今日、終日《ひねもす》わが許に来らざりき、何処を彷徨ひたるにかあらむ。131

狼の咆ゆる声を聞いて、身の危険を憂へずして、狼の飢の如き大空腹を覚え出すところに、無限の妙味があると思ひます。

斯くて、光炎菩薩、家の戸を叩きたまひぬ、老いたる人現れ出で、手に燈火を提げて問うて云く、わが許に来りしは誰ぞ、わが悪しき睡眠の許に来りしは誰ぞ。132

光炎菩薩曰く、「生ける人ひとり、死せる人ひとり。われに飲むものと食ふものとを与へたまへ、われは今日物食ふことを忘れたるなり。飢えたる者に食ましむる人はおのが心を慰むべし、と昔の聖は云はずや。」133

新約全書に、

わが弟子なるをもて、小さき一人の者に冷かなる水一杯にても飲ます る者は、誠に爾曹《なんぢら》に告げん、必ず其報賞を失はじ。（馬太伝《マタイでん》第一〇章四二節）

と出てゐるのが、昔の聖は云はずやに当ります、この報賞を得べし、おのが心を慰むべしの意味は、後に本品《ほんぼん》に入《い》りて（第二七章六節）否定せられます。

老いたる人は去り往きしが、再び帰り来り、光炎菩薩に麵麭《ぱん》と葡萄酒とを差し出して云く、「此処は飢えたるものゝ窮する悪しき処なればこそ、われは此処に居を構ふるなれ、されば隠者たるわが栖《す》には人も来り獣も来る。さりながら汝よ、汝の道連れのものにも飲まし食はせよ。彼は汝よりも疲れたるならん」。光炎菩薩答へて曰く、「あらず君、わが伴へるものは死せる人なり、死者に薦めんは、わが能くするところにあらず。」老いたる人は意《こゝろ》平かならざるもの、如く告げて曰く、「そはわれに何の関するところぞ、一たびわが門を叩けるものは、先づわが呈するものを取らざるべからず。されば汝等二人、共に食ひて且つ幸なれ。」——134

此処の隠者は、前の第二章に出てゐる隠者とは同じ隠者でありながら、全くその趣が違ひます。前のは独善独調、仏教で所謂灰身《けしん》滅智的の厭世的隠者であつたが、此処のは、まだ娑婆に未練がある。色々の事が気に懸つて善眠を得ない、無理にも施物を強ひる隠者であります。死人にまでその食を与へなくては気の済まない隠者であります。日本には、斯う云ふ隠者山僧が沢山あつて、旅人を泊めてくれたり、食を与へてくれたり、大布施行をしてくれるのは、有難いことであります。此処では、菩薩と、何等の宗教上の問答のないのも、却つて奥床しく思はれるではありませぬか。

光炎菩薩は斯かりし後、更に二時の道を歩みたまへり。菩薩はその道と星の光とを信じたまへるなり。菩薩は夜道に慣れて、眠れる人の顔見るを以てその喜悦となせる人なりければなり。東雲の空やう〳〵白みわたれるころ、光炎菩薩は深山に入りて、その道を失ひたまひぬ。さらばとて死者の遺骸を下して、狼の餌食とならざらんやう、おのが頭に近く、空洞なせる老樹の中に横たへ、己れは苔むす地上に倒れて、熟睡《うまい》に入りたまひぬ、身はいたく疲れたれども、その心は動ぜざりき。135

前章から引き続いて、菩薩の菩薩たる人格が、極めて鮮明に書かれてあります。綱渡人がその傍に落ち来るも泰然不動でありました。死骸を伴うての夜の旅も平気でありました。狼が咆哮しても無怖畏でありました。今はまた、綱渡の死骸を保護することにばかり心を労して、菩薩自身はその身を投げ出しての熟睡に入りたまふ、崇高な感に打たれざるを得ない、この無怖畏の境が即ち菩薩の霊場であります。仏教では無畏施といふことが、やかましく言はれますが、無畏施とは即ち、人に大安心を与へて、その畏怖心から解脱せしむることであります。此くするには、説者自身先づ無畏の境に遊んでゐなくてはなりませぬ。観世音菩薩が施無畏者と称せらるる所以を参究するが宜しい。

九

光炎菩薩は長く眠りたまへり。曙光その面を照せども起きず、日は既に三竿の高きに昇れども起きず。されど、終に眠は覚めたり。光炎菩薩、森を見て驚き、森の静寂を見て驚き、またわれとわが心を観て驚きたまひぬ。その時、忽ち、身を起したまひぬ。そのさま渺茫たる大海原に、忽然と陸を見たる船人の如かりき、身を起して歓呼したまへり。菩薩は新なる真理を見たまひたればなり。かくて光炎菩薩、その心に語つて曰く、[136]

「われは新なる光明を見たり。われはわが同行《とも》を得んことを要す。而して生ける同行を得んことを要す。死せる同行と遺骸とを得て、わが往かんとするところに運び往かんは、わが為すべきことにあらず。[137]あらず、われはわが往かんと欲するところに、われに従ひ来るべき同行を得んことを要す。彼等何が故にわれに従ふぞ、彼等は自己に従はんと欲するが故に。[138]

われは新なる光明を見たり。われ光炎は民衆に語らずして同行に語らん、われ光炎は群羊の牧者となり犬となるべからず。139

群羊の中より数羊を誘ひ去らんがために、われは来れり。民衆と群羊とはわがために怒らん、牧者はわれを以て盗となさん。140

われは彼等を牧者と名づく。されど彼等は自ら呼んで善き者・義《たゞ》しき者といふ。われは彼等を牧者と名づく、されど彼等は自ら呼んで正しき宗教の信者といふ。141

かの善き者と義しき者とを見よ。彼等の最も憎む人は誰ぞ。彼等の有てる価値の板を壊す人にあらずや、破る人にあらずや、犯す人にあらずや。されど、かの壊す人・破る人・犯す人は実に創《つく》造る人なり。142

あらゆる宗教の信者を見よ、彼等の最も憎む人は誰ぞ。彼等の有てる価値の板を壊す人にあらずや、破る人にあらずや、犯す人にあらずや。されど、かの壊す人・破る人・犯す人は実に創造る人なり。143

創造る人は同行を求む、而して遺骸を求めざるなり、而して群羊を求めざるなり、而して信者を求めざるなり。創造る人は与に創造る人を求む、新なる板の上に新なる価値を書く人を求む。[144]

創造る人は同行を求む、而して与に刈る人を求む。凡て、創造る人の四辺には、一切のもの累々として成熟し、その刈るを待てばなり。されど、彼には百の鎌なし、かるがゆゑに彼は、その穂を揉《むし》りて悶え煩ふ。[145]

創造る人は同行を求む。而して鎌を研ぐことを知れる同行を求む。彼等は破壊者と呼ばれ、善悪の侮蔑者と呼ばるべし。されど、彼等は収獲者にしてまた祝福者なり。[146]

われは与に創造り、与に刈り、与に祝ふ人を求む。かの紛々たる群羊と・牧者と・遺骸とを以て、われ能く何をか為さんや。[147]

さらば汝、わが初めの同行よ、汝の身に幸あれかし。われは好く、汝を空洞《うつろ》なせる老木のなかに葬れり。われは好く、群狼に食まれざらんやう、汝を隠匿《かくま》ひ置けり。[148]

されど、われは汝と別れざるを得ず、時は一転せり。曙と曙との間に、われは新なる真理を覚れり。[149]

われは牧者たるべからず、墓掘人たるべからず、われはまたと再び大衆に語ることを好まざるなり。死者と語るも之を終となさん。150

創造る人・刈る人・祝ふ人に、われは同行とならん。われは彼等に虹を示し、超人のあらゆる階梯を示さん。151

孤独の隠者等には、われ、わが歌をうたふべし。唯一人の友を有する二人づゝの隠者等にも、われ、わが歌をうたふべし。而して前代未聞のことを聞くべく、今猶ほ耳を有せん人には、われ、わが幸もてその心を重からしめん。152

われはわが目的に向つて進まん、われはわが行くべき道を歩まん。躊躇ふ人の頭上を越えて、われは跳びゆかん。されば、わが躍進は、彼等の破滅とならん。」153


此の一章は菩薩が心機一転の自内証を端的に描き出した名文字であります。読者諸君に、一気に読んで戴きたいために、特に論註を挿まないで、一章全部を列ねました。

意義は各節ともに明瞭であらうと思ふが、例の婆々談議、蛇足ながら多少の註を加へます。

菩薩は、その初め、山中に禅定三昧して大悟した人でありました。今、また、森の静寂を見て驚き、新な光明に接したまうたのであります。それから、忽ち、蹶起して、新な光を追うて猛然と、衆生済度に向はうといふのであります。仏教では坐・立・歩といふことを言ひますが、菩薩のは、眠・覚・立・歩とでもいふ段階になつてをります。

　さてその新光明とは何か。同行同朋を得ることであります。盲従的な信者を得ることの無意義を覚つたのであります。死者に引導を渡すことも、死者を葬ることも無意義となつたのであります。

「一宗の繁昌と申すは、人の多くあつまり威の大なる事にてはなく候、一人なりとも人の信を取るが、一宗の繁昌に候。然れば、専修正行《せんじゆしやうぎやう》の繁昌は遺弟《ゆゐてい》の念力より成《じやう》ずとあそばされをかれ候」(御一代記聞書一二二条)

と、蓮如上人の云はれたのも、同一の自覚であります。また「歎異抄」に、

「各々十余箇国の境を越えて、身命を顧みずして、尋ね来らしめたまふ御志、ひとへに往生極楽の道を問ひ聞かんが為なり。しかるに「念仏より他に往生の道をも存知し、また法文等をも知りたるらん」と心にくく思召しおはしましてはんべらんは、大きなる誤なり。もししからば、南都北嶺にもゆゆしき学生たち多く座《おは》せられて候なれば、かの人々にも会ひたてまつりて、往生の要よく〳〵聞かるべ

きなり」

と、あつて次に御自身の信心を述べたまひて後、

「詮ずるところ、愚身が信心に於きては此の如し。このうへは、念仏をとりて信じたてまつらんとも、また棄てんとも、面々の御計ひなり。」

と、ぽんと衝き放された聖人の御態度は、丁度「われに従ひ来るべき同行をのみ得んことを要す」に当ります。されば、親鸞聖人は
「親鸞は弟子一人も持たず候ふ」

とも云はれて、弟子といふ言葉さへ、之を退けられたのであります。さうして一味の信心を得た人々をば「御同朋御同行」と申されました。光炎菩薩もまた、その聞法の人々を兄弟と呼んで、決して弟子呼はりなど致されないところ、まことに同一の法味であつて、有難いことであります。

「自己に従はんと欲するが故に」――誤解を来たし易い文字であります。世間法式に云ふと、変になります、我利我利主義のやうにも見えませう。それが宗教上の文字に用ひられると、がらつと変つた味になるから不思議であります。仏語を借りて云へば、自利・利他、或は自覚・覚他・覚行円満などと云つて、明かに自利といふ文字が使つてあります。自利主義だの、個人主義だのと云つて、言葉を用ひると、立ちどころに耳を掩うて逃げ行くやうな無自覚な人が今日の世に於いて、

まだ〳〵多数居るやうであるから。一応この意義を説かねばならない。

一体、宗教的覚醒に入るにはどうしても、その出発点は絶対的自利主義・絶対的個人主義であります。それがよしんば自卑であらうと乃至自尊であらうとも、飽くまで自であつて他でないのであります。我であつて彼でないのであります。ところが仏の大慈悲心に接して、信心開発の刹那、仏凡一体・生仏一如の新天地が開けて来ると、天上天下唯我独尊の法悦境が分つて来て、踴躍歓喜の頂点に達します。同時にまた、衆生一切成仏の意味も分つて来て、天上天下唯彼独尊の法悦に入ります。独尊はまた同時に独卑になります。この卑即尊、尊即卑の妙諦は、到底言説の及ぶべきところではありません。強ひて、譬を以て云うて見れば、親の慈悲が分つて心魂に徹した刹那、わが身は尊い一身であると喜ぶと同時に、親に対しては唯々卑しい自分を斯くまでに、と絶対の卑下謙遜に成り了せる、と同時にまた、「あれも人の子樽拾ひ」の俳句の真味も分つて来やうといふものぢや。

自尊の人が他尊の人となるのでなくては、尊の一字の尊さが消えて了ふ。そこで盲従といふことが下らないし、盲信といふことが厭になる。一味の信海に遊べば、我他彼此は取り除かれて、紅炉上一点雪と消滅しながら、しかも猶ほ我は我、彼は彼で並立して相悖《あひもと》らざる不可思議境となるから、難有いのであります。我に従ふ所以が、彼に従ふ所以であり、彼に従ふ所以がまた我に従ふ所以となつて、始めて、法友ともなり信友ともなり得たのであります。

「創造る人」――駄小説を作るのも創造といへば創造であります。平凡な絵画を作るのも創造といへば創造であります。しかしこの意味は、そんなことを云ふのではありません。実に心的改造を創作する宗教的大業を云ふのであります。新なる板の上に新なる価値を書くことを云ふのであります。

　併しながら、玆《こゝ》でもまた誤解を防いで置かねばならぬ。新と云うと、全然新の事業のやうに読者諸君が思はれては、大辺な邪見に陥ります。真理の大道は日月の如く、古今東西を通じて唯一不二でなければならぬ。時代と共に国土に応じて、変化するものは、断じて真理でありません。

　また独創と云ふことも考へものであります。拙い十七字や平凡な三十一字を並べて独創がるのも笑ふべきことでありますが、一体どれだけが独創で、どれだけが他人創であるか、これまた容易に断定の出来ないことであります。之に就いて、例のゲーテ先生は、

「独創々々と口癖のやうに世間で云ふが、それは全体如何なる意味で云ふのか。吾々は、生れるや否や、外界は吾等の上に影響し始める、斯くして死ぬるまで然うである。総じて、勢力や体力や欲求以外に吾々自身の物と名くべきものがあるか。若し自分があらゆる先進や同時代の人々から享受した一切を言ひ得たなら、

自分の物として何が残るであらう。」
と云つてゐられますが、味の深い言葉であると思ひます。更に語を継いで、或
「しかし此の際、見逃がし難いことは、吾々の生涯のいかなる時代に於いて、或る優れた大人物の影響が起るかといふことだ。レシング、ヰンケルマン及びカントが自分よりも先輩であつて、前の二人が自分の幼年時代、後の一人が自分の晩年に加力したことは、自分に取つては大いなる意義のあることだ。次には、あのシラーが、自分よりも十年も若く、自分が世に倦み始めた頃に、今を盛りの働き盛りであつたことや、フムボルト兄弟やシユレーゲル兄弟が、見る々めき〳〵と羽振りを利かし始めたことなど、重大な意味を有つ。」
と云はれてあります。ニーチエ先生にシヨーペンハウエル先生が無かつたら何うであつたらう、親鸞聖人に法然上人が無かつたら何うであつたらう。

　此の場合、自分のことを申しては、増上慢になるか知れませぬが、申さずにはゐられませんから申しますと、私自身は東京に引き続いて居たなら、或は永遠に道に入るを得ずして、迷妄転倒の一生を終つたのかも知れませぬ。仙台に参つて仙台求道会の御世話になり、近角常観《ちかずみじやうくわん》師の懇篤な提撕《ていぜい》を受けたのが、そも〳〵の発心《ほつしん》の動機となりました因縁を回顧しますと、今更ながら、仏の摂化方便の高大無辺なるを仰がねばなりません。

や、これはしたり、話が飛んだ横道に入りまして、失礼しました。ところで前申す通り真理は一ツであるべき筈であるのに、何が故に人心を取扱ふ宗教の上に於いて、かくも種々な変遷をしたのであらうか、何が故に時代毎に新価値を書く祖師上人方が出られなければならないのであらうか、これは誰しも不審を懐く点でありますから、不肖ながら愚見を述べます。

第一には、言語の混乱であります。その古、バビロンでは聳天の塔を建てかけたところ、下のものと上にゐるものと言語の混乱を生じたために、その完成を中止した、とある話は意味の深い教訓であります。

人間といふものが、絶えず新刺戟を要する一動物だから始末に困る。言語その者も、年を経ると、いかなる名文句も、黴が生へたやうに陳腐になつて、利目が無くなるのである。釈尊の金口《きんく》から出た経文そのものは、三千年の昔も今日も一字不増不減であつても、読者の言語感に強く響かなくなつた後世に於ては何うしても、之を時代相応の新文字に創作せねば、利目が無い。そこで歴代の高僧知識は、時勢に応じて各々大創作を試みられたものと信ずる。真宗の教義から申して見ましても、念仏を称へよ——これが法然上人の大創作であります、これがさうして同時に当時の宗教界に対する大転価であります、迫害の起る所以であります。たゞ信心を要とすと知るべし——これが親鸞聖人の大創作であります、同時にまた大転価であります、流罪の起る所以であります。たゞ弥陀を頼め――これが蓮如上人の大創作であります、同時にまた大転価であります。たゞ信仰の二字のみ――これが近角上人の大創造であります、同時にまた大転価であります。而うして何れも、古今一貫の無碍道――釈尊出世の本懐を継承伝弘せられたものに外ならぬ。

第二には法は人本であるからであります。言語だけで、法が説けるものなら、私にだつて出来ます。真に法を体得した人々の口から出ないと、言語なるものは蛙鳴蟬噪と何の相違も無いことになります。猶ほ徹底的に之を云へば、無言で善いのであります。説けば説くほど真の精神を遠かるのであるから、無言でなければならない訳になる。だから結局人に帰して了ひます。人本主義といふ語は変な熟語ですが、此の意味で云ふのなら、至極妙であります。相思の男女が西洋の小説のやうに、千万言を弄し合ふのは、お互に虚偽を行つてゐるので、恋愛の極致も、結局無言になるのが落であると思ふ。

歎異抄の「善き人の仰を被りて信ずる外に別の仔細なきなり」も、「の仰を被りて」を、たゞの「を」の字に縮め奉つても難有いと思ひます。即ち、「善き人を信ずる外に別に仔細なきなり」で、人を信じなければ、宗教は成り立たない、拈華微笑《ねんげみせう》は釈尊と迦葉尊者《かせふそんじや》だから成り立つのであり、維摩居士《ゆゐまこじ》の一黙も、文殊と維摩との龍虎相搏つが如き大角力であるから面白いのではないか。お互同志が……と云つては失礼ですが、まづお互がですな、むやみににやにや笑つたり、黙々として石仏の如くなつたのでは、事が滑稽になります。だから、黙も笑も、また人によりけりである。

そこでいよ〳〵本論に入ります。光炎菩薩の創造は、然らば何か。超人「仏」――たゞこの二字であります。然り、たゞこの二字が、神を無みした教とあつて、当時の欧米を驚かし、今の日本をも驚かしつゝあるのであります。爾余の千言万語は、たゞこの二字の意義を知らしむるための説法たること、丁度華厳経八十巻が仏を説くための説法であると同じいのであります。

たゞこの二字の発明――発見といひますか――が、当時の思想界宗教界の一大転価を惹き起したのに外ならないから、恐ろしいものであります。しかしながら超人の意義を汲めば、毫末《がうまつ》も新しいものではないので、ギリシヤ以来、自覚を求めた人間の皆欣求した理想境であるのであります。しかるにも拘はらず、この二字が眼新しく、且つ恐ろしく響きわたるところが即ち、時代の堕眠を破る大警鐘となり、似而非《えせ》信者・似而非道学先生を殴りつける大鉄鎚となる所以であつて、著者のニーチエ先生が宗教界の大創作家となる所以も、茲に帰するのであります。「善人義人」は所謂クリスト上人に於けるパリサイの徒である。此章では善人も義人も、またあらゆる宗教の信者も、客観的に対立的に、新価値を書く人と別々に見るのが、文意の正面であるが、これを私は、私一身の求道上の前後に於ける心的過程と見る方が、宗教的の無上命令であるかの如くに感じてをりますので、それを一つ説かせて戴きたい。

総じて、毎々申す通り。宗教上の教なるものは、衆生悉皆成仏《しゆじやうしつかいぜうぶつ》の教になるのでなくしては、一向に有難くない訳であります。若し超人なるものが、ナポレオンやゲーテやミケランジエロやラフアエルや太閤様や権現様のやうな人々のみを指すのであつたら、超人教なるものは、吾々凡人に取つて、仏教の聖道門の教よりも、猶一層縁の遠い間接的な教となつて了ふ。読んで面白いかも知れぬが、読まなくつても一向に差支はない。

超人は仏であると釈する以上——これは小さいながらも私の創作でありますが——決して左様な天才を担ぎ出して御目に懸けることはしませぬ。私は、一切を私自身の問題に致しまして、さうして有難く喜ばせて戴ける教でなくては、人様にも御薦めは致さぬ了見でをりますだけに、此章の菩薩の述懐の全部も、私自身の心の説明であると解させて戴くのであります。

偽善振つたり、時には偽悪振つてゐた私の心を徹見剖検《てつけんぼうけん》しますと、その一々が虚偽で固めた腐肉のやうなものであつたと思ひます。我とわが心を偽り装うて、表面だけ、様々の芸当を演じます。教壇に立つては、新思想家振つて見たり、酒宴に出てはお幇間《たいこ》のやうな真似をしたり、女房どもに向ひては、しかつめらしく何が不足かと云つたやうな気取方をしたり、友人達に対しては、愚にもつかぬ戯談を云つたりして、何人に対しても、嘗て一度、真実な声を発し、真実な態度を向けたことがない。斯る場合、私の一番恐ろしいのは、自分の仮面を剝ぎ取られることであります。真実になりたくないのではない、偶には、真実の声に接したいと思ふことが電光のやうにやつてくる事はありますが、直ぐまた花火線香のやうに、ぱたりと消えて了ひます。なあに、どうせ人間は、虚偽で固めた動物だ、可い加減に茶らつぽこを云つて、お山かちやんりんで、世渡りをすればよいのだ位の、自造安心を極め込んで、姑息偸安《とうあん》に、その日暮らしを続ける。云ひかへれば、自分の虚仮《こけ》不実を弁護したり是認したりしてゐるのですから、他人の真実が、何うしても見えて来ません。をこがましくも、真実に生きて来た人を、却つて罵しるやうなていたらくであります。此章の文字で云へば、自分で極め込んで安逸境に住してゐる、その自分免許の価値を、何うしても壊し得ないのであります、壊すことを恐れてゐたのであります、壊すことを憚つてゐたのであります。仏語で云へば、破戒無慚の黒雲に覆はれて、有難い仏心に接することを厭うてゐたのであります。「正信偈《しやうしんげ》」に仰せられてある

貪《とん》愛《あい》瞋《しん》憎《ぞう》之《の》雲《うん》霧《むは》

常覆真実信心天《つねにしんじつしんのてんをおほへり》

が、全く過去幾十年間の俗悪醜陋極まる私の境涯を云はれてあるのであります。然るに、噫然るにですな、その、図太い私の心、私の有つてゐた、私だけには大切であつた、価値の板を壊してくれた人は誰あらう、思ひもかけぬ、仏であつたのであります。私の永年嫌ひぬいて来た、逃げ通して来た、仏であつたのであります。これがまた「正信偈」に

獲信見敬大慶喜《しんをえてみてうやまひおほいにきやうきすれば》

即横超截五悪趣《すなはちよこにごあくしゆをてうせつす》

と明らさまに、書かれてあります。古び腐つてゐた私の心の板は、木の香の高い新しい板となりました。古板の古文字は、跡方もなく消えて了つて、新しい・有難い・崇高な・何とも歎とも言ひやうのない霊的文字が刻み込まれました。その刹那端的に、仏は、私の心を粉微塵に破壊した大鉄鎚でありました、私の心内に犯し来つた大謀反人でありました、大叛逆者でありました、と同時に雷電の如く私の心を撃つた自覚は、仏は広大無辺の大創造者であるといふことでありました。と同時にまた、私自身、この滄海の一粟にも当らない、微弱な私自身も、大創造者のうちの小創造者であることに気附いたことでありました。まことに悪夢から

醒めたやうな気持でありました。踊り出したくなるやうな心持でありました。

長く、私自身の事を申し上げて相済みません。さて次に、

「一切のもの累々として成熟し」云々と、「百の鎌」と、「その穂を採りて悶え煩創造る人には同朋が要ります。ふ」と——一々含蓄の多い譬喩的文字であります。

仏智慧を信じた人は同信の友が要ります。所謂自信教人信で、常行大悲であります。何故、然うせねばならぬか。然うせねばならぬかは問題になりませぬ。然うせずにはゐられないのであります。自力を棄てて他力に縋つた満腹の行者、心の方向変換を成し遂げさせて貰つた安心決定者は、同一の法味を他人に預け与へずには居られないのであります。一切衆生、今が煩悩の真盛り、貪《どん》・瞋《じん》・痴《ち》の三毒の実は、はちきれさうに熟して居ります。顚倒想の稲の穂は、首うなだれて今にも落ちさうになつて居ります。この煩悩熾盛《しじやう》の穂を刈り取るには、百千の鎌が入用ぢや、即ち大般若（仏智慧）の利剣《りけん》が入用なのであります。菩薩一人では、仕事が出来ない、利剣多くして、愈々可なりであります。泥中より生じ出た煩悩の穂は、智慧の利剣で刈り取られねば、米にはならぬ。米が即ち菩提であります。まことに、これ、煩悩即菩提の妙用、譬へ得て、絶妙至極であります。

超人に目覚めた人間は、世間で云ふところの善悪の価値転換して、善悪の彼岸に遊戯する者である以上、世間の人々からは「善悪の侮蔑者」と罵られ「破壊者」

と呼ばるゝことは、当然である。斯く罵らるゝごとに、自分の信心収穫者たることを喜び、また年々豊年尽しの有難い菩提の米を食べさせて戴いてゐることを喜ばねばなりませぬ。

この善悪の価値転換、道徳の転価については、古今東西を通じて、恐らく、わが親鸞聖人ほど徹底した御方は他にまたと在しまさぬと思ふ。歎異抄に曰く、『まことに如来の御恩といふことをば沙汰なくして、われも人も善し悪しといふことのみ申しあへり。聖人の仰には「善悪の二つ総じてもて存知せざるなり。その故は、如来の御心に善しと思召すほどに知り徹したらばこそ善きを知りたるにてあらめ、如来の悪しと思召すほどに知り徹したらばこそ悪しきを知りたるにてもあらめど、煩悩具足の凡夫、火宅無常の世界は万の事みなもて虚事、戯事、真実あることなきに、たゞ念仏のみぞ真実にておはします、」とこそ仰せ候ひしか。』

どうです諸君、斯の如き熱烈な文字に接したことがありますか。更にまた、世の人の嘲罵冷笑に関しては、

『故聖人の仰には「この法をば信ずる衆生もあり、謗る衆生もあるべし、」と仏説きおかせたまひることなれば、われは既に信じたてまつる。又ひとありて謗るにて、「仏説まことなりけり」と知られさふらふ。しかれば往生はいよいよ一定と思ひたまふべきなり。あやまて謗る人の候はざらんにこそ、「いかに信ずる人

はあれども、謗しる人の無きやらん」とも覚え候ひぬべけれ。かくまをせばとて、「かならず人に謗られん」とにはあらず、仏の、かねて信謗《しんばふ》ともにあるべき旨を知ろしめして、ひとの疑をあらせじと説きおかせ給ふことをまをすなり、」とこそ候ひしか。』

真に金剛不壊《こんごうふえ》の大信心、仰ぐべし礼すべしであります。

「虹」――は地より空に向ふ象徴、凡夫が超人となるべき段階に譬へられて、面白いと思ひます。

一人の隠者、二人の隠者――原文が頗る訳し難い文字であります。本品《ほんぼん》に入りますと、einsam（一人だけで寂しい）といふ字に対して zweisam（二人だけで寂しい）といふ字が出て来ます。後の一字は、ニーチエ先生自作の文字で、辞書などに無い奇天烈な文字であります。併しこの詞でなくては表現の出来ない思想が先生の胸中にあつたので、斯様な文字が出来たのであるが、今こゝにも、Einsiedler（一人だけで隠遁してゐる人）に対して、Zweisiedler（二人だけで隠遁してゐる人）といふ字が掲げてあります。一人だけの隠者は、隠者は一人だけが普通なのであるから、解せます。ですから、前の文字だけが、隠者・隠遁者・世棄て人に当るので、後の文字は、甚だ不可解な文字で、これまた辞書には見当りませぬ。尤も、寒山・拾得の両仙人を担ぎ出してくると、ははあ成程と諸君は破顔一笑せられるであらうが、然う云ふ類の意味とも違ひます。この序品で云ひますと、第二章の聖者が第一種に当り、第八章の老翁が第二種に当ります。前の聖者は、全く人間に愛想を尽かし果てて、神様のみを拝んでゐる隠者で、隠者としては徹底してゐます。が、後のは、前にも申しましたやうに、まだ浮世に未練があります、切つても切つても切り了せない或る一種の執着があります。安眠の出来ない煩悶があります。佐々木高綱は頼朝に見切りをつけて高野山に登つて僧になつたと伝はつてゐますが、彼、恐らく第一種の隠者になり了せたのであらう。文覚上人《もんかくしやうにん》や西行法師や芭蕉翁の如きは第二種に属する。例を先きに出して、理義を後廻しにしたから変になりましたが、ニーチエ先生の語を以て云へば Ich und meine Gedanken（我と我の思想）——是が第二種の隠者であります。先生を以て言はしむれば、人一人には真に理解のある友は得られない、已んぬるかな、われ、われの思想とのみ語らん。と斯うなつて、世を逃げて人を避け、山中に隠れる人々をさして、一人の友を有する隠者といふのであります。一人の友とは、己れの思想の意味であります。無我無想の隠者よりも、この方の隠者の方が何の位寂しいか分らぬ。そこで歌になり詩になり哲学にもなつて、知己を後代に待つとなります。蜀山人の随筆集の中に、或る百姓が鉄砲で、見事に咽喉を打つて、自殺をしたが、その書置が甚だ振つたものだ、「浮世に飽き果て申候」とある。屈原輩遠く及ばず云々と云つたやうなことが書いてあつたと記憶してゐますが、どちらが豪いかは別として、この百姓が、若し生きてゐたら、徹底的に娑婆に見切をつけた隠者になり得たであらうとも思はれる——、それに対して屈原先生は、てつきり第二種の隠者でありませう。

その何れの隠者をも済度《さいど》してやらう。隠者の済度には理屈は無用、わが歌を歌つて、彼等を娑婆に還らしめやう、——これが末節の意味でありましやう。

十

光炎菩薩斯くわが心に語りたまひしが、時はまさに正午なりき。折しもけた、ましく鳥の鳴く声聞こゆ。訝しみて天を仰げば、こはいかに、一羽の鷲は、大いなる円を画きて天翔けり、鷲の身には蛇纏へり。蛇は苦しき俘囚の如くならずして親しき友の如し。彼は鷲の首を繞りて盤《わだか》まり居たり。154

光炎菩薩欣然として曰く、「こは、わが動物《もの》なり。155

天が下に最も勇なる動物と、天が下に最も智なる動物と——彼等はわが情を探らんがために来れり。156

彼等は、われ光炎の猶ほ生けるや否やを探知せんと欲するなり。然り、われは猶ほ生けるなるか。157

人の間に住せんは、禽獣の間に住せんよりも危き所以をわれは知れり。われ光炎は危き道を往く。わが動物、冀《こひねがは》くはわが道の導者たれ。」158

光炎菩薩かく曰ひし時、森の中の聖者の言を想ひ起し、喟然《きぜん》として歎じて以《おも》為《へ》らく、159
「われ、冀くは、今の我よりも智ならんことを。然り、わが蛇の如く、深く〳〵智ならんことをこそ冀へ。160

されど、そは自ら能はざるものを冀ふなり。さらばわれ、わが勇とわが智と、常に並び往かんことを願はん。161

「わが智若しわれを棄つれば――嗚呼かれや、逃げ飛ばんことを好む――わが勇、冀くは、わが愚と与に天翔らんことを。」――162
――光炎菩薩の還相廻向《げんさうゑかう》、是の如くして始まる。163

鷲の首に蛇が纏ひついてゐるのは、何う思つても、吾々日本人には変ですが、智と勇とが仲善く相睦んでゐる象徴としては面白いと思ひます。何となれば、智ある者に勇なく、勇ある者に智なきが世態であるからであります。真智・真勇を兼ね備ふるは、超人ならでは勿論不可能である。

光炎菩薩の好きな動物に猶ほ二つあります。笑ふ獅子と鳩の群とであります。前のは金剛力の象徴で、後のは慈顔愛語の象徴であります。

智慧と勇気とを携へて、今やいよいよ、禽獣よりも危険な人間の中へ趣かんとする菩薩の胸中に、一つの煩悶が起りました。

智慧は無尽蔵なるが善いのであるが、超人ならぬ仏ならぬ菩薩の智慧には限りがあります。この趣が、龍樹菩薩の大智度論に、明快に説かれてありますから、拝借します。

「問うて曰く、仏は一切の諸の煩悩及び習已に断じて、智慧の眼浄く応《まさ》に実の如く諸法実相を得たまふべし。諸法実相は即ち是れ般若波羅密多《はんにゃはらみった》（一切種智《さいしゅち》）なり。菩薩は未だ諸《もろもろ》の漏（煩悩）を尽さず、慧眼《えげん》未だ浄からず、云何《いかん》が能く諸法実相を得るや。答へて曰く（中略）人の海に入るが如し。始めて入る者あり、其の源底を尽す者あり、深浅は異なると雖も、倶に名けて入ると為す。仏菩薩も亦是の如く、仏は則ち其の底を窮尽《ぐうじん》し菩薩は未だ煩悩の習を断ぜず、勢力少きが故に、深く入ること能はず（中略）

人の闇室に於て燈を燃して、諸の器物を照せば、皆悉く分了し、更に大燈あれば、益々復た明審なるが如し。則ち後燈の破る所の暗は前燈と合住し、前燈は闇と共に住すと雖も、而も復た能く物を照す。若し前燈に暗なくんば、則ち後燈の増益する所なきことを知る。諸仏菩薩の智慧も亦是の如し。菩薩の智慧は煩悩の習と合すと雖も、而も能く諸法実相を得ること、前燈も亦能く物を照すが如し。仏の智慧は、諸の煩悩の習を尽して、亦諸法の実相を得ること、後燈の倍《ます〳〵》復た明了なるが如し。」（巻の第一八）

茲《こゝ》に説かれてあるやうな仏の一切種智を、菩薩は有たない。のみならず、今の智がます〳〵多くなることさへも覚束ないのである。人智には限りがあるからであります。然らば則ち何としたら、よからうぞ。今の限りある智を以て、仏智の加護の下に勇往邁進するより外に辿り往くべき道はない。が、さて、その便《たより》に思ふ智慧さへも、段々に逃げ去つて――智眼漸く暗くなるが人間の常相であるから――了つたら何としやうぞ、已むを得ない。わが愚に返つて愚なるがままに、痴なるがままに、愚痴の光炎となり、畏怖することなく、疑懼するところなく、超人の教を説かん、となつて、その初め、智を集むること多きに過ぎた光炎菩薩が、この序品の終に於いて、その智を棄てて愚に返つたところが、宗教的に甚深《じんしん》の味のある重大な点であることは私の言を待たずして読者諸君の十分に領解せられることと思ふ。終にこの序品講解の結文と致しまして、恐れ多いことでありますが、親鸞聖人の御和讃を転写させて戴きます。

無明長夜《むみやうぢやうや》の燈炬《とうこ》なり
智眼《ちげん》くらしとかなしむな
生死大海《しやうじだいかい》の船筏《せんばつ》なり
罪障《ざいしやう》おもしとなげかざれ。

序品終

美的生活論とニイチエ

高山君の「美的生活論」を一読せる吾等は、不覚拍案快哉を呼び、心窃かに以為《おもへ》らく。これ実に空谷の跫音也、現代の文士は両手を挙げて之を賛すべしと、然れども事実は此の如くならざりき。これそも〳〵何の故ぞ。

吾等は吾国批評家の文を読むごとに、その論難の多くは、語の概念の争に止まり、議論の大体に通ずること少なきを歎ぜざる能はず。漫《みだり》に自己の心を以て他人を忖度し揣摩臆測を以て無用の文字を連ね、恰かも群盲の鼎を評するが如き観あるは、実に今の批評家の通弊に非ずや。

吾等の見る所を以てせば、高山君の「美的生活論」は、明かにニイチエの説にその根拠を有す。さればニイチエが学説の一斑に通ずるものに非ずんば、到底その本意を解し難し、況んやその妙味をや。

高山君曰く、人生の幸福は本能の満足にあり、本能とは人性本然の要求是也と。

ニイチエの説く所は少しく之と異なり。彼は幸福といふ文字を用ゐるを好まざりき。然れども彼も亦高山君と同じく、本能を以てその人生観の基礎となせり。然らば則ち本能とは何ぞや、ニイチエの所謂本能は自由の本能なり。(Instinkt der Freiheit) 彼が道徳に反抗し、法律を無視し、社会の制度を侮蔑せるは、一に唯かの自由の本能の発達を冀《こひねが》ふが為のみ。

高山君は自由の語を放たざりき。然れども、その所謂本能は自由の本能なることは、また疑を容るゝを要せざるなり。何が故に善徳を修め智識を研くよりも、一盞の美酒を捧さげて清風江月に対するが、本能の満足に適へるか。後者の前者よりも自由なるがために非ずや。彼には桎梏あり、此にはこれなきがために非ずや。何が故に慈善に狂するよりも、佳人と携へて名手の楽を聴くが、本能の満足に適へりや。彼には束縛あり。此には自由あるがために非ずや。

然らば高山君は何等の根拠に基きて、かゝる自由の本能の満足を以て美的生活と呼べるか。ニイチエは以為らく。余に向ては余が美しと思惟し能ふものゝみ美なり。余が官能に媚び余が自我心に服従するものゝみ美なり。世間一般の煩瑣なる芸術の法則の如き、余に於て何かあらむと。

高山君の本能の満足を以て、美的生活と呼べる所以は、ニイチエがこの語を知らざるものゝ解すること能はざる所ならむ。

高山君は、何が故に戮力《りくりよく》を要して成れる道徳を以て虚偽なりとなし、悪心あるものとなせるか。ニイチエの悪心説（das schlechte Gewissen）を知らざるものは、またこの意義を解することを得じ。（拙著ニイチエと二詩人参照）

高山君は、智識道徳を以て相対的価値あるものとなし、本能を以て絶対的価値を有するものとなせり。ニイチエの所謂「世に真なるものなし、一切のもの凡べて許さる」の警語は、明かに同様の意義を表するものに非ずや。

高山君の論を読むものは、またその論のニイチエの夫れと同じく、詩人の世を憤る声なるを忘るべからず。

吾等は「美的生活論」を読みて、徹頭徹尾賛同の意を表するものなり。今日の世は実に科学万能の世なり、智識全権の世なり、倫理教育全盛の時代なり、而して人間固有の本能殊に自由なる本能を蔑視する時代なり。かゝる世に向て「美的生活論」を標榜し、大に人生本能の発達満足を説く。豈に偉ならずや。

読売新聞の長谷川天渓君が、「美的生活論」に対する批評は、要するに高山君のニイチエの説に私淑する所あるを知らざりしが為に、起れる幾多の誤解あるが如し。その本能の意義を疑へる、智識道徳の相対的価値を難ぜる、一に唯、以上の根拠を知らざりしに基く。一例を挙ぐれば、天渓君問ふて云く、敵を見て逃げ出す人の行為も亦美的生活と呼ぶを得るかと。吾等は以為らく然らずと、何となればかゝる行為は既に人間自由の本能にあらざればなり。天渓君また問ふて曰く、色情の奴隷が異性を追ひ廻すも亦美的生活なるかと。吾等は以為らく然り、そが人間自由の本能を満足せしむるに限り美也と。

高山君の美的生活論を解せむと思はむ者は、またニイチエの個人主義を解せざるべからず。ニイチエの個人主義は、吾等の屢々論ぜる如く、威力の意志の満足にあり。高山君が道徳者その人も、道徳その物に絶対の価値ありと思惟するに至り、学者その人も真理の考察を以て無上の楽しみとなすものあらば、そは已に道徳的若くは智識的生活を超絶して、美的生活の範囲に入れるものなりといへるは、知識その者を以て己れの威力を伸張し、道徳その者を以て個人の権能を満足せしむるものと思惟せる人々を指さして言へるものと解するを得べからざるか。ニイチエが智識及道徳を罵れるは、知識道徳その者を憎むに非ずして、智識及道徳が人類本来の自由の本能及威力の意志を圧抑するが為なり。されば学者及道徳家にして、その智識及道徳に絶対的価値を賦与し、自から威武も屈する能はず、富貴も淫する能はざる大勇猛心を有するに至らば、其威力の意志は、芸術家のそれと毫も異なる所なし。之を美的生活といふ、何の妨かあらむ。ニイチエ曰く、芸術（Kunst）は能ふ（Können）の語より出づ、されば芸術家の誇るべきは、自己の技能のいかばかり大なるかを自識する所に存す。その製作品の、自己及他人の為に愉快なるか否やは問ふを要せざる所なりと。道徳家及学者のこれと同様なる信念を有し、同様なる精進をなすに至れば、之を以て美的生活なりといふ可ならんか。高山君の謂ふ所を以て、ニイチエの説に配すれば、論の趣く所実に此の如くならざるを得ざる也。

新文芸記者は、能力の自覚を以て、美的生活に到達する方便なりとなし、縷々数千言を費やし、例を古今東西に引用し、その論を明かにせり。吾等にして誤るなくんば、記者が能力自覚説は期せずしてニイチエが威力の意志説と符節を合するが如し。非乎。

天渓君の提供せる幾多の質問は、以上の論を以て凡べて解釈せらるべきを信ず。

之を要するに美的生活論は、近来最も痛快なる論文なり。唯本能といひ、悪心といひ、美的といふが如き用語例の、頗る従来の意義と相異なれるが為に、幾多読者の、その真意を解するに至らず、為めに批評家等の誤解を来たし、彼等をして敵なきに矢を放たしむるに至りたるが如きは、吾等窃かに高山君の為に遺憾とする所なり。

吾等が美的生活論に対する卑見は、実に此の如し。若し不幸にして、高山君の真意は玆にあらずして、他に存することあらば、読者は吾等の卑見を以て、吾等が美的生活論と思惟せむも妨なし。

生田長江

夏目漱石氏を論ず

三十九年五月号の『文章世界』を見ると、正宗白鳥氏が『大学派の文章家』と云ふ見出しで、

夏目漱石氏は故正岡子規氏の親友で、以前から俳句には斬新奇抜の作もあつたが、散文の製作は甚だ少く、柳村氏などとは異り、殆んど読書社会の注意を惹かなかつた。然るに昨年一月『ホトトギス』誌上に『我輩は猫である』の戯文を掲げてより、俄かに評判高くなり、自分も大に気乗りがしたと見え、頻りに其続篇を出し、又小説にまで筆を染るに至つた。今では大学派文士第一の人気者たるのみならず、文壇全体より云ふも、五指の中に数へられる程の流行児となつた。云々

と書いてゐる。批評するものは白鳥氏、批評せられるものは漱石氏、而して僅かに五六年以前のことである。面白いではないか。

四十三年七月号の『新潮』を見ると、『夏目漱石論』の中に戸川秋骨氏は、

何れかと云へば予は漱石党である。昔から彼の技倆に服してゐる。予は何故彼に早く地位が出来なかつたかを怪んだ一人である。明治二十六七年頃の哲学雑誌に発表された論文を見たことがあるが、論旨極めて明晰で、いかにも頭のはつきりした人だと思つた。それは、『英吉利文人の自然に対する観念』と云ふもので、その時初めて漱石氏の文を知り、大変偉い人と思つた。それは論文であるが、彼の倫敦通信に依つて、その創作的の才にも服した。早く既に今日の地位にならねばならぬ筈の人が、『猫』を発表するまで遅れてゐたのだ。

と言つてゐる。成程、『英吉利文人の自然に対する観念』や、『倫敦消息』は、学者としての漱石氏の、作家としての漱石氏の、凡庸ならざる天分と修養とを、十分に証拠立ててゐるに違ひない。けれども氏は、其天分と修養とを使用して、世間一般から認められるに至るべく、余りに無精者であつたと思ふ。

国木田独歩氏の如く、夙くから認めらるべきものを書きながら、一向に認められないでゐた人もある。

田山花袋氏の如く、長いこと、認められるに足るほどのものを書き得なかつた人もある。

漱石氏の如く、久しい間、認められるほどの分量を書かないでゐた人もある。

漱石氏をして、認められるほどの分量を書かしむるに至つたものは、『吾輩ハ猫デてはアル』の反響であつた。その『猫』を書かしめたものは高浜虚子氏である。更に溯つては正岡子規氏であらう。『猫』の中巻の序には、

予が倫敦に居るとき亡友子規の病を慰める為め、当時彼地の模様をかいて、遥々と二三回長い消息をした。無聊に苦んでゐた子規は、予の書翰を見て大いに面白かつたと見えて、多忙の所を気の毒だが、もう一度、何か書いて呉れまいかとの依頼をよこした。云々

とかいてある。更に亦、

子規がいきてゐたら、猫を読んで何と言ふか知らぬ。或は倫敦消息は読みたいが、『猫』は御免だと逃げるかも分らない。然し『猫』は予を有名にした第一の作物である。有名になつた事が左程の自慢にはならぬが、『墨汁一滴』のうちで暗に予を激励した故人に対しては、此の作を地下に寄するのが或は恰好かも知れぬ。季子は剣を墓にかけて、故人の意に酬いたと云ふから、予も亦『猫』を碣頭に献じて、往日の気の毒を、五年後の今日晴らさうと思ふ。云々

とかいてある。

氏は由来引込思案の方で、人が来て引張り出さないならば、何処へも出て行かない人らしい。其代り引張り出せば、随分と出て行かないこともないやうだ。

氏自らの言ふところに依ると、学生時代に工科から文科へ転じたのも、友人に勧め

られたからである。大学を出て松山の中学校へ行つたのも、転じて熊本の高等学校へ行つたのも、英国へ留学して、帰朝後東京の学校へ勤めるやうになつたのも、朝日新聞社へ這入つたのも、むかうからどうだと言はれ、是非にと言はれたからである。

氏は曾つてきかれもしない自分の希望を、自分から申出たことがない。よそから持込んで来るまでは、如何なる計画をも持出したことがない。其態度はあくまでもパッシイヴのやうに見受けられる。

パッシイヴと云へば、何事も他人の言ふなりになつてゐるやうに聞えるが、氏はなかなか他人の言ふなりになつてゐる人でない。寧ろ、他人は他人、自分は自分と云ふやうな、思切つた態度に於て、ともすればつむじ曲りと云はれるやうな態度に於て、其真骨頂を見せてゐる。

氏はかの陶庵侯の文士招待にも謝して出なかつた。文学博士の学位をも辞退した。其理由は氏自らの公言せられてゐるより外に、別にあるかも分らない。兎に角多数の人々からは、痛快なる行動として承認されてゐる。私共も其痛快に、格別の犠牲が払はれてゐないのを慊《あきた》らないと云ふ丈けで、独立自尊の氏の性格は、ああした些細な事件にさへも、遺憾なく現はれてゐるかと思ふ。

独立自尊と云ふ日本語を、Stolz と云ふ独逸語にかへて見るとき、漱石氏の横顔が、フリイドリッヒ・ニイチェのそれに、少からず似通つてゐるのを想起して、一種味はひのある、軽いユウモアを覚える。

氏の態度をパッシイヴであると云ふよりも、アクティイヴに対するリアクティイヴと云ふ方が、より多く当つてゐるかも知れぬ。兎もあれ、万事に付けてアクティイヴの人であるとは云はれない。

更に畳みかけて云へば、ポシティイヴの方面よりも、寧ろネガティイヴの方面に於て、個性を発揮してゐる人ではなからうか。

一体に、『漱石氏は如何なる事をする人であるか』の問題よりも、『漱石氏は如何なる事をしない人であるか』の問題が、遥かに私共の興味を惹く。

氏は常に、面目を施すと云ふことよりも、体面を傷けないと云ふことに重きを置く。氏には賞讃せられようとする心より、非難せられまいとする心が強い。虚栄心は少いけれども、馬鹿にされると云ふことが、恐ろしく嫌ひな人らしい。

氏は人から侵されることを厭ふ代りには、自らも人を侵さうとせぬ。

鏡花氏の小説に鏡花式の婦人が出て来る如く、漱石氏の小説には、漱石式の主人公が屢々出て来る。その主人公等と同様に上品なところのある、同様に潔癖なところのある漱石氏も、流石にまだ彼等ほど、仙骨を帯びたる人ではなからう。

氏は固《もと》より、通常人に比較して、利慾に淡白なる人であらう。少くとも貪るところのない人である。けれども、貪るところがないと云ふのは、必ずしも物外に超然たるの謂《いひ》でない。

兎もあれ氏は、世間で想像されてゐるよりも、ずつと野心のない人である。而して野心家がきらひのやうである。

だから高山樗牛氏なぞのやうに、露骨にアムビシアスなる性格は、他の方面に余程の好い所があつたにしても、漱石氏の気に入ることはむつかしからうと思ふ。

親友の子規氏すら、氏に比べると大にアクティイヴである上に、大にポシティイヴで、とりわけアムビシアスであつたのは、氏にとつて寧ろ、快くなかつたことに違ひない。少くとも物足りなかつたことに違ひない。

『切抜帖より』の中に、『子規の画』を論じた文章がある。其中に、

東菊によつて代表された子規の画は、拙くて且つ真面目である。

とも書かれてゐる。

馬鹿律義なものに、厭味も利いた風もあり得ない。其処に重厚な好所があるとすれば、子規の画は正に働きのない愚直者の旨さである。けれども一線一画の瞬間作用で、優に始末をつけられべき特長を、咄嗟に弁ずる手際がない為めに、已むを得ず省略の捷径を棄てて、几帳面な塗抹主義を根気に実行したとすれば、拙の一字はどうしても免れ難い。

子規は人間として、又文学者として、最も「拙」の欠乏した男であつた。永年彼と交際をした何の月にも、何の日にも、予は未だ曾つて彼の拙を笑ひ得るの機会を捉へ得た例がない。又彼の拙に惚込だ瞬間の場合さへ有たなかつた。彼の歿後殆んど十年にならうとする今日、彼のわざわざ予の為めに画いた一輪の東菊の中に、確に此一拙字を認めることの出来たのは、其結果が予をして失笑せしむると、感服せしむるとに論なく、予に取つては多大の興味がある。たゞ画が如何にも淋しい。出来得るならば、子規に此拙な所をもう少し雄大に発揮させて、淋しさの償としたかつた。

とも書かれてゐる。才人漱石氏の目から見て、最も『拙』の欠乏した男と云へば、ほかにはどうしても考へやうがない。あまりに覇気があり過ぎて、多少の厭味になると云ふやうな意味ではないか。

厭味と云へば氏は口癖にいやみのあるなしを言ひ、邪気のあるなしを言ふ。而して、単にいやみがないとか、邪気がないとか云ふ丈けで、つまらない人物や、下らない作品なぞをも高く買ふ。偉大なるものよりも、先づ渾然たるものを求める。総じて評価の標準が消極的に偏すると云ふ非難を免れぬ。

大学を辞して、朝日新聞へ這入つた時の入社の辞にも、

大学で講義をするときは、いつでも犬が吠えて不愉快であつた。予の講義のまづ

かつたのも半分は此の犬の為めである。学力が足らなかつたからだ抔《など》とは決して思はない。学生には御気の毒であるが、全く犬の所為だから、不平は其方へ持つて行つて頂きたい。

の一節がある。其犬がどんな犬であつたかは分らない。兎に角犬がきらひと見える。氏は単に、犬の如く吠えつかないと云ふ丈けでも、嚙みつかないと云ふ丈けでも、猫を愛する人だと思ふ。

漱石氏は極端に走ることを好まない。中庸を得るのを眼目とする。されば鼻息の荒さうな他人の意見に対しては、容易に合槌を打つことをせぬ。或る時は、さうかしらと軽くそらしてしまふ。或る時は、さうでもあるまいと横槍を入れて見る。また或る時は、そんなことがあるものかと突き飛ばす。斯うした行き方は、必ずしも負け嫌ひな性分に基づくものでない。一には These に対する Antithese を持出して、中正なる Synthese を作らうとする、一種の Hegelianer であるからだ。

しかしながら氏は、決して綜合に急ぐ人でない。二の要素が十分に融合し、調和し、渾然たるものになるまでは、自分の意見を立てようとせぬ。かつて半熟の説、半可の論を吐いたことがない。

アクティイヴよりもリアクティイヴに行動する漱石氏が、ポシティイヴなる方面よりもネガティイヴなる方面に個性を発揮する漱石氏が、極端を避けて中庸に就かうとする漱石氏が、もともと情意的の人であるよりも、智的の人であると云ふのは、怪むに足らないことだらう。

固より氏の情意は、通常人に比較して貧弱なるものではない。氏は屢々自分自身を、思遣りのない人間であると言ふけれど、氏に接近して見た人々は、全然其反対の人であることを知つてゐる。氏は曾つて、

私は外を歩いてゐるとき、乞食を見ると不愉快でならぬ。一種の苦痛を感ずる。

と言はれたが、私共はそれを聞いて、

乞食は除去せざるべからず。与ふるも心を悩まし、与へざるも心を悩ませばなり。

(„Morgenröthe" より)

と云ふやうな意味合で、並びに又、

上品なる人の心苦しく感ずるは、他人の自らに対して負ふところあるを知るにあり。下品なる人の心苦しく感ずるは、自らが他人に対して負ふところあるを思ふにあり。(„Menschliches Allzumenschliches" より)

と云ふやうな意味合で、非常にノオブルなる、さうしてディリケエトなる氏の性格を思つた。氏が人に面と向つて、気の毒だとか可哀想だとか言ふにはばかるは、一面斯

様にノオブルなる、ディリケエトなる其性格に原因してゐる。冷かなるが為めでない。氏は又、薄志弱行の人でない。少くとも其感情の温かに濃かなると釣合の取れる位には、粘強い意志の力を有つてゐる。

ここに氏を智的の人であると云ふのは、氏自身の生活に於て、理解や分別の旺盛なる働きが、感触や欲求のつつましやかなる働きを凌駕してゐると云ふ意味だ。情意の天分が少いと云ふよりも、智的の天分が多いと云ふのだ。

漱石氏の教養は改めて説くまでもないことだ。

中分なき情意がゼントゥルマンを作るとき、非凡なる智力は学者を作る。ゼントゥルマンとしての漱石氏は、後段に至つて再び説くかも知れぬ。

学者としての漱石氏こそ、ずつと以前から認められるべくして、認められないでゐた人だ。近頃になつて、思出したやうに博士会が推薦したなぞは、聊か滑稽の感がある。私共は、氏がそれを辞退するとき、『何時私は博士号を値するほどの学者になつたか』と、反問しなかつたのを遺憾に思ふ。

『文学論』や、『文学評論』や、『文芸の哲学的基礎』や、『創作家の態度』の如き、未だ氏の学殖と学才とを傾倒し尽したものでもあるまいが、尚ほ且つそんじよそこらの博士連中に、たやすく見出されないほどの、頭脳の明晰と、緻密と、独創とを証拠立ててゐる。あの小説を読んだ丈けでも、欧羅巴のいづれの文豪にも劣らないほどの、すばらしい学問のあるのが分かる。

偖《さ》て其すばらしい学問に対して、閲歴はどうかと云ふに、経験はどうかと云ふに、だいぶ遜色があるかと思ふ。

文学者の上に所謂経験が、単に駈落をしたとか、放蕩したとか云ふやうな、極めて狭いものに解せられてゐたこともある。さうした意味合の経験があるかないかは、問題にする丈け野暮である。漱石氏がさうした方面に材料を取ることの希なのは、少しも怪むに足らないことだ。

所謂経験が、『実生活』にふれるとかふれないとかの詮議と共に、何よりも先づ金に困ると云ふやうな、妙に偏つたものに解せられてゐたこともある。今尚ほ解せられてゐないとも限らない。さうした意味合の経験がどれ丈けあらうか。かなり大切な、さればとてあまり有難くもない此種の経験がどれ丈あらうか。兎に角、漱石氏の小説には、貧乏人らしい貧乏人が出て来ない。二進《にっち》も三進《さっち》も行かないやうな、食はないでゐるよりも苦しいほどの、切迫《せっぱ》つまつた生活が書かれて居らぬ。『野分』の中なぞに、真面目な生活難があると思ふのは、余りに幸福過ぎる人である。障子紙の破れた、雨漏りのする家さへ見れば、赤貧洗ふが如しとはこれだなと、早合点してしまふやうな人である。あれ位の清貧に甘んずる白井道也氏を偉いと云ふならば、昨日今日襟垢のついた綿入に、同様の浴衣を重ね着しながら、金にもならぬ芸術論を上下してゐる手合は、悉く皆偉い人でなければならぬ。

駈落をしたり、放蕩をしたりするやうなことでないまでも、金に困ると云ふやうなことでないまでも、尚ほ且つ文学者の経験として必要なのは、波瀾の多い、曲折に富んだ生活であるやうに考へられてゐる。

ところで波瀾の多い、曲折に富んだ生活は、求めざるに与へられる場合もあれば、求むるに与へられざる場合もある。与へられると与へられないとは運命で、また如何ともすることが出来ぬ。求めると求めないとは性格である。求める者に名けてしばらく浪漫主義者と云はう。

浪漫主義者は芸術にそそのかされたる空想を、さながら人生に実現しようとする。自然主義者が人生のあらゆる事象をそのままに芸術視しようとすると、鮮かなる対照をなすものだ。

漱石氏一味の『低徊趣味』は、人生の厳かなる大事をことさらに避け、何のあぶなげもなき部分に於て、極めて小規模に、極めて控目に芸術と人生とを混同して楽まうとする趣意らしい。

氏の如きは、好奇心の恐しさを知らない人である。やり足らなかつたと云ふ、はがゆい憾《うらみ》を遺しても、やり過ごしたと云ふ痛ましい悔を遂に覚えることのない人である。寧ろ安全なる自然主義者であつて、危険なる浪漫主義者でない。

浪漫的ならざる漱石氏の性格は、所謂浪漫的の生活を、ことさらに求めようとしなかつた。運命も亦多くを氏に与へないでゐたかと思ふ。

けれども直に、それ故漱石氏が経験に乏しい人であるとは決して言はぬ。

なぜと云つて、所謂浪漫的の賑やかなる生活は、経験のはでなる輪廓に過ぎない。はでなる輪廓の中には、豊富なる含蓄もあり得ることであり、貧弱なる含蓄もあり得ることだ。

所謂浪漫的ならざる淋しき生活は、経験のじみなる輪廓に過ぎない。じみなる輪廓の中には、貧弱なる含蓄もあり得ることであり、豊富なる含蓄もあり得ることだ。

貧窮のあまりに金貸婆を殺して其金を捲上げたと云ふ、それ丈けの輪廓に対しては、普通の三面記事にでもなるより以上に、何等の含蓄を加へない経験もあるだらう。同時にまた、ドストイエウスキイの『罪と罰』なぞにかかれるやうな、非常に含蓄の多い経験もあるだらう。戦争に行つて、人が殺したり殺されたりするのを見たと云ふ、それ丈けの輪廓に対しては、僅かにかの桜井中尉とか云ふ人の、『肉弾』なぞにでもなるより以上に、何等の含蓄を加へない経験もあるだらう。同時にまた、アンドレエエフの『血笑記』なぞに題材となるやうな、非常に含蓄の多い経験もあるだらう。

しからば、輪廓を同じうする経験の含蓄を、貧弱ならしめないで豊富ならしめるのは何であらうか。第一には主観の老熟である。老熟の理智である。第二には主観のわかわかしさである。多感なるわかわかしさである。

老熟の理智は大抵の人が認めてゐる如く、所謂内省の作用をなして、解剖し分析し、単純なるものを複雑なるものにする。

多感なるわかわかしさは、目に見たものを、見た丈けに止めて置かず、耳に聞いたものを、聞いた丈けに止めて置かず、頭の片隅に考へたものを、考へた丈けに止めて置かぬ。悉くそれを浪高き心臓に送つて、全生命全人格の動揺にしなければ承知せぬ。かりそめなる刺戟にもゆゆしき響を反《かへ》さなければ承知せぬ。浅薄なるものを深刻なるものにする。

乃ち、含蓄の複雑にして深刻なる経験を獲んが為めには、老熟の理智と、多感なるわかわかしさとを必要とする。多感なるわかわかしさを以て焼き、老熟の理智を以て鍛へなければならぬ。焼かなければ鍛へることが出来ず、鍛へなければ人の肺腑を突くやうな、刃物を作ることが出来ないからである。

漱石氏の場合、理智に間然するところのないのは云ふまでもない。わかわかしさは如何であらうか。

ゲエテはかつて、

長生はしたい、年は取りたくない。

と言つたさうな。実際に於ても、長生はしたが、年は取らなかつた人である。常にわかわかしさを尚《たつと》んでゐたのは、わかわかしさを有つてゐたからだらう。

島崎藤村氏も、『新片町より』の序に於て、

文学を味ひ知ると云ふ上から言つても、もとより経験に耳を傾ける価値はある。ただそれを打砕く丈けの若さがなくてはならぬ。

と言つた。兎もすれば、老い込み易き日本の文学者として、氏の如きは希らしく、わかわかしさを失はないでゐる人だ。さうしてそのわかわかしさを稚気と名けても、大部分がセンチメンタリズムから成り立つてゐると云つても構はない。兎に角それが、独歩氏花袋氏なぞの作品に於けるが如く、氏の作品に於ても亦、非常に大切なる、価値ある一要素であることは争はれぬ。

今漱石氏には、独歩氏や、花袋氏や、藤村氏なぞに折々見るやうな、甘いセンチメンタリズムがない丈けであらうか。油断をすれば半可を伴ふやうな、ああした稚気がない丈けであらうか。

あまりに早くわかわかしさをなくする人もあれば、はじめからして年寄りじみた人もある。

漱石氏の如きは、あまりに早くわかわかしさをなくしたと云ふよりも、はじめから

して年寄りじみた人ではなかつたらうか。作品の上にも議論の上にも、多感なるわかわかしさが甚だ足りない。

わかわかしさの火がないならば、老熟の鉄槌も其用をなさぬ。経験の含蓄をして複雑深刻ならしめることが出来なくなつて来る。

斯う見て来ると、竟に、漱石氏を以て経験に乏しき人となすことの、理由なきにあらざるを思ふ。特に其すばらしき学問に対しては、非常に遜色のある経験であるとも思ふ。

すばらしき学問に対して非常に遜色のある経験は、芸術家としての漱石氏の第一の弱味でなければならぬ。

けれども其為めに、学問其物と芸術とを、互に相容れざるもののやうに早呑込をするのはよくないことだ。

とりわけ、氏等の作品に、抽象的の議論が多いと云ふことを、さながら非難すべき事のやうに考へるのは間違ひである。

述作の抽象的なると、具体的なるとに依つて、批評と創作とを差別しようとする人がある。

若しも抽象的に書かれたものが批評であつて、漱石氏等の作品が抽象的に書かれてゐるとするならば、批評として見たらばいいわけだ。抽象的に書かれた部分が多いとするならば、それ丈け批評的なる述作として見たらば済むことだ。

抽象的に書かるべきものが、抽象的に書かれたと云ふ丈けならば、具体的に書かるべきものが具体的に書かれたと同様に、何の差支もなき事ではないか。

次ぎには、漱石氏等の述作に、分析的の説明が多いと云ふことを、さながら非難すべき事柄のやうに考へるのも間違ひである。

述作の分析的なると、綜合的なるとに依つて、批評と創作とを差別しようとする人がある。

若しも分析的に書かれたものが批評であつて、漱石氏等の作品が分析的に書かれてゐるとするならば、批評として見たらばいいわけだ。分析的に書かれた部分が多いとするならば、それ丈け批評的なる述作として見たらば済むことだ。

分析的に書かるべきものが、分析的に書かれたと云ふ丈けならば、綜合的に書かるべきものが綜合的に書かれたと同様に、何の差支もなき事ではないか。

創作と批評とは、それぞれの人に依り、それぞれの理由によつて、それぞれの差別を立てられる。

私は近頃、実生活から直接の題材を獲た述作であるか、間接に題材を獲た述作であるかに従つて、創作と批評とに一応の差別を立てようと思つてゐる。

所謂創作は、実生活の中から材料を取つて、実生活に足らざるところを補ひ、所謂批評は創作の上に題目を選んで、創作に欠けたる所を充たさうとする。

表現すると云へば、批評も亦創作と同じく表現する。評価すると云へば、創作も亦批評と同じく評価する。

創作に実生活の評価があるごとく、批評に創作の表現がある。

多くの場合に於て、実生活の中から材料を取る述作が、抽象的の議論よりも、具体的の描写に傾き、分析的の理智に須《ま》つよりも、綜合的の情意に須つものであることは、私も亦十分に認める。又多くの場合に於て、創作の上に題目を選ぶ述作が、具体的の描写よりも、抽象的の議論に傾き、綜合的の情意に須つよりも、分析的の理智に須つものであることは、私も亦十分に認める。

けれども、抽象的だとか具体的だとか云ふよりも、分析的だとか、綜合的だとか云ふよりも、実生活から直接に題材を獲たか、間接に題材を獲たかと云ふ方が、或る場合に於てはずつと面白い差別でもあり、便宜な差別でもあらうと思ふ。

ところで、斯うした差別の立てかたからすると、漱石氏の小説なるものは、森鷗外氏等のそれとおなじく、大抵の場合、創作と批評とが一つになつたもののやうに考へられる。

乃ち氏等の小説には、創作と批評とがないまぜになつてゐるやうだ。執筆の際、実生活の各断片を順次に表現して行かうとする、所謂創作的の心と並びに、その表現されて行くものを片端から評価して行かうとする、所謂批評的の心とが、代る代る働いてゐるやうだ。

出来上つたものに就いて云つても、土台は立派な創作であつて、其上に念入りの批評を戴いてゐる。自分の書いたものは自分で批評すると云ふやうな、他人の批評には委せられないと云ふやうな風さへ見える。

漱石氏の小説に於て、さうした傾向の最も著しい例は、『虞美人草』の七五頁から七七頁へかけて、

斬つた張つたの境に甲野さんを置いて、始めて甲野さんの性格を描き出すのは野暮な小説である。廿世紀に斬つた張つたが無暗に出て来るものではない。

と云ふやうな批評がある。私共の所謂批評がある。同じく一七七頁には、

此作者は趣きなき会話を嫌ふ。猜疑不和の暗き世界に、一点の精彩を着せざる毒舌は、美しき筆に、心地よき春を紙に流す詩人の風流でない。閑花素琴の春を司どる人の歌めく天が下に住まずして、半滴の気韻だに帯びざる野卑の言語を臚列するとき、毫端に泥を含んで双手に筆を運らし難き心地がする宇治の茶、薩摩の急須と、佐久良の切炭を描くは瞬時の閑を盗んで、一弾指頭の脱離の安慰を読者に与ふるの方便である。たゞし地球は昔より廻転する。明暗は昼夜を捨てぬ。嬉しからぬ親子の半面を最も簡単に叙するは此作者の切なき義務である。茶を品し、

炭を写したる筆は再び二人の対話に戻らねばならぬ。二人の対話は少くとも前段より趣がなくてはならぬ。

と云ふやうな批評がある。同じく二三五頁には、

謎の女の云ふ事は次第に湿気を帯びて来る。世に疲れたる筆は此湿気を嫌ふ。辛うじて謎の女の謎をこゝまで叙し来つた時、筆は一歩も前へ進むことが厭だと云ふ。日を作り夜を作り、海と陸と凡てを作りたる神は、七日目に至つて休めと云つた。謎の女を書きこなしたる筆は、日のあたる別世界に入つて此湿気を払はなければならぬ。

と云ふやうな批評がある。『坑夫』の一六頁に於て、

『遣るなら話すが、遣るだらうね、お前さん。話した後で厭だなんて云はれちや困るが。屹度遣るだらうね。』

どてらは無暗に念を押す。自分はそこで、

『遣る気です。』

と答へた。然し此答は前のやうに自然天然には出なかつた。云はゞいきみ出した答である。大抵の事なら遣つて退けるが、万一の場合は逃げを張る気と見えた。だから遣りますと云はずに、遣る気ですと云つたんだらう。

までの創作に対しては、直ぐに続けて、

——かう自分の事を人の事のやうに書くのは何となく変だが、元来人間は締りのないものだから、はつきりした事はいくら自分の身の上だつて、斯うだとは云ひ切れない。況して過去の事になると、自分も人も区別はありやしない。凡てがだらうと変化して仕舞ふ。無責任だと云はれるかも知れないが、本当だから仕方がない。これからさきも危つかしい所はいつでも此の式で行く積りだ。

の批評がかいてある。最後に同じく一四二頁を出して見るがよい。

考へると妙なものだ。一膳めし屋から突然飛出した赤毛布と夕方山から降つて来た小僧と落合つて、夏の夜を後になり先になつて、崩れさうな藁屋根の下で一所に寝た翌日は、雪の中を半日かかつて、目指す飯場へ漸く着いたと思ふと、赤毛布も小僧もふいと消えてなくなつちまふ。

のあたりが創作から批評に渡る橋梁になつて、それを渡れば遂に、

是では小説にならない。然し世の中には纏まりさうで纏まらない、云はゞ出来損ひの小説めいた事が大分ある。長い年月を隔てゝ振返つて見ると、却つて此だらしなく尾を蒼穹の奥に隠して仕舞つた経歴の方が、興味の多いやうに思はれる。振返つて思出すほどの過去は、みんな夢で、その夢らしい所に追懐の趣があるんだから、過去の事実それ自身に何処かぼんやりした、曖昧な点がないと此夢幻の趣を助けることが出来ない。従つて十分に発展して来て因果の予期を満足させる

事柄よりも、此赤毛布流に、頭も尻も秘密の中に流込んで只途中丈けが眼の前に浮んで来る一夜半日の画の方が面白い。小説になりさうで、丸で小説にならないところが、世間臭くなくつて好い心持だ。只だに赤毛布ばかりぢやない。小僧もさうである。長蔵さんもさうである。松原の茶店の神さんもさうである。もつと大きく云へば此一篇の『坑夫』そのものが矢張りさうである。纏りのつかない事実を事実の儘に記す丈けである。小説のやうに拵へたものぢやないから、小説のやうに面白くはない。其代り小説よりも神秘的である。凡て運命が脚色した自然の事実は、人間の構想で作り上げた小説よりも無法則である。だから神秘である。のやうな、純然たる批評になつてゐる。此等の実例が何も蚤取眼で捜されたものでないことは、わざわざことわつて置くにも及ぶまい。

此の如く批評と創作とがないまぜになり、一になつてゐると云ふことは、批評に興味のない読者等に取つて、寧ろ煩はしく感ぜられるところであらう。けれども漱石氏等の如く、多くの場合、批評の興味の取除き得られない人々に取つては、これがまた必要なる述作の形式であるかも知れぬ。

加之《のみならず》、斯うした形式の述作は、或る種類の読者にむかないと云ふまでで、それ以上に格別の不都合もないやうだ。

もつとも、斯うした形式の述作に於ては、その創作の部分から受ける感じと、その批評の部分から受ける感じとに、距りがあつては面白くない。換言すれば、それぞれの部分から促されるそれぞれの気分がぴたりと合つて、何の不調和もなきことを必要とする。

漱石氏の述作には『猫』なぞの如く、十分に其調和の取れたのもあれば、『坑夫』なぞの如く、一向に其調和の取れぬのもあるかと思ふ。

徹頭徹尾ユウモラスなる気分で読ませる『猫』は、色々の標準から見て最も面白い述作であるのみならず、創作的部分から促される気分と、批評的部分から促される気分とに、何等の不調和がないと云ふ点から見ても、代表的述作の随一たるべきものだらう。

これに引きかへて『坑夫』の場合は、其題材の性質からして、寧ろ厳粛の、沈鬱の気分を促すやうな創作の発展になつてゐる。少くとも大多数の人々は、あの創作の部分から、ユウモラスな感じを与へられぬ。其癖批評の部分から『猫』の場合と同様のユウモラスな感じを強ひられる。そこに堪へがたき不調和があつて、作者の態度を腹立たしくさへなつて来る。何よりも先づ此点から見て失敗の述作たるを免れぬ。『坑夫』の如き場合にすらもユウモアを働かさうとする漱石氏が、如何にユウモアの好きな人であるか、如何にユウモアに富んだ人であるかは想見するに難くない。

総じて氏の小説は、先づ Komik（滑稽）に近いほどの Lustiger Humor（快的ユウモア)に依つて、陽気な、浮々とした根調を作られてゐる。そのLustiger Humorをなすものは、人間の言ふべきことを其儘猫に言はせたり、開き直つた挨拶に用ふべき言葉を鼻糞をほじりながら用ひさせたり、山出しのおさんどんに遊ばせの遣ひ所を間違へさせたりするやうな、語彙の転用である。これは大袈裟に言つたのだと、わざわざことわるまでもなく、大袈裟に言つたものとして取られるやうな、命題の誇張である。此転用と誇張との続出は、駄洒落の連発に一歩を進めた丈けのものである。だから『二百十日』の圭さん碌さんなぞが、『膝栗毛』の弥次郎兵衛氏喜多八氏を聯想させるのも、決して偶然の事でない。又其一篇の結末へ来て、

『言語道断だ』

『そんなものを成功させたら、社会は滅茶苦茶だ。おいさうだらう』

『社会は滅茶苦茶だ』

『我々が世の中に生活してゐる第一の目的は、かう云ふ文明の怪獣を打つ金も力もない、平民に幾分でも安慰を与へるのにあるだらう』

『ある。うん。あるよ』

『あると思ふなら、僕と一所にやれ』

『うん。やる』

『屹度やるだらうね。いいか』

してゐる。

二人の頭の上では二百十日の阿蘇が轟々と百年の不平を限りなき碧空に吐き出

『うん、兎も角も阿蘇へ上るがよからう』

『そこで兎も角阿蘇へ上らう』

『屹度やる』

とあるのが、落のない落語を聞かされたやうな感じになるのも、決して偶然の事でない。作家としての漱石氏の態度を、不真面目であるとか、ふざけてゐるとか言ふもののあるのは、主として此 Lustiger Humor を用ひ過ぎるからのことだと思ふ。

しかし漱石氏には、Lustiger Humor の外に、今少し意味のある Sympathetischer Humor（同情的ユウモア）がある。イングリシユ、ユウモアが少からずある。

氏がまだ帝国大学に講義をしてゐた頃の事である。其講義中いつも懐手をしてゐる学生があつた。氏は遂に其学生の傍へやつて来て、『手を御出しなさい』と注意した。けれども其学生は、一寸其顔を赤くしたばかりで、口もきかず、手も出さぬ。氏が重ねて、『手を御出しなさい』と言つたけれども、彼は依然として手を出さなかつた。其晩其学生の友人が来ての話によると、右の学生は子供の時分、砲丸を弄るか何かして、其片腕をなくしてゐたのである。それを聞いて思遣りのある、ディリカシイのある氏は何と言つたか。

無い袖は振られないと云ふけども、僕なんざ随分無い智慧を絞つて講義をしてゐるぜ。○○君だつて、たまには、無い腕位出して呉れてもよさゝうなものだになあ。

これは唯だの一例に過ぎない。

氏の如きは厳密に、英語に所謂ユウモリストである。ディクンズや、エリオットや、ドオデエなどにあるやうな温かなユウモアが、創作と云はず、批評と云はず、氏の一切の述作を貫いてゐる。その常に、大人が子供と遊んでゐるやうな、見下しながらも思遣ると云ふやうな態度を、非常に面白いと思ふ人々もあり、稍《や》や慊《あきた》らないと思ふ人々もある。

漱石氏のユウモアを慊らなく思ふのは、それに Satiristisch（諷刺、皮肉）の味が少いからである。スヰフトやハイネのやうな、悲観的な皮肉がないからである。

更に又、漱石氏のユウモアを慊らなく思ふのは、Verzweifelter Humor（絶望的ユウモア）がないからである。断末魔に自分で自分を嘲笑するやうな、気味の悪い Galgenhumor（絞首台上のユウモア）がないからである。而して此気味の悪い Galgenhumor が、輓近文学の所謂厳粛なる傾向に、大切なる一要素をなしてゐるのは云ふまでもない事だ。

『猫』の出た当時、東京朝日の『月曜文壇』で、グリ・マルキンと云ふ人が、『猫』は決してユウモリストの作でない、寧ろサティリストの作である。更に進んで云へばスケプティックの作である。言ひ得べくんば深刻悲痛なるユウモアである。

と言つた。グリ・マルキンは長谷川二葉亭氏の匿名であつたときく。二葉亭氏であつて見れば面白い。此批評は漱石氏よりも、むしろ二葉亭氏自らを批評したものである。少くとも、氏自らの作品の上に期するところを知らず知らず述べたるものではあるまいか。

一体にユウモリストは Philosopher（哲学者）であつて、philosophize（哲学を講ずる）するものだ。漱石氏も亦 Philosopher であつて、philosophize する。けれども厳密に云へば、Philosopher の立場にゐるよりも、Scientist（科学者）の立場にゐる人である。philosophize するよりも、より多く moralize（道徳を説く）する人である。Scientist の立場にゐて moralize する人のユウモアは、俗耳に入り易きユウモアであると共に、深刻を欠き易きユウモアたるを免れぬ。

しかし漱石氏のユウモアは、深刻を以て許されないまでも、非常に上品なるものである。仏蘭西のある批評家が、シェキスピアの滑稽をモリエルのそれに比して野鄙だと言つた其意味合で、甚だ都雅なるものである。あれ丈け上品なる、あれ丈け都雅なるユウモアは、在来の日本文学なぞに見出されないのは勿論のこと、これからさきにも、たやすく獲らるべきものではあるまいと思ふ。

漱石氏の作品に於て著しき特色をなすものとしては、ユウモアの傍にイマジネエションがある。これと云つて例証を挙げるのも困難ながら、今日の爾余の作家等に比較して、随分イマジネエションの豊かな人であると云ふ丈けは、大抵の人が承認してゐることだらう。

漱石氏を何よりも先づユウモアに富んだ、イマジネエションの豊かなる人として見るときは、やがて氏が、ディオニゾス風の芸術家であるよりも、アポロン風の芸術家であることに想到する。

アポロン風の芸術家であるからは、その芸術の、専ら『描』かうとするに腐心して、殆んどまた『歌』はうとするに念なきも、自《おのづか》らなる事だと思ふ。従つて氏が鑑賞の際、『歌』はうとする芸術に対して、『描』かうとする芸術の偏重せられると云ふのも亦怪むに足らない事だと思ふ。

漱石氏の作品に於て著しき特色をなすものは、ユウモアとイマジネエションとの傍に、今一つ官能を数へることが出来る。

漱石氏の官能は都会人の官能である。二三世紀かかつて研きをかけた江戸児の鋭敏なる官能である。

江戸児の鋭敏なる官能は、衣食住の材料に対して、一寸おつだとか、なかなか洒落れてるとか、全《まる》で渋いとか云ふやうな、いろいろの評価を案出し、又其様式に関して、かうするものだ、ああするものだと云ふやうな、さまぐの軌範を工夫して、贅沢なる Epicurean（享楽主義者）を作り、閑の多い通人を拵へた。漱石氏が亦、余程の通人であり Epicurean であることは、其作品の一つ一つに証明されてゐる。


漱石氏から少しばかりユウモアを取去つて、それ丈けパッションを加へれば、ほぼ鏡花氏に近いものが出来上る。

漱石氏の鏡花氏と共通するところに、二人の作家の浪漫主義が根差《ねざし》を置く。固《もと》より幹となり、枝となり、作品の花と開いては、色もちがひ、匂もちがふ。

鏡花氏の浪漫主義は、艶かしき夜の燈の如く水の面に映り、美しき鬼火の如く地の上を這ひ、凄じき烽《のろし》火の如く燃えあがる。火なるが故に時ありては人の心に焔を分つ。

漱石氏の浪漫主義は、虹の如く華かにかかり、星の如く高らかに輝く。しかも常に冷かである。

『倫敦塔』や『幻影の盾』や、『薤露行』や、『草枕』や、『夢十夜』や、凡べて皆、冷かにかかる虹である。冷かに輝く星である。聊かの熱もない。

ブランデスはアナトオル・フランスを批評して、

彼は感情よりも、より多くの観念を有つ。

と言ひ、

He lacks passions, and he is never wanton, his eroticism is only Epicureanism.
There is sensuality in his writing, and there is intellectuality——a good deal of the former, an overpowering amount of the latter.
He is taken all in all more the artistic and philosophic than the creative author.

と言つた、此批評はそのまま移して、漱石氏の場合に適用することが出来ると思ふ。もつとも漱石氏には、アナトオル・フランスに見るやうな、命懸けのアイロニイが見当らぬ。フランスの如きニヒリストでないからである。ニヒリズムの洗礼を受けたことがないからである。アナトオル・フランスの激烈なるソオシアリズムは、云ふまでもなく其ニヒリズムから出て来たものだ。

若し漱石氏にニヒリストらしい口吻があつたとすれば、所謂言葉の戯である。談理の上に不都合な世界であると言つても、つくづく堪へがたき世界であると云ふ感情の充実がない。其充実したる感情を超越するに至つたと云ふわけでもない。安易なる楽観主義者である。

安易なる楽観主義者は、如何なる腫物でも、膏薬を張つてなほすことが出来ると思ふ。新しき腫物に対しては、新しき膏薬を工夫して行きさへすれば済むものと思ふ。仏典なぞは頭の片隅へ這入り込んでゐる丈けだらう。腸《はらわた》の中までしみ込んでゐるのは、どうしても儒教のやうである。新しい考と云へば、プラグマティズムのやうなものが好ばれるのを見ても、成程とうなづかれるのである。

ところが、トルストイやニイチェに診断させると、今日の社会は、人類は、到底膏薬位では間に合はないやうな、恐しい腫物をやんでゐる。そのままにして置けば命がない。だから思ひ切つて、手を切らなければならぬ。足を断たなければならぬ。切断した結果が間違つて、一命にかかはるやうなことがないとも限らぬ。兎に角膏薬張をしては済まされぬ。決然として外科的の手術を施さないではゐられないのである。

しかも然うした荒療治は、安易なる楽観主義者から言はせると、全く無用のものであり、甚だ有害のものである、危険極まる考である。

漱石氏の見たるトルストイやニイチェ等は、ソクラテエスの眼に映じたる、軽佻なる当年のソフィストの徒に過ぎぬ。

地に泰平を出さんために我来れりと思ふなかれ。泰平を出さんとに非ず刃を出さん為めに来れり。

と云つたナザレ人耶蘇の如きも、若し氏と時代を同じうしたならば、氏からして所謂Socratic Humor の的《まと》にされたかも分らない。

しかし、ソクラテエスは遂に毒盃を仰いで死んだ。矢張り危険なる考を抱いてゐたものに違ひない。

馬琴の勧善懲悪は徳川政府の為めにも、馬琴自らの為めにも、まことに安全なるアイディアリズムであつた。

これに反して、幕末志士の尊王論は、教育勅語拝誦以来の忠君愛国主義なぞと違ひ、其当時の社会の制度並びに秩序の為めにも、志士自らの為めにも、極めて危険なるアイディアリズムであつた。

漱石氏の世界観人生観は、幕末志士の尊王論の如く危険なるアイディアリズムでなく、馬琴の勧善懲悪の如く安全なるアイディアリズムである。

馬琴と云ひ勧善懲悪と云へば、漱石氏の作品には可なり猛烈なる性格の理想化があるやうだ。『虞美人草』なぞに至つては、善玉悪玉の差別さへはつきりとついてゐる。一方は小夜子や、小夜子の父や、宗近や、宗近の父や、宗近の妹糸子や、甲野は、貞淑である、温良である、真摯である、聡明である、何等の心得違ひの事をせぬ。悉く皆善玉である。これに対して一方の小野や、藤尾の母は、浮薄である、驕慢である、卑劣である。不都合千万なる考を有つてゐた。悉く皆悪玉である。

善玉悪玉を拵へるほどならば、善人が栄えて悪人が亡ぶと云ふ、めでたしめでたしがなければならぬ。『虞美人草』の大団円には少くとも Poetische Gerechtigkeit が行はれてゐた。

氏は又『文芸の哲学的基礎』に於て、モオパッサンの『頸飾』の筋を述べ、そのあとで、

よくせきの場合だから細君が虚栄心を折つて、田舎育ちの山出し女とまで成り下がつて、何年の間か苦心の末、身につり合はぬ借金を綺麗に返したのは立派な心掛で、立派な行動であるからして、もしモオパッサン氏に一点の道義的同情があるならば、少くとも此細君の心行きを活かしてやらなければ済まない訳でありませう。所が奥さんの折角の丹精が一向活きて居りません。

と言つて、練物の金剛石にだまされた気の毒な細君の為めに、作者の不人情を罵つてゐる。作品の中で善人を栄えさせないものは、道義心に乏しいものときめてゐるのである。

漱石氏の述作が読者の上に、『八犬伝』の如き感化を被らすことはあるだらう。尊王論の如き影響を及ぼすかどうかは分らない。現在の風教を維持するほどに将来の道徳に貢献することは恐らくあるまい。

漱石氏は屢々新人の附焼刃を笑つて、希に旧人の矯飾を咎める。習俗と歩調の合ひ

易い人である。其思想には概念の改造がない。所謂価値の顚倒がない。四十一年九月号の『文章世界』には氏が其青年の時代に於て、将来の方針を立てようとしたときに、

建築ならば衣食住の一で、世の中になくて叶はぬのみか、同時に立派な美術である、趣味があると共に必要なものである。で、私はいよいよそれにしようと決めた。

とある。其『趣味』あるものと云ひ、『必要』なるものと云ふ概念が、今も尚ほ昔と変らない。不必要なる『趣味』があり、無趣味なる『必要』があり得るものと思はれてゐる。

三十九年十一月号の同じく『文章世界』には、

普通に云ふ小説、即ち人生の真相を味はせるものも結構ではあるが、同時にまた、人生の苦を忘れて、慰藉するといふ意味の小説も存在してい丶と思ふ。

とある。『人生の真相を味はせ』ないで、ただ『慰藉』するやうな文学の慰藉が、低級の慰藉であることに、未だ想到されないのである。

氏は又、『文芸の哲学的基礎』に於て、真、善、美、壮と云ふ四種の理想を立て、それが互に平等の権利を有つてゐて、相冒すべからざる標準であると言つた。而して其相冒すべからざる標準の相冒したる例として、モオパツサンやゾラの作を挙げ、イ

ブセンの『ヘッダ・ガブラア』を挙げシェキスピアの『オセロ』を挙げた。

私共を以て見れば、所謂真、善、美、壮が相冒すと云ふのは、旧き真、善、美、壮と、新しき真、善、美、壮との衝突に過ぎない。旧き真、善、美、壮が互に相冒さざるを得るごとく、新しき真、善、美、壮も亦互に相冒さざるを得るものである。かりにフォルケルトの Menschlich-bedeutungsvolle（人間的に意義あるもの）を用ひて言へば、旧き真、善、美、壮が旧き Menschlich-bedeutungsvolle によつて統一されたる如く、新しき真、善、美、壮も亦新しき Menschlich-bedeutungsvolle によつて統一されてゐる。矛盾は常に新旧の間に存する。

同じくまた、『文芸の哲学的基礎』の中に、

現代の世程ヒロイズムの欠乏した世はなく、また現代の文学程ヒロイズムを発揚しない文学は少からうと思ひます。現代の世に荘厳の感を起す悲劇は一つも出ないのでも分ります。

と言つてゐる漱石氏は、『文芸とヒロイック』なる論文の中に、

余は近時潜航艇中に死せる佐久間艇長の遺書を読んで、此ヒロイックなる文学の我等と時を同じくする日本の軍人によつて、器械的の社会の中に赫として一時に燃焼せられたるを喜ぶものである。云々

と言つてゐる。イブセンの『ブラント』や、『民衆の敵』にも、ニイチェの『ツアラ

トゥストラ』にも見出されなかつたほどの貴いヒロイズムの実例が、佐久間氏の遺書に於て見出されたと云ふのは面白い。

重ねて言ふ、漱石氏の思想には概念の改造がない。所謂価値の顚倒がない。習俗と歩調の合ひ易い人である。

習俗と歩調の合ひ易い人は、所謂国民性なるものを尊重する上にも、かなりに習俗と相容れる。

二千年や三千年の歴史位では、到底解決することの出来ないやうな、根本的の大問題に対するも、氏は尚ほ自分が日本人であつて、西洋人でないと云ふことを忘れずに説く。

自然派だとか浪漫派だとか云つて概括されるのを、個性の没却として憤る氏にしては、此《かく》の如く、日本人としての概括に甘ずると云ふことが、一の矛盾ではないかと思ふ。

しかし所謂和魂洋才の人にも其大和魂を傷けない範囲に於て、思想の変遷があることは認めなければならぬ。

例へば、『文芸の哲学的基礎』(四十年四月頃)なぞで、現代文芸の根本的傾向を、真《まつ》向《かう》から罵倒し去つた漱石氏が、『創作家の態度』（四十一年二月）へ来ると、大分舌鋒を和《やは》らげて、所謂自然派なるものを攻撃するよりも、所謂非自然派の立脚地を防衛することに努めるやうになつてゐる。其中には、

両種の文学の特性は以上の如くであります。以上の如くでありますから、双方共大切なものであります。決して一方ばかりあれば他方は文壇から駆逐してもよい抔と云はれるやうな根底の浅いものではありません。又名前こそ両種でありますから、自然派と浪漫派と対立させて、塁を堅うして、濠を深うして睨み合つてるやうに考へられますが、其実敵対することの出来るのは名前丈けで、内容は双方共に往つたり来たり、大分入乱れて居ります。のみならずあるものは見方読方では、どつちへでも編入の出来るものも生ずる筈であります。

なぞとも言つてゐる。更に其後の『イズムの功過』と云ふ論文には、

自然主義なるものが起つて既に五六年になる。これを口にする人は皆それぞれの根拠あつての事と思ふ。わが知る限りに於ては、又わが了解し得たる限りに於ては（了解し得ざる論議は暫く措いて）、必ずしも非難すべき点ばかりはない。云々

と言つて、所謂自然主義の相対的価値を十分に承認し、

自然主義者はこれを永久の真理の如く言ひなして吾人生活の全面に渉つて強ひんとしつつある。

自然主義者にして今少し手強く、又今少し根気よく猛進したなら、自ら覆るの未来を早めつつあることに気が附くだらう。人生の全局面を蔽ふ大輪廓を描いて、未来を其中に追ひ込まうとするよりも、茫漠たる輪廓中の一小片を堅固に把持して、其処に自然主義の恒久を認識してもらふ方が、彼等の為めに得策ではなからうかと思ふ。

と言つて、単に所謂自然主義者の偏狭にイズムを固守するの態度を笑つてゐる。イズムを固守するの態度は笑はれてゐるが、自己の趣味を以て、他人の上に強ひんとする者の態度が、必ずしも斥けられてないことは、『鑑賞の統一と独立』の中に、

各自の舌は他の奪ひがたき独立した感覚を各自に鳴らす自由を有つてゐるに相違ない。けれども各自は遂に、各自勝手に終るべきものであらうか。己れの文芸が己れ丈けの文芸で、遂に天下のものとはなり得ぬであらうか。それでは情けない。心細い。散りぢりばらばらである。何とかして各自の舌の底に一味の連絡をつけたい。さうして少しでも統一の感を得て落付きたい。

と言ひ、

一方に於て個人の趣味の独立を説く余は、近来一方に於てどうしても此統一感を駆逐することが出来なくなつたのである。

と言はれてゐるのに徴して、又『好悪と優劣』の中に、

好悪を以て満足の出来ぬほど主観が強烈に働くとき、それを客観化して優劣となし、其処に趣味の統一を要求して始めて落付くのは、単に自我を吹聴するばかりでない。わが主観に対する同情を天下に求むる自然の声であると提唱したいのである。

と言はれてゐるのに徴しても明かではないか。のみならず、氏の所謂統一感を押しすめて行くならば、一の流派が、他の流派の一体の傾向を排除しようとすることも、強ち理由なきものとは見られなくなつて来るではないか。精しくは、イズムの名を以て争はず、カノン（法規）を提げて立たざる限り、おほよその趣味を同じうする一の団衆が、他の団衆の大体の趣味を閑却し、蔑視し、嫌悪するに至ると云ふのも、強ち不自然なることでなく、亦必ずしも咎むべきことではなくなつて来るではないか。

思想の変遷は、作品の上にも見えてゐる。

漱石氏は自然派勃興の初に於て、文壇の新機運を代表すると云ふ意味で、独歩氏藤村氏等と並称せられたが、其新機運なるものの発展し来るにつれて、いつとは知らず閑却冷遇を受けるやうになつて来た。

されば『草枕』に於ける非人情主義の提唱は、一面当時の論客の、触れる触れぬの詮議に対する、反撥的の態度であつたとも解釈することが出来る。

引続き『虞美人草』は、『文芸の哲学的基礎』に於ける現代文芸の弾劾と相応じて、氏の所謂真、善、美、壮の相冒さざるものを書かうと試みた。とり分け真の善、美を冒さざるものを書かうと試みた、一篇の眼目となるところには道学的の傾向が置かれてゐた。

『草合』として一に纏められたる『坑夫』並びに『野分』には、半ば非人情主義の傾向があり、半ば道学的の傾向があるけれど、『草枕』に於ける如く『虞美人草』に於ける如く鮮かなるものでない。一方に於て、『創作家の態度』を論ぜられた時分の作であることに思合せて、深長の意味があるではないか。

『三四郎』まで来ると、いよいよ非人情主義の傾向も少く、道学的の傾向も少くなつた。

最近の作、『それから』と『門』とに至つては、殆んど自然派の作品と撰ばない。ただ非人情でないのみならず、むしろ大に人間臭く書かうとしてゐる。ただに道学的でないのみならず、むしろ習俗の芸術観から見ては避けなければならないやうな方面に、忌憚なき筆を着けてゐる。

此の如き思想の変遷は、固より賀すべき事である。ただそれが、主として芸術観上の変遷たるに止まつて、人生観上のそれにまで及ばなかつたのを、私共は稍や遺憾に思ふ。

此の如く変遷があり得たのは、氏自らの芸術観に何等かの問題があつたからである。此の如く変遷があり得なかつたのは、氏自らの人生観に何等の問題もなかつたからである。安易なる楽観主義者には、和魂洋才の漱石氏には、氏自らの人生観に於て、何等の問題らしき問題をもつてゐないからである。

氏自らの人生観に於て、何等の問題らしき問題をもつてゐない人として、しかも其人格の堅実高貴なるゼントルマンとして漱石氏を見るときは、不思議とよく三宅雪嶺氏が聯想される。

氏等の思想は、それがよしどれ丈け立派なものであるにもせよ、其人格と密接の関係を有して居らぬ。あれ位の思想は、あれ丈けの紳士的人格なきも、尚ほ且つ懐抱し得られるものである。それと同時に、あれ位の思想があつたとて、あれ丈けの紳士的人格を作り得べきものとも限らないのである。

トルストイや、ニイチェや、ゲエテや、ルッソオや、レオナルドオ・ダ・ヸンチなその場合には、ああした人格であつた故、ああした思想になつたので、ああした思想が、そのまま彼等の人格であつた。思想の外に人格はなく、人格の偉大はやがて思想の偉大であつた。厳密に思想と云へば、斯うしたものでなければなるまい。

漱石氏の如きは、厳密に思想家を以て許されないものだらう。少くとも思想家としての偉大を認めることは出来ぬ。

私共はただ、氏の如くイマジネエションに豊かなる、官能に敏なる浪漫主義者の希なるを思ふとき、おほよそ鏡花氏に払ふほどの敬意を氏に払はうとするに止まる。私共はまた、氏の如くヰットに富める、別してユウモアに富める人の更に希なるを思ふとき、我が国に於ける第一のユウモリストとして氏を待たうとするに止まる。最後に、私共はただ、氏の如く深遠博宏なる学問と、氏の如く堅実高貴なる人格との更に更に希なるを思ふとき、氏の所に赴いて其教を仰ぎ、其徳に化せられむことを願ふに止まる。

鷗外先生と其事業

一

私のおぼろげな記憶によれば曾て高山樗牛氏が亡くなられた時、かねがね論争の行き掛りをもつてゐられた森鷗外先生は、先生達の雑誌『万年草』で、高山氏に対するかなり遠慮のない駁撃を、躊躇することなしに公表された。その本論は高山氏の亡くなられる前に書かれたとの事ではあつたが、それへの附言として先生は、いたづらに死者を寛仮したり、漫りに死者に阿附したりするのが、決して美風でないと云ふやうなこと、従つて高山氏の生前たると死後たるとが、氏の言動に対する批判を左右すべきでないと云ふやうなことを述べてゐられた。

特に鷗外先生を尊敬しながらも、高山氏の物などをもかなり愛読してゐた私は、先生の此時の態度を一応合理的であると思ひながら、尚且つ、どつかに物足りないものがあるやうに感じないではゐられなかつた。

しかし、その後続々と文壇知名の人々が亡くなられて、その度毎に私共のつまらない批評や感想なぞをさへ求められるやうになつて来るにつれ、私は鷗外先生のあの時の態度をその儘に是認しないまでも、あの言葉の中に私共の学ばねばならぬ何物かのあつたことを漸く感じ出して来た。

乃ち私は、鷗外先生の生前に言いたいと思つた事は、これからも構はず言ふことにしようと思ふ。

もつとも先生は、この場合に適用されるべき今一の教訓をも遺してゐられる。即ち先生の御説によれば、紳士とは面と向つて言ひ得ないほどの事を、決して蔭口にのぼせない人間の謂ひなのである。

私にして若し、先生の面前に言ひ得なかつたほどの事を、今となつて敢て筆にするならば私は私自身が明白に『紳士』でなかつたことを暴露するものである。

既に大抵の人々に知られてゐる如く、先生は自分一人で仕事をして行かれる上にも、また他人との交渉を処理して行かれる上にも、希らしく鞏固な性格の持主であつたやうに思ふ。

とり分け他人との交渉に於ては理性からにもせよ、感情からにもせよ、一旦斯うと決定した以上、たやすく其決定を飜さないといふのが、先生の性格に最も著るしい特色の一をなしてゐたやうである。先生自身の目にさへ如何はしい動機の見え透いてゐるやうな、所謂拝み倒しや涙攻めなぞの、竟に功を奏した例のないのは云ふまでもなからう。

さうした点から、多くの人々が先生を血の燃えない、いつも冷かな、寧ろ冷酷なほどの人であつたやうに見てゐる。

しかし乍ら、先生の性格の上のあの硬さは、あの粘り強さは、人知れず赤熱し白熱して、幾度びとなく鍛へ上げられたところのそれではなかつたらうか。そしてたゞ遠くにゐる人々の目に其火が、焰が、火花の散るのが見えなかつただけではあるまいか。

二

自分自身の弱さを直接証拠立てるやうな、殆ど総ての誘惑を斥け得た鷗外先生にも、尚且唯一つだけ、容易に打ち克つことの出来ない誘惑的衝動がのこされてゐた。それは他の物でもない。自分自身がどんなに強いかといふことを、あらゆる場合に於て知りたしかめ（誇り示すのでないまでも）ようとする衝動である。

私がニイチェの『ツァラトゥストラ』を最初に訳した頃、それに就ての種々の教示を仰ぐ為め、私は数回先生の御宅へ御邪魔に上つた。そして或る時、先生の御膝元で令嬢の一人が、熱心に画をかいてゐられるのを見て、『お嬢様は画が御好きですか？』

と、下手なお愛想を私は言つて見た。

『ええ、好きなの。大好きよ』と令嬢は言ひ乍ら、灯により近く、私にもより近く其画を差出された。

『成程、そんなに御好きなだけあつて、本当に御上手ですね』と、今度はもう単なるお愛想でもなく言つた私の言葉に対して、可憐な、けれども小皇女のやうな気品とプライドとをもつた人は何と言はれたか——

『いいえ、さうぢやないわ。上手だから好きなのよ。私自分によく出来るものはみんな好きなの』

　この時のこれだけの手短な対話を、私は今尚折々想ひ出す度毎に、あの令嬢のお言葉ほど遺憾なく、鷗外先生自身を解釈してゐるものはないやうに考へるのである。

　大抵の人々にどれか必ずあるところの『下手の横好き』といふことが、鷗外先生に於ては絶対にないと云へるであらう。苟《いやし》くも先生が興味を有たれた限り、坪内逍遥先生も言はれた通り、如何なる方面に於ても一流どこより下の仕事はされなかつた。しかも、それが好きな事を必ず上手になられたのであるよりも、上手なもの、または上手になれさうなものに限つて好きになられたのであると見るは、さう見る者の誤りであらうか。

　尚進んでは、聊か僭越な観察ながら、よし上手なものであり、または上手になれさうなものであつても、その事の意義から打算して竟に試みないでしまふといふ一種の克己的努力に於ては、流石の先生も幾分の弱さを有つてゐられたらしいではないか。『帝謚考』を脱稿して『元号考』の執筆へ移りながら先生が言はれたとのことである、『斯う云ふ種類のもの、著述なら、私共と雖も先人以上に出ることが出来ますからね』と。

私共は勿論、是等の述作が先生の一生計画の中に如何なる地位を占め、またそれに対し如何なる意義を有してゐるかを審らかにしてゐない。たゞ、その前の『北白川宮御伝』だとか、『東京方眼図』だとか、令嬢杏奴《あんぬ》さんの為めに編まれた『代数教科書』だとか云ふやうなさまざまな仕事と共に、右の二の述作なども恐らくは先生の自信より以上にさへ、立派な出来ばえであらうことを想見するだけである。否、縦しそれがどんなに立派な出来ばえであるにもせよ、我が鷗外先生のあの非凡なる、稀有なる天分に須たねばならぬほどのものであつたかどうか、さうした天分が更により有効に用ひらるべきではなかつたかどうか、と云ふやうな事を疑問にするだけである。

三

衛生学者としての、並に官吏としての先生の手腕や貢献も、その方面の十分信用すべき批評家の言ふところに依ると、悉く皆立派な、抜群な、時としては前代未聞のものでさへあつたらしい。

しかし乍ら、先生その人の天分を最も有効に発揮するといふ、先生自身にとつて最も厳粛なるべき根本方針に照らして見て、それらの嘖々たる好評位がそもそも何であらう。

『お上《かみ》が鷗外先生に酬いた方が、文壇の博士に対する酬い方より遥に厚かつたやうだ』云々とは、永井荷風氏か誰かのお言葉である。

それはさうだと私共も思ふ。しかし乍ら私共は、文壇の所謂『不人情』を情けなく思ふと同時に、鷗外先生が余りにも深入りして、余りにも手を拡げて、お役所奉公をされ過ぎたことを少からず遺憾に思ふのである。

一言にして言へば、自分自身の如何に強いかを、総ての場合にたしかめ知りたいと云ふ、それこそ不思議にも打ち克ちがたき誘惑的衝動は、先生ほどの聡明なる人をして尚且つ、金貨として天上から受けた物を、むざむざと銅貨として地上にばら撒かしめたのではなかつたらうか。

先生が其本業の片手間仕事のやうにして、言ひ換れば何等かディレッタントらしい態度の内に踏み止まり乍ら文学上の活動をされたのは、しかし、幾分其性格に根差してゐたことであると共に、更により多く其境遇に原因してゐたことであるかも分らない。

先生にして若し、もう十年あまりも晩く生れて、例へば夏目漱石先生の時代位にでも世間へ出られたのであつたらば、そして其事が実世間から重宝がられることの機会をずつと少くし、所謂『立身出世』への道筋をずつと歩き心地の悪いものにしてゐたのであれば、少くとも先生の後半生はもつともつと、文学的活動を本職にした人の生活らしいものであり得たと思ふ。

　そして然うならないでしまつた事を、先生の為めに痛惜するところの私共は、芸術家としての先生が寧ろ順境の人でなかつたことを、特に切言して置きたい心持にもなるのである。

　しかし乍ら、先生があんなに早い時代に出て、ああした幾分ディレッタントらしい生活態度に終始された結果、芸術家としての自分自身の標的へ、直往邁進することの一事に全力を傾倒しないで、寧ろそのかなりに多くの量を、外国文芸の紹介移植や、我が文壇の開発誘導などにも分ち用ひられたといふのは、先生のあとから生れて来た私共にとつては、実に此上もなくあり難い、此上もなく感謝すべき事であつた。

四

　逍遥先生と相並んで、恐らくは我が文壇の最も偉大なる教師であつたところの鷗外先生は、その飜訳に於ても、その評論に於ても、またその創作に於ても、常に最も高級なるものと、最も斬新なるものとを教へてゐられた。

文壇のレヱルはどんなに高められたやうに見えても、竟に先生から高められることを要しないところまでは来ないでしまつた。

文壇の傾向風潮はどんなに新しいものから、どんなにより新しいものへと移つて来ても、竟に先生を乗り越え得ないのは無論のこと、先生に追ひ附くことさへも出来ないでしまつた。

かくの如く永久に新しく、永久に高いところを有つた教育者としての先生は、勿論文壇の最下層にまで文学常識を普及させるといふやうな、それほど啓蒙的な仕事はされなかつた。

そして先生がつねに先づ、文壇最上層の少数者等に刺戟と滋養とを与へ、彼等を開発し誘導した上、ただ彼等の活動を通じて間接にのみ、一般読書人に影響を及ぼされたといふ――この事が恐らくは何よりも、先生に対する文壇の所謂『不人情』をよんどころないものにしてゐるのであらうと思ふ。

此際一般に先生を追悼する人達がするであらうやうに、我文壇の最も偉大なる教師としての先生の、到底感謝し尽せさうもない功業を嘆美する上には、私共も固より人後に落ちたくないと思ふのだけれど、しかし、さうした見方から暫くはなれて、単なる詩人芸術家の述作としての、先生の書かれた物の純芸術的評価を試みるといふ、より重要な方面を閑却してしまふのは善くないと思ふ。

立派な飜訳が、厳密な意味に於て立派な芸術的制作であるといふことを、私共にまで最も明白に証拠立ててくれたのは、『水沫集』『即興詩人』の時代より最近に至るまでの先生の飜訳である。

ともすれば、評論もしくは評論家が、創作もしくは創作家より一段低い地位に居るもののやうに考へ易い我文壇人をして、其度毎にそれが誤りであることを痛切に感ぜしめたのは、特に先生の『しがらみ双紙』、『めざまし草』以来数々の評論的述作であらう。

もしそれ、先生の所謂創作的述作について云ふならば、出世作『舞姫』の如き独逸浪漫派の脈をひいた物からして、明治四十年代の広義に所謂自然主義的な小説、劇、詩等に至るまで、人々は其寸分の隙間なき、一点の非議を容さないほどの精厳さから、透徹さから、老巧さから、むしろ一種の圧迫に近いものをさへ感じて、殆ど批評らしい批評を加へたことがない。

詩人としての、芸術家としての鷗外先生が、多少なりとも批評らしい批評の的になり、多少なりとも本当に近い評価を受けられるやうになるのは、残念ながらまだ、今少し後の事でなければなるまいと思ふ。

ブルヂョアは幸福であるか

現代の社会組織経済組織の下に、貧乏人の境遇が如何にみじめなものであるかは、改めて説くを須《もち》ひない。けれども、金持の生活も亦、それほど幸福なものでないといふこと、否非常に不幸なものであるといふことに就いては、今迄人があまり論じない。欧羅巴に於ても、トルストイや、ラスキンや、モリスなぞ極めて少数の人々を例外として、一般には殆んど問題にしてゐない。日本では更に一層問題にしてゐない。

私の知つてゐる限りでは、ブルヂョアも亦資本主義経済組織の残虐汚毒をまぬかれてゐないことを、私以外の殆んど一人の人もが言つてゐないやうである。

一九一七年三月堺利彦氏立候補後援演説（これはあとで雑誌にものせ、論文集の中にも入れました）に於て既に私は此問題に触れ、次ぎのやうに言つてゐる——

『今日の社会に於て、あまりに貧しすぎる者が寒さに震へながら、空腹をかゝへながら、いら〳〵と興奮してゐるとき、あまりに富みすぎてゐる者は、飽食し、暖衣して、倦怠の中に生あくびと戦つて居ります。あまりに富みすぎてゐる者も、あまりに貧しすぎる者と同様に、肉体的に、また精神的に、虚弱になり、低劣になつて行きます、頽敗し、滅亡して行きます』と。

更に次ぎのやうにも言つてゐる――

『さて私共はかくの如く、あまりに富みすぎたる者を、あまりに貧しすぎる者と同様に不幸であると考へて居ります故、現在の社会制度、経済組織の革新改善は、啻《たゞ》に所謂労働者階級をより幸福にする為めばかりでなく、また所謂資本家階級をより幸福にする為めにもなされねばならないものだと思つて居ります。所謂資本家階級に対する所謂労働者階級の羨望や嫉妬や復讐心や、それらのものに同情同感する心に、根本の動機をもつたものであつてはならないと思つて居ります。一言にして云へば、私共は、私は憫むべき労働者階級の味方であると共に、また憫むべき資本家階級の味方でもありたいと願つてゐるのであります。そして此根本の見解及び態度に於て、社会主義者諸君と、別して日本の現在に於ける社会主義者諸君と、幾分の距りをもつてゐるのであります。少くとも、私自身が社会主義者と名乗つたり、他から社会主義者と命名されたりすることの資格を有しない位には距りをもつてゐるのであります』と。

その後、『社会批評家としての予の立脚地』(一九一七年十二月)、『何人の為めの改造なりや』(一九一九年八月)、『問題の全体的意義を論ず』(一九一九年九月)、『人道主義改造論者の不徹底』（一九一九年十二月）、『階級闘争の倫理的批判』（一九一九年十二月）等に於て、これでもか、これでもかといふほど、随分執拗に反復して、私は右の問題を取扱つてゐる。

それにも係はらず、それに対してこれまで全然反響らしい何物もない。

所謂人道主義的立脚地にゐる人達が、それに対して何等の共鳴をしないといふことも不思議であるが、更に不思議なのは、恐らく正反対な見方をしてゐるであらうところの、所謂社会主義者諸君からして、何等の駁撃をも御叱りをも受けないでゐることである。

勿論、私の頭がいゝとか悪いとか、私の文章が巧いとか拙いとか、いふやうな事柄であれば其儘にして置いていゝ。反響のあるとか無いとかは、それほど気にしないで置いていゝ。けれどもこれは今少し真面目な問題である。

稍や久し振りに、またもや『ブルヂョアは幸福であるか』を論じて見ることにした。今後も尚ほ機会のある限り、愈々しつこく論じつゞけて行くつもりである。

ブルヂョアの生活が決して幸福なものでなく、寧ろ大に不幸なものであるといふことは、便宜上ブルヂョア対労働の関係からと、ブルヂョア対生活資料の関係からと、両面からして論じて行かう。

先づ、ブルヂョアと労働との関係について云ふのだが、資本主義社会に於ける総ての生産が専らたゞ資本家等の営利衝動を満足させる為めにのみなされてゐることは、誰でもが承認するところの事実であらう。

営利衝動とは所詮、貨幣をもつて計量することの出来るやうな富——それと異れる富もあり得る——を獲得蓄積したいといふ慾望にほかならぬ。

どんなに便利なる器械が発明されやうとも、器械で以てミケランゼロの美術を、べエトオフェンの音楽を生産することは出来ない。貨幣で以て其価値を計量することの出来ないやうな物を生産するわけには行かぬ。

けれども、貨幣で以て其価値を計量することの出来るやうな、単なる商品を生産する上には器械ほど便利なるものはない。器械は多量の商品を生産して、資本家にまで多量の富を獲得蓄積させる。

器械の利用が盛になるにつれて、人間と器械との地位が顚倒して来た。即ち、はじめは器械が人間の手足の延長として労働力を補足するものであつたけれど、のちには人間が器械の一部分として、器械力の活動を手伝はされるものになつてしまつた。

出来るだけ多くの貨幣価値を生産して、出来るだけ資本家の営利衝動を満足させる為めには、出来るだけ器械を利用するのみならず、出来るだけ人間をも器械の一部分となし、器械化してしまふことが必要になつて来たのである。

今尚ほ世間多数の人々に気附かれない事実ながら、労働その物は本来必ずしも人間にとつて厭はしく不愉快なものではない。むしろ、それが各人の天分素質に適応したものである限りに於て、願はしく愉快なものなのである、そして、労働をしないでゐることが、却つて苦しく且つ有害なのである。

資本主義社会の生産は、一切の労働を器械化し、個性のないものにし、各人の天分素質を蹂躪するところのものにした。即ち、厭はしく不愉快な、苦しく且つ有害なものにした。

その結果、今日の殆んど総ての人々は、願はしく愉快な労働といふやうなものを考へることが出来ない。僅かに例外とすべきは、所謂制作の悦びを知つてゐる、少数の本当の芸術家の場合だけである。

少数の本当の芸術家は、厳密な言葉遣ひに於て選ばれたる者として、真に時代錯誤社会錯誤として、プロレタリアからもブルヂョアからも出てゐる。ブルヂョアから出易くして、プロレタリアから出にくいといふ事実も見えない。

兎もあれ、極度に悪くされたる労働をばかり見慣れて来た現代人は、なるべく総ての労働から遠ざかつてゐたいとねがふ。さうねがひ乍らもプロレタリアは、脊に腹はかへられないで、その日その日を生きる為めに、厭はしく不愉快な労働をつゞけて行く。これに対して、さうした切迫した必要を有たないブルヂョアは、厭はしく不愉快な労働から、出来るだけ遠ざかつて行かうとする。プロレタリアが労働を憎悪するのを見れば見るほど、ブルヂョア自身も愈々労働を憎悪し恐怖して来る。

事実としてプロレタリアが、稼ぐに追ひ付く貧乏神に鞭たれながら、つねに労働しすぎることの不幸に陥つてゐる時、寝てゐて喰える、結構すぎる御身分のブルヂョア達は、あまりにも労働をしないといふことの、不幸なる結果を収めてはゐないだらうか。

外気から、日光から、水から、土から、そのほかのあらゆる自然らしい自然から、今日のブルヂョア達ほど遠ざかつてゐるのが、どうして善い事と云はれやうぞ。所謂筋肉的には無論のこと、所謂脳力的にさへ、彼等の如く無為にしてゐるのが、どうして彼等を、弱くしないで置かうぞ。悪くしないで置かうぞ。

労働が、一般に、各人の天分素質を蹂躙し、その個性に逆行したものになつてゐる今日なればこそ、所謂芸術家の仕事を一種特別の物として扱はなければならないのである。本来は総ての労働が芸術家の仕事と同様でなければならないのである。即ち、願はしく愉快なものでなければならないのである。

そしてさうした願はしく愉快な労働から遠ざけられてゐるのは、プロレタリアばかりではないのである。その不幸がどんなに大きなものであるかは、一般のプロレタリアにも、ブルヂョアにも知られてゐない。またそれ故にこそ、其不幸は愈々大きくなつて行きつゝあるのである。

労働に対する関係からブルヂョアの不幸なる地位を論ずるのは、一まづこれ位にして置いて次ぎには生活資料に対する関係から、ブルヂョアが幸福であるどころか、むしろ大に不幸な境遇に立つてゐるといふことを明らかにして見よう。

世間一般に信じられてゐるところに依れば、必要なる生活資料を十分に与へられないのはプロレタリアである。ブルヂョアは一切の必要なるものを与へられてゐる。その点に於て彼等は幸福すぎるほどにも幸福である。

しかし乍ら、ブルヂョアは実際に一切の必要なる物を与へられてゐるであらうか。この問題に対して正しき解答をなす為めには、今日の資本主義生産に於て生産せられるところの物がそも〳〵如何なる性質の物であるかを、より徹底的に吟味して見る必要がある。

資本主義生産が専らたゞ、資本家の営利衝動を満足させる為めにのみ為されることは前に既に述べた。

偖《さ》てさうした目的の下になされる生産は、出来るだけ多量を生産することを必要とする故に、自然の需要に応じて供給するといふが如き、控目な生産に甘んじてゐない。しかも、結局に於て生産過多を持てあますに至らないことの為めに、供給を以て逆しまに需要を促すといふ辛辣な方策に出る。

供給によつて需要を促すべく、そも〳〵如何なる性質の商品を生産することが最も便利であるか。曰く、人間の慾望を刺戟するに最も容易なるものを生産することこれである。

ところで、人間の欲望なるものは、その生活を維持し向上させる上に実際必要なものに対して動くこともあり、単に必要と思はれるだけのものに対して動くこともある。そして実際に必要なるものは、例へば或る種類の食料品などの如く、一定の限度を越えて欲望されることのないものであり、単に必要と思はれるだけのものは、例へば或る種類の装飾品化粧品などの如く、際限なく慾望しつゞけられ得るものである。加之、人間は動もすれば実際に必要なものを後廻しにしてまでも、単に必要と思はれるだけのものを慾望するやうな、浅間しき傾向をすら有つてゐる。さうした慾望を横合から、色々に挑発された——ブカブカドンドンや、新聞雑誌の広告や、そのほかのあらゆる意識的無意識的手段によつて——場合に於て尚更さうである。

かくの如く、一方には慾望される限度があり、他方にはその限度がないとしたならば、また一方が往々他方の為めに後廻しにさへされるとしたならば、また特に一方の慾望に挑発の余地がなく、他方の慾望に挑発すればしただけの効能があるとしたならば、資本主義生産が主力を傾倒して所謂贅沢品の生産に従ふといふのは、極めて自然の勢であると云はねばならぬ。

加ふるに、プロレタリアは多くの場合、実際に必要なる生活資料をさへ、単に慾望するに止まつて需要するに至らない。それに必要なる購買力を有しないからである。これに反してブルヂョアの慾望は、それが挑発されただけそれだけ、悉く皆需要となつて現れる。従つて、さなきだに贅沢品の生産に主力を傾倒しがちなる資本主義生産は、愈々絶対的必要品に遠いもの丶生産にばかり走つて行くのである。又、その結果として往々、消費者としてのブルヂョア自身も狼狽するほどに、必要品の一般的払底をさへ訴ふるに至るのである。

私はこゝで、そも〳〵必要品とは何であるか、贅沢品とは何であるかについて、一言して置くことを便利であると思ふ。

私の見るところを以てすれば、必要品とは兎に角、人が人として本当に生きる為めに、精しくは肉体的にも精神的にもより善く生きる為めになくてはならぬものである。贅沢品とは、さうした目的の為めに必要でないのみならず、むしろ肉体的にも精神的にも、人の本当の生活を壊敗させなければ置かないやうな物の謂ひである。

勿論厳密には、人を異にするにつれて、その生活に必要なる物をも異にする。同一人であつても、その場合々々によつて、必ずしも必要とするところを一にするものでない。けれども一面亦、多くの場合に於て、多くの人々の上に必要であるものと、必要でないものとを標準にして、凡そ何が必要品であるか、何が贅沢品であるかを決定するのは、必ずしも不可能事ではないのである。

そして今、資本主義的生産が贅沢品の生産にその主力を傾倒しがちであると云ひ、その結果、往々にして必要品の一般的払底をさへ訴へると云ふのは、右の如き言葉遣ひと意味合とに於てゞあること勿論である。

今日のプロレタリアが、その購買力の不十分なる為めに、必要品を十分に与へられないのみならす、残忍極まる誘惑の囚となつて、折々手に入れることの出来る必要品をさへ後廻しにして、なまなかなる贅沢品を少しばかり買はされてゐるといふ、プロレタリアの悲惨については精しく説くまい。此場合ブルヂョアは勿論購買力のない為めにでなく、寧ろ贅沢品が必要品よりも以上にその慾望を刺戟することの為めに、必要品よりも以上に贅沢品を買はされ結局十分なる必要品を与へられないでしまひ、あまりに多過ぎるところの贅沢品を与へられてしまふことになるのである。

しかも、此の如きブルヂョアにとつて最も不幸な事は、寧ろ不十分に与へられ勝ちな必要品その物すらもが、よくよく吟味して見れば、純粋に必要品といふべき物でなく、一面にかなり多くの贅沢品的性質をもつた物であるといふ事実である。換言すれば、彼等の与へられてゐる所謂必要品も、大抵の場合必要品の仮面をつけてゐるに過ぎないといふ事である。

さらば、今日の所謂必要品は何故に仮面をつけた贅沢品にすぎないのであるか。何故に今日の人々は、とり分けブルヂョアは、必要品の外観をとつた贅沢品を買ふほどに、それほど贅沢品を買ひたがるのであるか。
それは他でもない。彼等が高価な物ほど善い物であると迷信してゐるからである。貨幣的価値の多いものほど、我々の生活に役立つもの、我々を幸福にするものであると思ひ込んでゐるからである。

例へば、パンを常食とすることが飯を常食とするより高価であるとすれば、資本主義社会の人々はそれが何となくより善き食物であるかのやうに考へてしまふ。

牛肉が豚肉よりも高価である時、彼等は直に牛肉の方をよりすぐれた食料であるときめてしまふ。うまいまづいといふやうな判断さへもそれに支配されてしまふ。毛の肌襦袢が木綿のそれよりずつと高価である故に、彼等は直に前者の方をずつとすぐれた物であるときめてしまふ。

醤油が塩よりもずつと高価である故に、彼等はつねに前者が後者よりもずつとすぐれた物であるときめてしまふ。

高価であることが直に、つねに善美なものである彼等にとつては、コーヒー・シロップでさへも番茶の出花より有難い物であり、素性の分らない石鹸や洗粉でさへもが、たゞの米糠なぞよりも有難いのであり、矢鱈にうめ木細工をしたり、用もない溝を掘つたりして、わざわざへなへなにした家具類なぞが、そんな余計な手数をかけない、簡素で丈夫一方な物よりも何となく有難いのである。

以上は、特に所謂必要品に近い物について云つたのであるが、所謂贅沢品の領分にはいつて行けば、貨幣価値の多いものが直に、つねに立派なものであると思ふ現代的迷信は、殆んど正気の沙汰とも見えないほどの程度にまで甚だしくなつてゐる。

昨日まで千五百円の札をはられてゐた指環が、或は腕環が、今日三千円の札をはりかへられると共に、直ぐに買手を見出すといふやうな事実は、そも〳〵何を語つてゐるか。

今日の貴婦人なぞと称せられる人々の大部分が、何故いつその事、紙幣をその儘に着て歩かないかがむしろ疑問である。

かくの如き黄金崇拝は、貨幣価値に対する笑ふべき迷信は、資本主義経済組織の発達と共に生じて来たものであり、それが崩壊しない限りは決して跡を絶たないであらう。

ともあれ、かくの如き迷信の囚となつてゐる現代人は、特に購買力のあるブルヂョアは、所謂必要品を買はうとする場合にも、出来るだけ高価な物を買はうとする結果、いつも必然に何等かの贅沢品的性質をもつた物を与へられる。否、非常に多くの場合、単に必要品としての仮面をつけたばかりの、殆んど純然たる贅沢品を買はされてゐるのである。

そして其結果はどうであるか。一体に所謂贅沢品をあまりに多く与へられ、所謂必要品をむしろ不十分に与へられてゐるのみならず。必要品のつもりで買つたものさへもが、殆んど皆贅沢品的実質をのみもつてゐたとしたならば、ブルヂョアはその事からしてどんな結果を収めねばならないか。

私は、不快にして有害なる労働を、あまりにも多く強ひられてゐるプロレタリアの不幸がさうした労働をしないと共に愉快にして有用なる労働からも、即ち一切の労働から遠ざけられてゐるブルヂョアの不幸に比し、より大きなものであるか、より小さなものであるかについては暫く言ふまい。

同様に、贅沢品は勿論のこと、必要品をさへあまりにも少く与へられてゐるプロレタリアの不幸が、必要品の外観をとつた物に於てさへ贅沢品を与へられながら、殆んど贅沢品ばかりを、あまりにも多く与へられてゐるブルヂョアの不幸に比し、より大きなものであるか、より小さなものであるかについても、暫く言はないことにしよう。

けれども、ブルヂョアが対労働の関係から見ても、対生活資料の関係から見ても、ブルヂョア自身の気附いてゐるより以上に不幸なものであるといふこと、プロレタリア側の大抵の人々からは殆んど想像もつかないほどに不幸なものであるといふことだけは、どうしても強調力説して置かなければならぬ。

日本人である私の口より聞かされるより、同一の事をでも欧米人の口から聞かして貰ひたいやうな多数の人々にまで、私はこゝにヰリアム・モリスの言葉を取次いで置く。

モリスは言つてゐる――病気といふもの丶種子は、最初に祖先の貧乏から、でなければ其贅沢から播かれたのであると。かうした欧羅巴人の言葉に手短かな敷衍をなすことを許されるならば、人間は貧乏といふ不自然な生活によつて、或は贅沢といふ不自然な生活によつて、肉体的にも精神的にも病弱になり、頽敗的になつて来たのである。

そしてこの不自然な生活と資本主義経済組織との関係を明らかにした上に於て、モリスほど徹底的でなかつたとは云へ、不自然さその物の如何に人間を不幸にしてゐるかを概歎して、それからの脱却を勧説することには、モリス以上の熱心と努力とをさへ見せた人としては、ジョン・ラスキンや、レオ・トルストイを挙げることが出来る。

私は読者諸君が此等の偉人の述作をよんで、その中に私の所見と甚だ相近きもの丶あることを発見され、従つて私の所見の決して独創的なものでも何でもないことを知られるとともに、どうか私達の所見の真実であるといふことを、少しも早く承認されるやうになつて頂きたいのである。

今日プロレタリアが如何なる意味に不幸であるかについては、プロレタリア自身も十分に理解してゐるとは云へないであらう。しかし乍《なが》ら、彼等がどれほど不幸であるかの程度について云へば、彼等自身も亦十二分に知つて、知つて、知りぬいてゐる。

これに対して、今日ブルヂョアが如何なる意味に不幸であるかについて、ブルヂョア自身が十分に理解してゐないのは言ふまでもない。彼等は、彼等自身がどれほど不幸であるかの程度についてさへ、プロレタリア自身の場合の十分の一百分の一ほども知らないでゐるのである。

一言にして云へば、今日のブルヂョアは彼等自身が資本主義経済組織の為めに、どれほど不幸にされてゐるかを、殆んど全く気附かないでゐる。そして此組織の解体が彼等を現在の不幸から救ひ出すものであることを思はないで、むしろ、それの此儘なる存続が、彼等の為めに願はしきものであることを迷信してゐるのである。

だが、ブルヂョアの諸君にして若しも、私共の云ふやうな意味に彼等自身の不幸であることを知り、それから脱却する為めには、資本主義経済組織とちがつた社会組織にはいらねばならぬといふことを理解して来たならばどうであらうか。さう云ふことを理解する人がだんだんと増加して来たらばどうであらうか。

私は勿論、現在までの事情に照らして見て、階級闘争を一応止むを得ざるものとして、倫理的に是認してゐる。私を世上一般の人道主義者と同一視して頂いては困る（拙著『徹底人道主義』に収められたる『階級闘争の倫理的批判』その他を参照して頂きたい）。

しかし乍ら、階級闘争の犠牲をなるべく少くして、その収獲をなるべく多くしたいと希望する心持を制へることは出来ない。そして資本主義制度の没分暁なる株守者が、一人でも数少くなるといふことは、さうした犠牲をそれだけ少くし、さうした収穫をそれだけ多くするものでなくて何であらうか。

加之、資本主義制度を頑強に存続させようとして、無用の努力をしないだけでなく、むしろ積極的により善き新社会を、自分自身の為めにも建設しようと志すところのブルヂョアが、もし続々として現れるとしたならば、資本主義社会を葬るものとして階級闘争のほかに、更により人間的な今一の方策を我々はもつことになるであらう。或は、さうした方策によつて、階級闘争その物さへもが現在とつてゐるのとは、非常に異つた方向を取るやうになるかも知れない。

更により都合よく行つた場合を想像するならば、所謂革命的な殆んど如何なる手段にもよらないで、しかも尚ほ所謂革命以上の大きな、めざましい仕事が実現され得るかも分らない。

イマヌエル・カントは革命を不正であると言つた。私共もその命題を正面から否定するものでない。たゞ、さうした不正を余儀なくし、もしくは挑発するところの社会的事情を、より大なる不正となし、此の点に於てカントの絶対的革命非認と袂を分つだけである。

然り、革命は不正であるけれども、革命を余儀なくし、若しくは挑発するところの社会的事情ほどに不正でない。と同時に、所謂革命的手段の避け得られる限りに於て避けよと命ずるのが、私共の最高道徳である。

私共は革命を堪へ忍ぶかも知れない。けれどもそれが最も悲むべき、最も厭はしき事柄であることは、如何なる場合にも忘れ得ないであらう。

我々は革命その事を享楽するやうな革命家と、非常に異つた趣味をもつてゐる。我々は彼等の病的趣味の前に慄然として恐怖する。

嗚呼、かくまでも革命を、革命的手段を恐怖するところの我々すらもが、つひに革命の止むなきことを容認するやうになるとしたら――それはけだし、トルストイやラスキンや、この私共までがこれほど執拗に警醒して見たにも係はらず、かのブルヂョアの諸君が諸君自らの不幸なる地位を、どうしても自覚しなかつたからである。諸君が如何に不幸であるか、その不幸が何に原因してゐるかを、明らかになし得なかつたからである。

有島氏事件について

本当の事はただ神だけが知つてゐる。当事者達自身にも解らなかつたであらう。我々には勿論永久に解らないでしまふであらう。現在に於ては特別に、何が何だかちよつとも解らない。

私はただ、現在与へられてゐるだけの怪しげな材料から、さまざまな「あり得る事」を想像したり、「ありさうな事」を推定したりして見るに過ぎない。それに対する批判も、だから、大抵の場合仮定に仮定を重ねてなされるにすぎない。その積りで読んで貰ひたい。

一般に情死とか心中とか云つてゐる物を、試みに分類して見れば——

一、一人では死にきれない人間が、異性に道連れを見出した場合。

二、恋愛その事の為めに行きづまり、またそれの償ひをする為めに死なねばならぬ場合。

三、恋愛を表白し、若しくは享楽する最高手段として、互に殺し合ひ、または自殺を共にする場合。

遊廓などで屢々行はれる、最も現代的な情死は第一の場合である。斯うした種類の情死を少くする為めには、恋愛問題以外のさまざまな『死なねばならぬ事情』を少くしてやらねばならぬ。恐らくは何よりも先づ、現代社会の経済組織を改善し、金で苦労する人間の数を少くしてやることが急務であらう。

第二は、近松物なぞに中心題目をなしてゐる場合であるが、現代人は行きつまる前に諦めてしまふほど利口であり、申訳けに死ぬほど道徳心を有ち合はさぬ故、極めてまれにしかさうした種類の情死を見ない。所謂恋愛事件と自殺との多くなつて行く割合に、かうした種類の情死のだんだんと流行しなくなつて行くのは、慶ぶべき事か、それとも悲むべき事か、世上の識者と称する愚物共よ、たまには斯うした問題をも厳粛に考へて見るがいい。

第三は、世俗の人達からして理解されることさへも覚束ない。ただ特別に熱情的で、そして空想的な人達だけが折々夢想するにすぎない。或は実行への途中まで出かけて見るに過ぎない。実行しきつた者はどんなに少いであらう。

偖て有島氏が其弟妹達に宛てた遺書に曰く、『私のあなた方に告げ得るよろこびは、死が外界の圧迫によつて寸毫も促されてゐないといふことです。私達は最も自由に歓喜して死を迎へるのです。軽井沢に列車が到着せんとする今も、私達は笑ひながら語り合つてゐます。どうか暫く私達を世の習慣から引きはなして考へて下さい』と。

又氏が無二の親友足助素一氏に宛てた遺書に曰く、『森厳だとか悲壮だとかいへばいへる光景だが実際私達は戯れつつある二人の小児に等しい。愛の前に死がかくまで無力なものだとは、此瞬間まで思はなかつた』と。

更に、『二人の関係を私は総て知つてゐる』と断言するところの足助氏は、明白な言葉で解釈し且つ保証してゐる、『死ななければならぬこともないだらうが、併しどちらも死にたかつたのだ。生きることの疲れと、そして恋愛の極致は死であるといふ思想から、二人は満足して死んだのだ』と。

以上の材料によつて察するに、二人の情死の原因の少くとも一部は、恋愛の最高享楽を死に求めたところにあるらしい。

更に進んで云へば、単にそれだけの原因からでも、十分に死ぬことの出来た二人であるかも知れない。

けれども実際の事実として、二人が所謂『生の焼点として死』の中に、恋愛の極致を享楽する為めばかりに自殺したと見るべく、特に有島氏の最後の瞬間に至るまで、老いたる母堂や幼き令息達の上に執着したらしい、あの悲しみの声は余りにも悲しく響いてゐるではなからうか。氏自身の言葉の如く、それほど自由に歓喜して死に得たかどうかを疑はせるものがあるではないか。

今ひとたび足助氏によれば、『有島はすきな秋の景色をもう一度ながめたいと秋子のはやる心をなだめてゐたのだ。それが凋落の秋もこない内になぜ情死をいそいだかについては、私は有島がほんたうに愛した女のことだから何にも云ひたくはないが、ただ一言いつて置く。それは新聞で波多野氏の談話を読むと、『有島氏にもし私が会つてゐたら、こんな痛ましいことにはならなかつたらうに』と言つてゐる。これは実に欺瞞も甚だしい言葉である。二人の死期を早めた事情もここにあるのだ』とある。

その後波多野氏は、涙まで流して語つた右の言葉を抹殺し、直接有島氏を呼びつけて会見し、その夫人との関係を承認させたことまでも言明された。

しかし、世上伝ふるところの如く、波多野氏が実際に有島氏を脅迫したり、賠償金を強要したりされたかどうかは、氏自身の薄弱すぎる弁明によつて聊かも明白にされることなく、又恐らくは足助氏あたりから漏れ出た噂であらうと思はれるにかかはらず、我々のつねづね尊敬してゐるところの紳士足助氏が、今以てそれを打ち消さうとせられないのを見れば、我々の波多野氏に対してかけるところの疑ひは、いよいよ深くなつて来るばかりである。

そして私共は此場合少くとも、波多野氏との直接交渉が、それからのさまざまな結果が、有島氏等の死期を早めたらしいことを推定し得るのである。

しかも、死期を早めたのが、同時に情死の動機その物にも何等か別種の要素を加へ、情死の瞬間その物を、どれだけか異つたものにしたのであるとは云へないであらうか。より具体的に云へば、よし最初単に恋愛の最高享楽をめざしただけの情死であつたらうとも、その死期を早めるほどの事件にぶつかつた時、私の所謂『恋愛その事の為めに行きつまり、またはそれに償ひをする為めに死』ぬやうな情死の性質をも、どれだけか加へて来てはゐなかつたらうか。

勿論、当事者達自身が行きつまつたことを意識するしないは此場合の問題にならない。又誰に対して償ひをするかは必ずしも一定してゐるものでない。その事を意識してゐるともゐないとも問ふを要しない。

私共は平生から、常識的意義に於ける有島氏の正直さを、世間人としての、紳士としての正直さを、十分以上にさへ信用しながら、思想家としての、内観者としての正直さを、その半ばほどにも承認することが出来ないのを遺憾に思つてゐた。換言すれば、何等の悪意もなく、何等の良心のやましさもなしに語られる、或はセンティメンタルな、或は狂信家的な誇張や虚偽が、氏の厳粛な言説にともすれば伴ひがちであつたのを、氏の為めに最も惜むべき点であると思つてゐた。

この度氏の遺言について見るのに、『最も自由に歓喜して死を迎へるのです』と言ひ、『死が外界の圧迫によつて寸毫も促されてゐない』と言ふ処なぞには、氏の平生の弱点が其儘に、といふより寧ろ場合が場合だけに、一層著しく露出してゐるらしい。虚栄心と自尊心との限界は甚だディリケエトである。二の物は単に精粗の内面化の程度を異にしてゐるだけであるかも知れない。兎に角ここには二の物を一括するに『名誉』の一語を以てしよう。

単に愛の享楽その物の為めに死ぬるのだと自ら信じたところの有島氏は、同時にどれだけか、既に傷けられたる、そして其上を危ふくされてゐる名誉の為めにも死んだのでなかつたか。

『秋子の良人にしてあんなにまで陋劣な人物でなかつたら、私は生きるにも生きられず、死ぬにも死なれないだらう』

と打ち明けたのが、真実にもせよ、虚伝にもせよ、如何にも有島氏に似つかはしく思はれる点から見れば、よし波多野氏等に対して償ふといふのではなかつたらうとも、尚ほ且つ何人かに対して、何物かに対して、或は氏自身の内なる何物かに対して、その過ちをつぐなふといふやうな半意識的無意識的な心持は、十分にあり得たではなからうか。

私は読者諸君が、本文の書き出しに挙げられたる私の不器用な、情死の三分類を想ひ起して下さることを希望する。そして有島氏等の情死事件が、少くとも第三の場合であると共に、第二の場合をも兼ねたものであり得ること、否、ありさうなことを推定的に判断して置きたい。

その上、稍や念入りな条件を附け加へるならば、あの第一の場合すらもが、氏等の事件の或る一面を説明してゐるものであることを指摘して置きたい。

足助氏にはまことに御気毒だが、最後に今一度氏のお話しを引用さして貰はう。曰く、『秋子は常に死にたがつてゐた。死の道づれを屢々他の異性に求めたが、この人なら一緒に死なうといふ相手を求め得なかつた。その相手をたまたま見付けても今一息といふところで幾度も投げ棄てた。それが有島氏を見付けるに至つて初めて死の道づれとして十分に満足して死んだのだ。恋の目的が死にあつた。有島氏も共鳴してゐたからつひに情死といふ結果になつたのだ』と。

直接にはほんの一二度会つたばかりの人ながら、波多野夫人が『常に死にたがつてゐた』らしいことは、私の直観からしても肯ける。そして私の目にふれた材料からの推断は、それを一層『ありさうな事』だと思はせる。

彼女の母の生涯、それと父との不自然な関係、そのほかに本当の父があるとさへ噂されるやうな彼女等の境遇、それから彼女等の子供の出来ない結婚生活、善い意味にも悪い意味にも『やりて』であつたこと――それらの物を想像の土台にして、その上に『常にたがつてゐた』三十歳の婦人を描き出すのはたやすい仕事である。ある人々に中性的と感じさせたやうな彼女は、肉体的にそれほど放逸でなかつたかも知れないが精神的にかなりいたづら好きな芝居気沢山なところを有つてゐたとしても別に不自然でない。

そしてさうした性格の婦人が、世話をしてやらねばならぬ年寄とか子供とかを近くに有つてゐるか、その日その日の生活に追はれるほどの経済的事情にせまられてゐるかであれば、まだしも無事である。或は、音楽とか、美術とか、文学とかに全人格を打ち込んで、芸術的創造に没頭してでも行けたなら、その危険千万な遊戯衝動に、ロマンティックな芝居気にまづまづ安全なはけ口をつくつてやれる。

ところで波多野夫人は不幸にして、家事に追はれてばかりゐるべく余りに閑で、余りに身軽であり過ぎたらしく、芸術的創造に没頭しきつてしまふべく、天分または機縁のいづれかを、或はその二つを十分に与へられてゐなかつたらしい。(此場合、私は彼女の文才とやらがたいしたものでなかつたらうと想像してゐるのだ)。

そこで物騒千万なる彼女のロマンティシズムは、一部の人達から『妖婦』と見られたところのものと『やりて』と云はれたところのものと、身軽で余裕の多い其地位とを手段にして、彼女の身辺に、彼女の実生活の中に放逸なロオマンスを作り出し、その女主人公になり、其舞台を支配して行かうとすることになつたであらう。

しかも此場合、彼女の良人は度々若い女性を誘惑したなぞと風評されるほどの人物であつたとしても、既に成熟しきつてゐる彼女のロマンティックな遊戯衝動や芝居気を、十分に満足させてやるべく、余りに世間的でありすぎ、余りに非詩人的でありすぎたに違ひない。

少くとも彼女の遊戯衝動と芝居気が、年と共にだんだんと陰欝な色調を加へて行き、悲劇的なロオマンスを求めて行き、死の憧憬をさへ伴つて行つた時、あのアングロサキソン的紳士もしくは偽紳士であるところの彼女の良人が、彼女にまで全然別世界の人の如く感じられたかも知れないのは、これまたたやすく想像し得られることだと思ふ。

そして彼女が、その物騒千万な、悲劇的なロオマンスの相棒になるべき人物を、彼女の良人よりほかの男性達の間に、意識的に、または無意識的に、求めて廻つたとする。さうすれば、『秋子は常に死にたがつてゐた。死の道づれをしばしば他の異性に求めたが、この人なら一緒に死なうといふ相手をたまたま見付けても、今一息といふところで幾度も投げ棄てた』といふのも、如何にもありさうな事に思はれて来る。『それが有島を見付けるに至つて、初めて死の道連として十分に満足して死んだのだ』といふのも、決してあり得ない事ではないやうに思はれて来る。

しかし彼女も、大抵のロマンティケルと同じやうに、死の憧憬に色どられた蒼白い月光のロオマンスの内に生きてゐたと共に、日常生活の白日の下にも生きてゐた。従つて彼女がそのロオマンスの相手を求め歩いた時、否、その相手として有島氏を十分なるものに見出した後に於てすらも、尚ほ且つ彼女の良人に対して何等の愛着を残してゐなかつたと見るのは正しい観察でない。

妻からも愛せられて居り、自分からも妻を愛して居ると称しながら、その愛する妻を或は数万円で、或は無代価で、有島氏に譲り渡さうと提言した波多野氏は、私共から見るとその妻に対する氏の愛を真実として受取るべく、不可解にすぎたる謎的人物である。

これに比べれば、随分病的とは云へるかも知れないけれど、彼女の分裂したる人格の一部分に於て、殆んど最後の瞬間に至るまで、彼女がその良人に対するかなりの執着を残存してゐたことは、ずつと承認し易いではなからうか。

善いとか悪いとかの問題は別として、一の人格がある瞬間に甲の異性を、次ぎの瞬間に乙の異性を愛し得るといふこと、否同一瞬間にすらも、その人格の一面に於て甲を、他面に於て乙を愛し得るといふことの心理的事実を知つてゐる人々には、夫人が殊にその良人への愛着程度を色々に言ひ改めたり、死を急ぐかと思へば躊躇するやうにも見えたりする折々の動揺を、それほど不可思議なものにも感じないだらう。

波多野夫人の所謂『死の道連れ』に選ばれた有島氏が、彼女と相知る前からして、同じやうに自ら死を求めてゐたかどうかは疑はしい。けれども『有島はずつと以前から死を讃美してゐた。恐らく夫人を亡くした頃からかと思はれる』といふ氏の友人の言葉は、恐らく本当の事実から余り遠くないものであらう。

少くとも『宣言一つ』、『文化の末路』、『独断者の会話』なぞに現はれてゐる氏の最近の思想的傾向が、従前のナイイフに人生を肯定した、理想主義的人道主義的のものとだいぶ異つて、むしろ虚無主義的に人生を否定する方へ転廻して来て居り、従つて『死の讃美』といふやうなことにも走り易くなつて居つたことは疑ひを容れない。

兎に角、さうした状態にゐた氏の処へ、『死の道連れ』を求めてゐた波多野夫人は、『美貌で男を誘惑しようとする婦人記者』の姿を取つて現はれたのである。

そして『実に滑稽ぢやないか』と笑ひ話にしてゐた有島氏が、僅々一二ケ月の後には『その女に会ふのが恐ろしくなつた。何だか引つ張り込まれさうだから、なるべく遠ざけてゐる。友人以上の交際は出来ないから』と言ひ出してゐる。

この場合夫人にあつては例の危険な芝居気が、有島氏にあつては『死の讃美』に近い来てゐた心的情態が、互に相手をよりたやすく理解させ、より高く評価させたらうこと、さうした理解と評価との間から生れた恋愛の包芽が、死の讃美に近いものを、はつきりした『死の憧憬』に移し、危険な芝居気を一層現実的なものにして行つたらうことを忘れてはならぬ。

三人の子供の為めに、なるべく再婚をさけようとしてゐたほどの有島氏が、しかも有夫の婦人との関係を、『友人以上』のものに進ませたくなかつた心持も肯けると共に、一緒に死ぬといふよりほかの形式に於て、その恋愛的享楽にはいり得なかつた事情も、十分に理解される。

世上の常識人達は、欧米人の悪常識をさへ引き合ひに出して、有島氏等があんな無分別をしないでも、無事に安全に結婚して、有終の美をなすべき方法を、いくらも持ち合せてゐたらうにと言ふ。

成程、有島氏はその方法を知らないほどに智慧のない人ではなかつたらう。ただ、氏にはさうしたものが必要でなかつたのだ。どんなによい方法ででも、ああした婦人との恋愛を、普通の結婚生活にまでもつて行かうといふやうな気は、恐らくあり得なかつた。さうした恋愛の相手としたならば、波多野夫人が特に氏の心をとらへ得たとも考へられないのだから。さうした恋愛へたやすく落ちて行く氏であつたなら、あんなにも大勢の美しい異性達に取り囲まれながら、あんなにも久しい間の独身生活をつゞけて来られたことが、殆んど不可解になつて来るのだから。

繰返して言ふが、死を共にするといふやうな性質の恋愛であつたらばこそ、氏は特に波多野夫人からの誘惑を抵抗しがたく感じ、有夫の婦人とあんなにたやすく『友人以上』の関係にさへも進み得たのである。

少くとも有島氏の側から見れば、愛への一転歩は死への一転歩であつた。その愛が明白な形を取つた時、死の決意も亦立派に成立してゐたことを誰が疑ふであらう。

総ての深刻な事件が決して単純なものではないやうに、有島氏等の情死事件も、かなりに複雑な動機及び内容をもつてゐるらしい。私のあの間に合せな分類にあてはめて見ても、この場合のいづれにも無関係であると云へさうにない。

即ち、それは恋愛を表白し、若しくは享楽する最高手段として、互に殺し合ひ、または自殺を共にする場合でもある。又、恋愛そのものの為めに行きつまり、またはその償ひをする為めに死なねばならぬ場合でもあり得る。更にまた、一人では死にきれない人間が、異性を道連れに見出した場合でないとも云はれない。

かうした複雑な動機及び内容をもつた情死事件に対して、頭脳のあまりにも単純すぎる諸名士達が、心理的に又は倫理的に、さまざまな笑ふべき御高見を述べてゐられたのは、何とも致し方のない事である。

『あり得る事』及び『ありさうな事』ばかりを土台にして、その上に決定的な道徳的批判を築き上げるのは、余り気乗りのした仕事でもないのだが、文学者は道徳問題に冷淡だといふやうな一部の人々のまちがつた先入見を、その事の為めに強めさせるのもいやだから、ごくごく簡単ながら、二三私自身の所見をも暗示して置かう――

有島氏等の場合は、情死したことよりも姦通したことが問題である。

姦通は兎に角善くない。なぜならば、なるべく多数の異性へ愛を移して行かないことが、自分自身にとつても、社会にとつても善いことだから、そして其理由の上に成立する結婚制度を、姦通は根柢的に危ふくする傾向をもつてゐるから。

しかし、政治家にして節を売り、官吏にして職を潰し、学者にして学を曲げ、私慾に走り、権勢に媚び、世俗に阿る徒輩の醜悪陋劣なぞに比し、姦通がそれほど憎悪すべく、唾棄すべき罪悪であるかどうかは疑問である。

生を共にしようと云ふのではなく、死を共にしようとした姦通は、尋常普通の姦通を以て律すべきものではなからう。

少くとも、夫人の良人との直接交渉があつた後、有島氏の取られた態度は、常識的に見ても、ああした場合にあり勝ちな見苦しさを殆んど示してゐない。かなり潔く、かなり立派である。

有島氏の地位に置かれても、ああした過ちに陥らないと自信してゐる人達は有島氏を鞭つがいい。

依然として私共は、有島氏がやはり立派な紳士であつたことを、かたくなに信じて行くつもりである。

無抵抗主義、百姓の真似事など

弘法大師がある時ひどく空腹を感じて、路傍の一農家へはいり、山の如く盛り上げられた、ふかし立ての里芋一つを乞ひ求められた。強慾なその家の老婆は、けれども、里芋ではなくて石であると言ひ張つて、大師の乞ひを頑なに斥けた。すると大師が去られて後、老婆自らそのお芋を口に入れようとした時、お芋は本当に石になつてゐた。今日でも其遺跡からは、お芋そつくりの形をした硬い石がいくつもいくつも出ると云ふ。

弘法大師に関係した、此種類の伝説は随分色々とあるらしいが、基督についてもこれに似通つたしかも一層あくの強い伝説の残つてゐるのを、世間の人達、とり分けクリスチアン達はどんな具合に見てゐるだらうか。それとも、どんな具合にも見てゐないであらうか。

——朝早く、都にかへる時イエス飢えたまふ。路の傍なる一もとの無花果の樹を見て、その下に到り給ひしに、葉のほかに何をも見出さず、之にむかひて『今より後いつまでも実を結ばざれ』と言ひ給へば、無花果の樹たちどころに枯れたり云々——

これは馬太《マタイ》伝第二十一章十八節十九節の記述である。馬可《マルコ》伝第十一章十二節より十四節まで、同じく十九節より二十一節までの記述も大同小異である。そして路加《ルカ》伝、約翰《ヨハネ》伝にはこの事件を記述したらしい何物も見出されない。

愛についての、復讐についての、呪咀についてのイエスの教訓を通観して見ても、乃至それらの教訓を彼自身の生活の上に、如何にすばらしく具体化して見せてゐるかといふことを考へて見てもあの無花果事件に描かれてゐるイエスは、何と云ふイエスらしくないイエスであらう。

しかも馬可伝の方には、葉のほかに何も見出し得なかつた理由として、『これは無花果の時ならぬに因る』とさへ明記してあるではないか。そして無花果の季節でもないのに、その果を求め、求めて見出さなかつたことの憤りから、その無花果の樹を呪咀するといふのは、あまりに念入りな没分暁ではないか。あまりに身勝手な、虫のよすぎる、殆んど賤劣に近い物の考へ方ではないか。

無花果の呪咀が、善意からにもせよ、悪意からにもせよ、兎に角故意の聖典改悪であるべきは、殆んど些の疑をも容れないと思ふ。

殊に路加伝第十三章六節より九節までの処を読んで見れば、イエスが果を結ばぬ無花果に対して如何に寛大であるかを知ると共に、寛大を証明する筈の彼の言葉から、偶ま以て彼を残忍な、復讐心の強い人格に造り上げてしまふところの、あの伝説のひねり出されたらしいことをも知るのである。曰く――

――又この譬を語りたまふ、『或人おのが葡萄園に植ゑありし無花果の樹に来りて果を求むれども得ずして、園丁に言ふ、『視よ、われ三年きたりて此無花果に果を求むれども得ず。これを伐り倒せ、何ぞ徒らに地を塞ぐか。』答へて言ふ、『主よ、今年もゆるしたまへ、我その周囲を掘りて肥料を施さん。その後、果を結ばゝ善し、もし結ばずば伐り倒したまへ』――

呪はれたる無花果の伝説を、格別不可思議にも思はないで、ただ安らかな気持で読み過ぎることの出来る人達は、イエスの言葉と行ひとによつて示された愛の教が、とり分け敵に対する愛の教が、如何にイエス以前の所謂猶太教思想から遠いものであつたか、否如何にイエス以後の所謂基督教（むしろパウロ教と云つた方がいいかも知れない）思想とも調和しにくいものであつたかを、全く思ひ及ばないでゐるのである。

そしてそれらの人達の中にあつて、常人以上の厳粛さと正直さとを以て、ひたすらイエスの教に随はうと心掛ける少数の殊勝人達は、レオ・トルストイ等と共に、所謂無抵抗主義といふ誤つた解釈に落ち込むのを常とする。

悪しき者に抵抗ぬといふこと、右の頬を打たれた時左の頬をも向けるといふこと、訟《うった》へて下衣を取らうとする者には上衣をも取らせるといふこと、一里の道を行くことを強ひられたならば、共に二里を行くといふこと、請ふ者に与へ、借りようとする者を拒まぬといふこと（馬太伝第五章三十九節以下参照）単に此等の戒めを守るだけで、心の中に相手をどう思つてゐるかを問ふことなく、単にかうした外的態度をとるだけで、所謂無抵抗主義道徳の内容が出来るものならば、その所謂無抵抗主義道徳は、新約の教であるよりも先きに旧約の教である。

なぜと云つてモーゼ第三書第十九章十八節には『自ら復讐すな』とあり、モーゼ第五書第三十二章三十五節には『主いひ給ふ、復讐するは我にあり、我これを報いん』とあり、箴言第二十五章二十一節二十二節には『もし汝の仇飢えなば之に食はせ、渇かば之に飲ませよ、なんぢ斯くするは熱き火を彼の頭に積むなり』とあるからである。

しかし乍ら、我がイエスが説いたのは、単にさうした外的態度をのみ問題にするやうな所謂無抵抗主義ではない。

イエスの教にあつては、自ら復讐してはならないのみならず、神によつて復讐されることをねがつてもならないのである。換言すれば、敵に対して無抵抗の態度をとるだけでなく、真心からしてその敵を愛しなければならないのである。そして、若し軽重を云へば、真心からして愛することの方を、無抵抗よりも重しとしたに違ひない。従つて無抵抗は、愛するが為めの無抵抗であるべきで『熱き火を彼の頭に積む』為めの無抵抗ではあるべきでないとしたに違ひない。

マタイ伝第五章四十四節には、『されど我は汝等に告ぐ、汝等らの仇を愛し、汝等を責むる者の為めに祈れ』とあり、ルカ伝第六章二十七節二十八節には、『われ更に汝ら聴く者に告ぐ、なんぢらの仇を愛し、汝らを憎む者を善くし、汝らを詛ふ者を祝し、汝らを辱しむる者の為めに祈れ』とあるのである。

神の手を通して復讐し、熱き火を仇敵の頭に置かう為めの、復讐好きな、執念深い、いかにも猶太人的な（私は一概に猶太人を憎悪したり、軽侮したりする者ではないが）旧約的無抵抗に対してイエスの無抵抗が如何に趣きを異にした物であるかよ。

しかもイエスの無抵抗が如何に理解されにくいものであるかは、パウロの如き人物にして尚ほ且つ、イエスの教をすてて旧約の教にまで引き返してゐるの一事を見ても想察出来るであらう。彼はロマ書第十三章十九節二十節に書いてゐる。

――愛する者よ、自ら復讐すな、ただ神の怒りにまかせまつれ。しかして『主いひ給ふ、復讐するは我にあり、我これを報いん』とあり。『もし汝の仇飢えなば之に食はせ、渇かば之に飲ませよ。なんぢ斯くするは熱き火を彼の頭に積むなり。』

パウロの教が色々の点に於て、どれだけ宛かイエスの新約主義より旧約主義への引き返しを暴露してゐるかは、わざわざ指摘するまでもない事乍ら、この無抵抗主義道徳に関する所謂猶太教徒的な、猶太人的な解釈の如きは特に注意して置くだけの価値が十分にあるかと思ふ。

私の尊敬するレオ・トルストイ及び其徒等は、勿論、神の手を通して復讐し、熱き火を敵の頭に積む為めの無抵抗を目標にするほど、それほど旧約的もしくはパウロ的な立場にゐたのではなからう。

しかし乍ら、無抵抗といふ外的態度にのみ重きを置いて、それよりもずつと大切な衷心から敵を愛するといふ内的態度を軽視してゐたらしく思はれる限りに於て、私は彼等がイエスの教を十分に理解し得ず、従つて彼等自ら実行生活の上にすつかり行きつまつてしまつたのを、むしろ当然の事のやうにさへ感ずるのを禁じ得ないのである。

そもそも、曾つてイエスが指摘してくれた如く、また今日殆んど総ての人々が承認するであらう如く、女を見て色情を起すのは、心の内に既に姦淫を犯してゐるのである。そして心の内に姦淫を超越することの準備がちつとも出来てゐないやうな、天分の薄い、もしくは修行の足りない人々が強ひて外的行為の上に貞潔を守らうとするのは、余りに価値のある事でないのみならず、往々にして甚だ危険有害な事でさへもあるのである。

それ故一生不犯を理想としてゐたイエスも、さうした生活を一般人に強ひようとしなかつた。その点に於ては殆んど完全にイエスの精神を伝承したるパウロも、『若し自ら制する能はずば、婚姻すべし、婚姻するは胸の燃ゆるよりも勝ればなり』と言ひ、『されど淫行を免れん為めに、男はおのおの其妻をもち、女はおのおの其夫をもつべし』と言つてゐる。

ところで、所謂無抵抗の問題に関しても、全く同様の事が言ひ得られるではあるまいか。

人にして若し、敵に対して憎悪の情を起すならば、呪咀の念を抱くならば、彼は既にその心の中に敵と戦ひ、敵に復讐してゐるのである。従つて、所謂行為の上に如何ほど所謂無抵抗の態度を取つてゐようとも、それは余りに価値のある事でないのみならず、寧ろ往々にして危険有害な事でさへもあり得るのである。

なぜと云つて、余りにも内生活と反対な無抵抗を自ら強ひて行くのは、少くとも其内生活を一層陋劣醜悪にすることの有力な原因になり易いからである。又、より悪しき場合に於ては、その不自然なる無抵抗的態度がつひに維持しきれなくなると共に、突如爆発的に、驚くべき野蛮さと残忍さとをもつた復讎行為が犯さるるに至るかも知れないからである。

乃ち私は言ひたい――婚姻するは胸の燃ゆるよりも勝つてゐる如く、出来得る限りの人間的な仕方で以て抵抗するのは、いたづらに相手を憎悪し呪咀しながら、無抵抗といふ形式的戒律を守るよりも勝つてゐると。又、人々が淫行に陥らない為めに、或は妻をもち、或は夫をもつことが必要である如く、往々発作的に残虐なる対仇的態度に出るのを避ける為めに、平生からして柄相応な仕方に於ける防衛攻撃等を、余りに厳しく自ら禁じないことも必要であると。

要するに、対仇的道徳の眼目は、抵抗しないといふ外的態度にあるのでなくして、衷心から、その隣人を愛する如く愛するといふ内的態度にあるのである。

処で、外的に抵抗しないといふことが、如何に割合にたやすく（特に、女性的につらあて心理を有する人々、猶太人的に復讎好きな、執念深い人々にとつて）して、衷心から敵を愛するといふことが、如何に本当に困難であることぞ。

衷心からして敵を愛することが出来た時、彼にとつてその敵はもはや敵でない。そして総ての敵がもはや敵でなくなり、一切がただ隣人ばかりであるやうになつた時、彼は真に『天の父の全きが如く』全くなることが出来たのである。

衷心からして敵を愛することが出来、一切の物を隣人として愛することが出来た時、その愛の力は不可思議である。恐らくは神その物の如く不可思議である。

諸君は、さうした不可思議な力の持主を打ち据える為めにふり上げられた腕が、忽ち何物からか筋をぬかれてしまつたことの伝説を読まなかつたか。或は白刃が段々に折れて飛び散つたといふやうな伝説をも読まなかつたか。或は飢えたる虎が、さうした力の持主の前に小猫の如く横り、その人の掌からつばをねぶつたといふやうな伝説をも読まなかつたか。

勿論、さうした不可思議な力の持主も、イエスの生活の最終の部分に於て、否彼の生涯の全体に於て、恐らくは最も花花しく示されてゐる如く、彼を責むる者の為めに遺憾なく責められ、彼を呪ふ者の為めに遺憾なく呪はれ、彼を辱むる者の為めに遺憾なく辱められ、そしてその儘になつてしまふやうに見えることは稀れでない。しかし乍ら、そのやうに見えるのが、単にそのやうに見えるだけであつて、まことは彼の『世に勝つた』ものであることを認識し得る人人は幸なるかな。その事を信じ得る人人は幸なるかな。

遠くから、近くから、私のこれまでに見た無抵抗主義者等の十中の八九までは、その敵に対してのみならず、その隣人に対してすらも愛を感ずることの、特別にむつかしさうに思はれる人達であつた。そして彼等の所謂無抵抗は愛からであるよりも、憎しみからであり、呪咀からであり、復讎からであるやうに思はれた。

いや、それどころではない。私の見た無抵抗主義者の中には、他から好遇されることよりも、むしろ虐待されることに満足を感ずるところの、マゾヒズム的傾向を有する性格の、往々にしてあることをさへ告白しなければならぬ。

要するに、我々は先づ隣人をも、敵をも、総ての者を、衷心からして愛することを喜ばなければならぬ。この肝要事をさし置いて、いたづらに無抵抗といふ戒律に急ぐのは、真に笑ふべき本末顚倒である。

道徳家として無抵抗主義を唱道し、実行し、或は実験して見て立派に行きつまり、条件つきの無抵抗主義、或は条件つきの抵抗主義にまで引き返してしまつたところのレオ・トルストイも、人類生活の現実を前にしたる文化批評家、社会批評家としては、全く前の場合と比較にもならないほどのめざましい成績を挙げてゐる。

トルストイは文化に対する文明を否定し、田園に対する都会を否定し、農業に対する商業を否定した。これらの否定は勿論、クロポトキンからも、ラスキンからも、モリスからも、時としてはニイチェの如き思想家からも聞くことが出来ないではない。しかし乍ら、我々がトルストイからきいたところの否定ほど、直截な、簡明な、熱烈な、執拗な、戦闘的なものは稀れであらう。従つてあれほどの大きな世界的反響を見出したものも稀れである。

文明に対する、都会に対する、商業に対する彼の反感憎悪を、象徴的に表現するものとしてトルストイは、出来るだけ農民生活に近い生活をやらうとした。そしてあした百姓の真似事も、彼自身に言はせれば、単に彼の思想的傾向の象徴的表現であるのみならず、更に彼のなし得る、否一般人類のなし得る唯一の正しい生活形式として、撰び取られたものである。

ところでトルストイの追随者等（特に日本に於ける）は、文明に対する、都会に対する、商業に対するトルストイの如き堪へ難き反感憎悪を、その十分の一百分の一をも有つことなしに、けれども甚だたやすくトルストイの百姓の真似事を真似るのをつねとする。そしてさうした百姓の真似事の真似をやり乍ら、彼等自ら唯一の正しい生活でないまでも、最も正しい生活でさへないまでも、兎に角正しい生活を生活してゐるといふ安神と、自信とを持ちつゞけて行くのである。

しかし乍ら、今日の世界に於て、百姓の真似事の真似事は、百姓の真似事は、否百姓生活その物も、果して唯一の正しい生活と云へるであらうか。最も正しい生活とさへも云へるであらうか。否単に正しい生活とさへも云へるであらうか。

更に進んで云へば、商業主義資本主義の汚毒が、人類の経済生活の隅から隅まで、寸分の隙間もなく流れ込んでゐる今日の社会に於て、少くともトルストイ的良心から判断して、苟くも正しい生活、正しい労働と云はれるやうなものが、ただの一でもあり得るであらうか。

少くともトルストイ的良心からすれば、今日自己の労働によつて生活しないで、資産によつて生活するのが恥づべき事であるのみならず、単にさうした資産を有つてゐるだけでもが、決して十分に正しい事ではあり得ないのである。

偖て本来無資産の者、もしくは自ら無資産者の地位に下つた者が、今日の労働市場へ、彼の労働を売るべく出かけて行くとする。

労働が余りにも苦しいものであり、労賃が余りにも廉いものであるのは、改めて説くまでもない。しかも労働の苦しさと報酬の乏しさとに出来るだけの我慢と譲歩とをなし、その上往々他の求職者等をだしぬくことの心苦しさを堪へ忍んで、辛うじて見出し得るところの職業は、労働は、そもそも如何なる性質のものであるか。

或は、広告費が資本の大部分を占めてゐるところの、無益にして有害なる化粧品、売薬、飲料水等の製造工場に於ける労働である。少くともそれに近い種類の労働である。

或は宝石、真珠、貴金属等のまがひ物、贋物を製作する処、詐欺的に売却する処に於ける労働である。少くともそれに近い種類の労働である。

或は、公許の賭博所であるところの競馬場、資本主義的害悪の中枢ともいふべき取引所、人間が人間をさばく裁判所、人間が人間を監禁し殺害するところの監獄刑務所、大規模の殺人を練習するところの兵営、それらの物の建造、経営、執務に関係した各種の脳力的肉体的労働である。少くともそれに近い種類の労働である。

或は、三十万円を価した猟犬の世話係となり、折々馬鹿殿様の御伴を仰せつかり、無益の殺生の手伝ひをして廻るのである。少くともそれに近い種類の労働である。

或は、丁年にも達しないやうな若者を遊廓へ送り込み、頭の禿げた老人を待合から連れ帰る車夫、自動車の運転手の仕事である。折々奥様へ内密に、妾宅への使を命ぜられたり、その又奥様から、その妾宅の探偵を命ぜられたりするのさへ、黙つて我慢しなければならぬ玄関番の役目である。少くともそれに近い種類の労働である。

——以上の如く、トルストイ的良心から見て十分に正しい生活、正しい労働と云はれないやうな物を列挙しながらも、私はまだ農業に関係した労働について少しも語らないでゐる。

人が今農業労働に従事するとする。彼にして若し、煙草や、桑の如き奢侈《しやし》品贅沢品の原料を作ることを好まないほどの、トルストイ的良心を持ち合せてゐたとしたら、彼は今日の農夫として明白に無資格者でなければならぬ。

彼にして若し、寒中に茄子や苺を製造（これがもはや農業でなくして工業であることは、既に多くの人々が言つてゐる）するのが、余りにも都人士の間違つた生活を手伝ふものであるとなし、頑くなにさうした営利主義的計画を斥けて行くとしたら、特に都会に近く生活してゐる場合、彼は今日どうしてくらしを立てゝ行くことが出来やうぞ。

それどころではない、彼にして若し、今日多数の百姓共のなしてゐる如く、果物一個、野菜一把についてゞも、需要者の足下を見ては、本当に目の飛び出るやうな高値を吹きかけるほどの、小商人根性と図々しさとを持ち合せてゐないとしたら、彼の百姓の真似事は単に百姓の真似事たるに止まり、彼の実際的生活手段とは到底なり得ないであらう。

要するに、今日に於ける農業は半ば以上を商業化されたところのものであり、今日の農民はその手足に於てのみ旧時の儘の農民であるけれど、その精神に於て殆んど完全に商人となりきつてゐる。そして改めて云ふまでもなく、彼等がそれほどまでも商人根性になつたのは、資本主義経済組織の脱ることを許さない影響であつて、実際に止むを得なかつたのである。

私は明治十五年、多少の余裕ある地方の小地主の家に三男として生れた。父は県会議員なぞにもなつて、相応活動した方の人間だけれど、一面、よそへ出ても牛肉を口にしないほどの伝統主義者であつた為め、引きつゞきやらせてゐる自作農の仕事を、ひまある毎に自分でも手伝ひ、私達小供にも手伝はせた。だから明治三十年頃までの田舎に於ける農民生活が（自作農小作農を通じて）、商業主義資本主義の濁流から如何に超然たるものであり、少くともその点に於て、如何に所謂正しい生活に近い物であつたかを、かなりの程度にまで知つてゐる。或は当時の追想を土台として今日から推定することが出来るのである。

そして私が学校生活を終つて所謂智識階級の一人になつた頃から、私の父、及び彼の相続者等は種々なる事情と原因とにより、急転直下の勢で、先祖伝来の土地をも手ばなさねばならなくなり、この十数年以前からは殆んど無資産となつてしまつたのであるが、それにもかゝはらず、頑なに伝統主義者であるところの父及び父の相続者等は、農業といふ労働をどうしても思ひ切ることが出来ず、つひに小作農にまで身を落しながら、依然として農民生活を持続して来た。

それ故、三男に生れたとは云ひ乍ら、長男以上の経済的責任を、少くとも心持の上に経験させられて来た私は、この十数年来の田舎に於ける農民生活すらもが、如何に従前と異つた物になり、如何に商業主義的資本主義的濁流の為めに押し流されてゐるか、特に小作農の地位が如何なるものになつてゐるか、一口に云へば、今日の農民生活がトルストイ的意義に於ける正しい生活から、如何に遠いものとなつてゐるかについて、殆んど単なる観察者の見地からでなく、むしろ親しく直接に体験し、むしろ深刻にすぎるほどの智識をさへ与へられて来てゐるのである。

乃ち私が、大抵のトルストイ派以上にさへ、彼の文明否定、都会否定、商業否定に共鳴しながらも、尚ほ且つ今日の現実なる社会組織の下に、生活手段として直ちに農業労働を撰ばないといふのは、特にそれが私の現在営んでゐる著作家生活より以上にさへ商業化した、商業主義資本主義に汚毒された物になりきつてゐるからである。そしてさうした汚毒から超然たる労働、少くともトルストイ的良心と矛盾しないやうな種類の生産労働に従はうといふ、余りにも虫のよすぎる計画を立てる時、農業は今日単に私共を飢えしめるにすぎない物となるからである。

耆那《ジヤイナ》教は仏教とほゞ同時代に印度に起り、仏教がその郷土を逐はれてしまつたのに対し、引きつゞき国内に残存して、今日尚ほ中印度に於て百三十余万の信徒を有するところの大宗教である。

その耆那教徒等にとつて、今日最も重要なのは殺生戒を厳守することである。そして農業すらも微生物の生命を奪ふこと甚だしきに過ぎるものとして、彼等のやはり忌避しなければならないところの職業である。乃ち彼等はなるべく田園から都会へ出て、商業に従事することにしてゐる。しかも金貸業は、殺生戒に触れること最も少いものであり、従つて最も正しい生活、もしくは唯一の正しい生活であるといふ風に考へ、その大多数が皆金貸業を営んでゐるとのことである。

今日の社会制度経済組織の下に行はれる農業労働が、唯一の正しい生活方法であると考へ、そしてその生活の真似事に安んじてゐられる、一部のトルストイ派思想家等のオメデタサと、かの耆那教徒等の金貸業観に於けるオメデタサとの間に、かなりに大きな一つの共通物が存在してはゐないであらうか。

今日の資本主義社会の次ぎに来なければならない、否、来させなければならない新社会が、如何なる構造、組織、形態等を有つてゐるだらうかについて、現在のところ何人もまだ、十分にはつきりした事を言ひ得ないのは非常に遺憾である。

だが、最近数世紀の間、人間の営利衝動をして余りに暴威をふるはしめすぎたのが、現代の社会悪に根本の原因をなしてゐるといふこと、従つてさうした営利衝動を出来るだけ禁遏《きんあつ》し何等かより人間的な、より道徳的な別種の衝動に、新しく支配者の地位を附与するのが、新社会建設の最も基礎的な事業であるといふことを考へれば、少くとも新しき社会に於ける第一の指導原理が、重商主義に対する農本主義の如きものであるべきことは、ほゞ推定し得られるやうにも見える。

重商主義に対する農本主義の如きもの——私は特に『如きもの』といふやうな曖昧な言葉遣ひをして置かざるを得ないのである。なぜと云つて文明と、都会と、商業との間から救ひ出された後の人類が、その殆んど全部を挙げて従事しなければならない、より健全なる、より人間的なる生産労働は、今日に於ける農業と全然別種なものであるのみならず、更に過去の、恐らくは最善なる時代の農業に比べてさへも、かなり趣はまつた名称をそのまゝに冠することが、余りにも不適当な、余りにも不便なものに感じられて来るかも知れないからである。

『近代』派と『超近代』派との戦

テエヌは、如何なる文芸でもが、その文芸を産んだところの時代を反映してゐる故、或る時代がどんな時代であつたかを知る為めには、その時代の文芸がどんなものであつたかを吟味して見ればよいと考へた。

この考へ自体は決して間違つた物ではない。しかし乍ら、これからほんの一歩を踏み出して、或る文芸がどんな文芸であるかを知る為めには、それを産んだ時代がどんな物であるかを吟味して見ればよいと、そんな事をでも考へたとしたら、それは忽ちにして大変な誤謬に陥つてしまふであらう。

なぜと云つて、本当の文芸（一般に芸術と云つても構はない）はその文芸を産んだところの、その文芸が属してゐるところの、時代を反映してゐるばかりでなく、更に来るべき次ぎの時代――より近き、並びにより遠き――をも予感し、構想し、規定してゐなければならないからである。

単にその時代から働きかけられてゐるだけで、次ぎの時代へ聊かも働きかけて行かないのは、結局非常に卑近な意味に於てでなければ、私達人類の生活に役立たないもので、謂はば低劣なる文芸であり、本当の芸術であるよりもウソの、偽りの芸術であり、芸術であるよりも寧ろ単なる遊戯である。

偖《さ》て日本の現在の文芸界を見るに、小説に於ては固《もと》より、脚本に於ても、詩に於ても、その他如何なる形式の物に於ても、それを産んだ日本の現在の時代を、十分に、時には十分以上にさへ反映してゐないやうな作品は一もない。単に此等の作品のめぼしいもの若干が保存されてゐるだけでも、後代の洞察力ある歴史家は、今の時代がどんなに浅薄な、どんなに低劣な、どんなに俗悪な人間共の舞台であつたかを描き出す上に、何等の困難をも感じないことであらう。

だがそれらの作品の中、卯《う》の毛《け》ほどでも来るべき次ぎの時代を、次ぎの人類生活を予感し、構想しもしくは規定してゐると云へるやうなものが、そもそもどれだけあるであらうか。

それは勿論絶無ではない。のみならず、さうした作品を未だ書き得てゐないまでも、少くとも書かうと志してゐる人々は、それほどまれではないやうに思はれる。(これは特に、所謂社会問題に衷心からの興味を有つてゐる人々の場合にあてはまる。)

しかも彼等の大抵が、右の如き作品を書かうと志し、時には十分書き得たとさへ自信じてゐるにも係はらず、事実は矢張り現前の時代から働きかけられてゐるにすぎないやうな作品ばかりを書いて居り、多少にても将来の時代へ働きかけて行くやうな、如何なる作品をも書いてはゐないのである。

それは何故であるか。

彼等は今の時代の全体に対して、もしくは今の時代に根本精神をなしてゐるところの物に対して嘔吐感を抱くことが甚だ足りないので、今の時代の一角を、もしくは今の時代の一傾向を否定すると共に、天晴れ今の時代から奇麗にぬけ出してしまひ、新しい次ぎの時代に生きてゐるといふ風に自ら信ずるにもかかはらず、実際にはただ今の時代の一の片隅から他の片隅へ移つただけであり、今の時代に属する一の思想を捨てて他の思想を取つただけであり、結局まだまだ本当に次ぎの時代を予感し、構想し、規定し得るところまで来てゐないからである。

今の時代の底の底を流れてゐる、また其脊髄となつてゐるところのものは、所謂近代精神であり、近代主義である。

近代精神は三四百年を費して成長し円熟した。円熟の峠を通り越して、頽敗の阪を下りはじめてからでもだいぶになる。

近代精神が曾つて、人類の文化をすすめてくれたことの功績は、総ての人々から承認されねばならないところのものである。と同時に、今やこの近代精神と、それから出て来るさまざまな近代的事物より以上に、我々人類に禍してゐるところのものを、そもそも誰が挙げ得るだらうか。

近代精神を最も簡単なる言葉に代表させるならば、それは人間主義もしくは人性主義である。

人間主義もしくは人性主義（Humanismus）はもと、伊太利復興期に於て、ヘブライ的基督教的、中世的、神性的事物に対する、ギリシア的異教的、古典的、人性的事物を追求し研究しようとする学界思想界の新風潮に名づけたものであるが、しかし、その意味を今少し拡大して、右の新風潮から最初の、且つ最大の影響を受けたところの近代精神その物を表白するに用ひて見ても、格別の差支へもなささうで、寧ろかなりに便利らしくさへも見えるのである。

今の時代の根本精神、即ち近代精神を、神性主義に対する人性主義として見る時、それは神及び一切の神的なものの存在を、もしくは、価値を否定するので、一方に於ては、神的な人間といふやうなものはあり得ないことになり、もしくは、あり得ても何等の尊重を値しないことになつて来る。換言すれば、唯だ凡庸な人間だけが実際に存在し得ることになり、もしくは人間の凡庸さが何等の軽蔑すべきものでも恥づべきものでもなく、むしろ堂々と横行濶歩していいものになつて来る。即ち民主主義的平等主義的傾向である。

更に、神性主義に対する人性主義は、神及び一切の神的なものの存在を、もしくは価値を否定するので、他方に於ては、神的な世界といふやうなものはあり得ないことになり、もしくはあり得ても何等の尊重を値しないことになつて来る。換言すれば、唯だ外的な、唯だ所謂物質的な世界だけが実際に存在し得ることになり、もしくは世界の外的性唯物性が何等の痛ましき事でもなく、寧ろ大いに悦ばしく楽しき事になつて来る。即ち実証主義的傾向である。

人性主義の両面であるところの、この実証主義的傾向とかの平等主義的民主主義的傾向とから、種々雑多なる所謂近代思想が出て来てゐる。或るものは、専ら或る一つの傾向から出てゐる。或るものは、主として或る一の傾向から出てゐる。更に或るものは、主として何れの傾向から出てゐるとも云はれない。ともあれ、この二の傾向のいづれにも全然基礎を置いてゐないやうな思想は所謂近代思想でなく、この二の傾向のいづれかに、何等か流れを汲んでゐる限り、一見旧すぎるやうな思想も或は一見新しすぎるやうな思想も、悉く皆所謂近代思想のほかなる何物でもあり得ないのである。

実証主義が科学の進歩及び器械の発明を促しその科学の進歩及び器械の発明がまた、実証主義的傾向を助長し、かくして互に影響し合つてゐる内に、自からにして科学万能の思想や、器械崇拝や粗悪なる唯物論や、拝金主義なぞが生れて来たことは、わざわざ細説するを要しないであらう。

主として器械の発明から起つた所謂産業革命は、商業主義を資本主義にまで爛熟せしめると共に、漸次近代的大都市といふ人類の不自然なる密集生活を出現せしめ、その密集生活の怪しげなる便利さと、それを醜く飾つてゐる、いたづらに複雑でいたづらに多彩なばかりの造花的文明とを有りがたがるところの、都会謳歌を、文明崇拝を生ぜしめた。

この都会謳歌及び文明崇拝については、それらのものが近代思想としての新しさ以上の、如何なる新しさをも有つてゐないことを、最も先づ注意すべきである。

同じく一の単なる近代思想として、特に主として実証主義的精神の頽敗から出たものとして、資本主義と非常に多くの共通点を有つてゐるのは、マルクス派の社会主義である。より広く云へば、資本主義と同じく、科学万能を信じ、器械を崇拝し、資本主義と同じく、大都会及び其文明を謳歌し、資本主義と同じく貨幣価値以外の如何なる価値をも認めないところの、自ら科学的社会主義と名乗つてゐるところの社会主義である。

社会主義は資本主義の敵であるより以上に其味方である。或は社会主義と資本主義との争ひは、あかの他人の争ひではなくして、寧ろ骨肉近親の間の争ひである。それは何よりも先づ財産の分配についていがみ合つてゐるところの兄弟二人を聯想させる。社会主義と資本主義とが兄弟であつても、その父母いづれをも同じうしてゐるのでないといふこと、精しくは一方が父母いづれをも分明に知られてゐるのに対して、他方が所謂てゝなし児であるといふことは承認してもよい。

乃ち、資本主義は単に実証主義的精神といふ母から生れたことだけが明白であるのに対して、社会主義は実証主義的精神といふ母と、平等主義的民主主義的精神といふ父との並び存することをはつきり示してゐる。

しかし乍ら、この平等主義民主主義的精神なるものは、社会主義にとつても実証主義的精神ほどに重要な、もしくは根柢的なものではないやうに思はれる。

なぜと云つて、唯物史観や唯物論（この二を切りはなし難い物と考へても、考へなくてもよいのだ）の上に立つてゐるマルクス派の社会主義者等は、屢々考へ、そして口にする——資本主義は資本家を幸福にするだけそれだけ労働者を不幸にしてゐる。乃ち、それは資本家階級にとつての正義であると共に、労働者階級にとつての不正義である。そして自分達が資本主義を否定するところの社会主義（彼等は大抵、資本主義を否定するのは自分達社会主義者ばかりだと、僭越な事を考へてゐる！）を唱へるのは、自分達が偶ま資本家階級に属しないで、労働者階級に属してゐるからであると。

平等主義的民主主義的精神の頽敗した形が、如何に始末の悪いものであるかは暫く措《お》く。大抵の社会主義者等はこの精神をすら単なる口実として利用するに止まり、衷心からの何等の信奉をもなしてゐないのである。そして彼等の社会主義の本質は、結局資本主義その物の否定であるよりも、彼等自身を資本家にしてくれないところの運命への呪咀なのである。

社会主義についで有名なる近代思想の一は、所謂婦人解放の思想である。婦人をして全然男子と同一の権利を有たしめ、全然男子と同一の生活を営ましめようとする意味での婦人解放は、事実上の主要動因は産業革命による婦人の社会的地位の変移にあるのだが、理論上の第一の出発点は近代の平等主義的精神にあるのである。最善の意味に於ては、差別的になればなるほど平等的になり得るもの、またならねばならぬもの乍ら、むしろ差別の反対物としての平等をのみ偏重しがちであつたところの近代の平等主義的精神は、各人のそれぞれの個性を生かしてやることが、本当に彼を自由にしてやることであるのを知らなかつた如く、男子に対する婦人の性的特質(不自然なる人為的歴史的差別から見たのでなく、もつと先天的本来的な)を発揮せしめることが、本当に彼女を解放してやることであるのを知らなかつた。その結果は、私達の眼前に見てゐる如く、婦人を男性化したり男子を女性化したりするやうな奇怪なる現象となつて現れてゐるのである。

最も頽敗した形に於ける実証主義と共に、社会主義思想が少くとも欧羅巴及び亜米利加に於ける、一般民衆の骨髄にまで染み込んでしまつた如く、最も浅薄な、最も粗悪な意味に於ける平等主義と共に、婦人解放思想が又、少くとも欧羅巴及び亜米利加に於ける一般民衆の間に、殆んど公理の如く斥けがたいものとして受け容れられてしまつてゐる。

それにしても、社会主義思想がそれほど普及してゐるにもかかはらず、資本主義と異れる全然新しい原理の上に立つところの、全然新しい社会は何故に現れないのであるか。曰く、社会主義思想の根柢になつてゐるところの精神が、その儘資本主義を支持してゐるところの精神であり、社会主義思想その物の存立してゐる限り、資本主義もまた、根本的に崩壊するといふことは到底あり得ないからである。

又、婦人解放思想がそれほど蔓延してゐるにもかかはらず、婦人が聊かもより幸福にならないのは（男子がより不幸になつたことは言ふまでもない）何故であるか。曰く、婦人を出来るだけ婦人にすることが、出来るだけ彼女を人間にすることであり、出来るだけ彼女を自由にすることであり、そしてさうするよりほかに、彼女を出来るだけ男子と平等にし、男子と同じやうに幸福にすべき、如何なる方法もあり得ないからである。

婦人解放や、社会主義や、文明謳歌や、都会讃美や、専門主義や、器械崇拝や、科学万能なぞの如き近代思想は、これらの近代思想に根源中軸となつてゐるところの実証主義的並びに平等主義的傾向は、一口に云へば人性主義といふ近代精神近代主義は、もはや人類を向上させるよりも、むしろ堕落させ滅亡させることの方に役立つてゐる。乃ち、人類はこの滅亡を免れ、この堕落から回復することの為めには、一切の近代的な思想や、傾向や、精神を捨てて、全然新しいもの、謂はば超近代的なものを取らなければならぬ。

そして特に欧羅巴及び亜米利加に於ては、一般民衆にとつての新しさが『近代』的であることであるのに対し、少数識者にとつての新しさは、『超近代』的であることである。

近代的な一切の事物に対する堪へがたき嘔吐感から出発してゐるだけに、超近代主義は一応近代主義の単なる否定の如く、単なる反対物の如く見えるかも知れない。けれども実際は近代主義からあとへ引き返したのではなくして、さきへ通りぬけてしまつたのであり、所謂超克したのである。即ち超近代主義は人性主義精神の単なる否定や反対物であるよりも寧ろ人性主義精神の超克されたものであり、実証主義的及び平等主義的傾向の単なる否定や反対物であるよりも寧ろそれらの傾向の超克されたものであり、従つて大抵の近代思想の単なる否定や反対物であるよりも寧ろそれらの思想の超克されたものである。(此場合、総ての近代思想に関して此事を言ふに躊躇するのは、余りにも頽敗的な或るものに対しては、単なる否定と反対物とをほかにして、如何なる超克らしいものをも考へることが出来ないからである。)

科学及び器械についていては、それらのものを強《あなが》ち斥けるのではないけれど、それらのものを礼拝するやうな態度を全然取るまいとする――これは超近代的である。

商業主義よりも重農主義を、都会よりも村落を、文明よりも文化を、西洋よりも東洋を(単なるセンチメンタリヅムからでなく、『近代』生活に対する最も深刻な批判の結果として)撰び取らうとする――これは超近代的である。

単純化に対する複雑化の偏重を、綜合に対する分析の偏重を、経験に対する実験の偏重を、乃至人間(ナポレオンがゲエテを見て、『人間』を見たと言つた時の如き言葉遣ひに於て)に対する専門家の偏重を斥けようとする――これは超近代的である。

社会主義が存続する限り、その兄弟分なる資本主義もまた存続するであらうこと、並びに婦人を本当に解放する為めにはさしあたり『婦人解放』といふ近代的謬見から解放してやらねばならぬといふことを知つてゐる――これは最後に、けれども最も著しく超近代的である。

トルストイや、ドストイエフスキイや、ストリンドベリイや、ニイチェや、ラスキンや、モリスや、ペンティイや、カアペンタアや、これらの人々がそれぞれに、さまざまな近代的事物に対して、如何に堪へがたき嘔吐感を抱いてゐたことか。近代主義に対する超近代主義の戦ひを、如何に勇敢に、如何に狂熱的に、如何に死物狂ひに戦つてゐたことか。

十九世紀の末より今日にかけて、人類文化の重要なる問題に関し、明白に超近代的な思想をひつさげて立ち、明白に近代的な思想を破却し去らうとしなかつたところの、ただ一人の大なる思想家ただ一人の大なる芸術家でもがあるであらうか。

乃ち、今日にあつては、単に今の時代から働きかけられてゐるだけでなく、更に次ぎの時代へ働きかけても行くやうな芸術を産み出すべく、人は先づ超近代的な、根柢的に新しい精神に生きてゐなければならないのである。

開国以来の日本の文芸界に於て、思想的内容の方面から出発した、また少くとも其意味での根柢的な運動として重要なものは、遠くは所謂自然主義のそれであり、近くは所謂プロレタリア文芸のそれである。

この場合、人は白樺派の所謂人道主義を想ひ浮べるかも知れないが、しかし私が曾つて命名した如く、また稍や有名になりすぎた如く、あの『自然主義前派』は思想上明白に自然主義以前（単に時間的にのみ云ふのではない）の物であり、又あの程度の人道主義的思想ならば、徳富蘆花氏や木下尚江氏などの小説によつて、日露戦争前後にも、かなりに代表され表白されてゐたのである。

白樺派が文芸史上に何等かの功績をのこしたとするならば、或は少くとも、何等かの影響を後の文芸界に及ぼしたとするならば（その影響が悪影響であつたか善影響であつたかは別問題として）、それは思想的内容に於てであるよりも、寧ろ表出表現の形式に於てであつた。この点に於て、また此意味に於て、自然主義とは無論のこと、プロレタリア文芸とすら同日に談ずることが出来ないほど、それほど根柢的な運動と反対なものであつたのである。

かなり根柢的な運動としての所謂自然主義は、その評論とその創作との二を通して、空前絶後の大規模に於てさまざまな近代思想を宣伝した。あの運動が序に、偶然に取次いだものは別として、少くともわざわざ志して輸入したところのものは悉く皆、実証主義的傾向から、並びに平等主義的（特に、凡庸主義的、賤民主義的）傾向から生れ出たところの近代思想であつた。

しかし乍ら、あの頃の日本人にとつては、それらの近代思想を輸入したのが、必ずしも悪い事ではなかつた。むしろ、多少の弊害を伴つたとしても、全体としては可なりに有意義な事であつたと云ふべきであらう。

ただ、当時の自然主義文芸が主として取扱つたのは、人間の社会生活に対する個人生活であり、それを通して宣伝されたところのものは、殆んど唯だ人間の個人生活に関する、個人的な問題に関する近代思想にのみ限られてゐたと云つてよい。(私は明治の末年に近く私自身が、自然主義を一通り卒業した当時の文壇に対して、謂はば心理学的興味のほかに、併せて社会学的興味をひくやうな、社会的な、社会問題的な創作の出現を、無益に期待して、無益にさうした意見を発表してゐたことの記憶を有する)。

三四年前俄かに喧《かまび》すしくなつたところのプロレタリア文芸運動は、単なる表現の形式に関する問題から起つたのではなく、寧ろ思想的内容に関する問題から起つたものとして、また少くともその意味での根柢的なものとして、自然主義以来の注目すべき運動に属してゐるのだが、それは自然主義がつひに踏み込まないで、その儘にして置いたところの処女地へ、かなり大きな新領土へはじめて踏み込んだ。新領土とは、人間の個人的生活に対する社会的生活を主題に取るところの文芸の謂ひである。

しかし乍ら、プロレタリア文芸の折角開拓したる此新領土に於ても、過去の自然主義の世界に於ての如く、主として近代的な諸思想ばかりが宣伝され、私の所謂超近代的な思想は、殆んど何一つ見出されなかつたのは、此上もなく遺憾な事である。

けだし、自然主義勃興とプロレタリア文芸唱道との間には、私達の日本もかれこれ二十年近くの歳月を経過してゐる。あの頃の日本にとつて大いに有意義であつたところの近代思想の宣伝が、今日の日本にとつては全然無意義であり得る。あの頃の日本にとつて、少くとも我慢し得られたところの近代思想が、今日の日本にとつては到底我慢のし切れないほど、愚劣な、滑稽な、危険な、有害なものであり得るのである。

人類をプロレタリア、ブルジョアの二階級だけに、はつきり差別し得られると考へ（生活に困つてゐる自作農や小地主などをプロレタリア、即ち労働者階級に入れるか、それとも資本主義制度によつて得をしてゐる筈のブルジョア、即ち資本家階級に入れるか、どちらにしても滑稽事である！）、その差別を無暗に重要視してゐるのは、唯物論と唯物史観とに立脚するところのマルクス派社会主義者等の事であつて、資本主義を否定し破壊しようと志してゐる者全部の事ではない。従つて階級意識を第一の要件とするプロレタリア文芸の唱道者等が、彼等の主張に同意しない私達を、資本主義の否定と破壊とに躊躇する者ででもあるかの如く思ひなすのは、彼等の不聡明から来たところの己惚的妄断たるに過ぎない。

又若しマルクス派社会主義と両立しないやうな社会問題的見地に立ちながら、プロレタリア文芸運動に参加してゐるものがあつたとしたら、それはだいぶ物の分らない文芸家である。でなかつたら、案外横着な文芸家であると云はなければならぬ。ともあれ、プロレタリア文芸の主張は理論上当然、マルクス派社会主義の上に土台を置いてゐる。

そして、生産に要する労働量（労働質に関係なく）が其生産物の価値を決定すると見るやうな、粗悪極まる唯物論的思想から、文芸上の大傑作が生れ得るものと考へたり、所謂上部構造たるに過ぎない筈の文芸上思想上述作（マルクスの『資本論』なぞをも包括して）なぞを、次ぎの社会の土台石に加へ、或は土台石を切り出してくる上に役立たせることの可能を信じたりするのは、だいぶ骨の折れる仕事のやうである。だが、それらの事はまあ、どうでもよいとしよう。偖て、どうでもよいとするわけに行かないのは、マルクス主義に立脚したプロレタリア文芸が、思想上『近代的』である為めに、表出形式の上にも、所謂技巧の上にも、甚だ超近代的になりにくい点である。

プロレタリア文芸の作品が、概して自然派的写実主義的に、ともすれば旧臭いと云はれるやうな形式と技巧とで書かれてゐたのは、偶然的のやうに見えながら、その実甚だ必然的な事である。なぜと云つて、主として実証主義的傾向から生れた社会主義思想は、同じく実証主義的傾向から出て来た『描写万能』的な、客観主義的技巧によつて表白されるのが、割鍋にとぢ蓋以上にもふさはしい事だからである。

表出形式としての技巧としての、表現主義、未来派なぞの所謂新しいさまざまな流派が、近代的でなくして超近代的であることは改めて云ふまでもあるまい。その上、それらの傾向の出現を余儀なくしたところの根本的思潮が同様に、必ず何等か近代的なものへの嘔吐感に出発してゐることもまた、決して想見するに難くない事であらうと思ふ。

これまでプロレタリア文芸運動に属してゐた人々にして、実証主義と平等主義民主主義凡庸主義とからは到底産れて来ないやうな、超近代的に新しい表出形式を、新しい技巧を、聊かも無理にでなく、不自然にでなく、芸術的良心のやましさなしに使用することが出来るやうになつたとする。その時彼等が依然として尚ほ、マルクス派社会主義の信奉者であり、従つてプロレタリア文芸主張の本当の支持者であり得たとしたならば、それこそは実に驚くべき事である。

此の如く私達は、プロレタリア文芸の主張その物に対して余りに多くの尊敬を払ふことが出来ない。（文壇へ社会問題的興味を導いて来たと云ふ唯一の功績も、今や単なる過ぎ去つた話である。）けれどもプロレタリア文芸の主張者等は、少くとも何等の思想らしい物を自分達の物として有つことなしに、単に表出上の、形式の形式、技巧の技巧に於てのみ、新工夫を凝らし、新流行を支配しようとつとめるやうな軽薄さから遠く離れてゐる。そしてそれ故に、彼等の現在の主張その物に懸けることの出来ない希望をも、彼等各自の将来に懸けることが出来るのである。即ち私達は、彼等が先づ思想の上に、次ぎにはそれを表出する芸術的形式及び技巧の上に、近代的な総ての旧い物を脱却して、超近代的に本当に新らしい物をつかみ、これまでのプロ文芸対ブル文芸の戦から、『超近代』派と『近代』派との戦ひにまで移つて行くことを、衷心から期待して止まないのである。

最後に今ひとたび反復して言ふ。本当の文芸は単にその時代から働きかけられてゐるだけでなく、更に来るべき時代へ働きかけても行くやうなものでなければならぬ。そしてただに所謂社会的な問題に関してのみならず、一般に、今日の文芸家が来るべき時代を予感し、構想し、規定したやうな作品の作者となり得る為めには、彼はどうしても先づ近代と、近代的な一切の物とを超克して、何等かの意味に超近代的になつてゐなければならぬ。そして彼の常に戦つてゐなければならない最も大きな戦ひは、『近代』派と『超近代』派との戦ひなのである。

ニイチエ雑観

超人の如く潔き没落を憧憬する
ニイチエの日本精神に就て

たとへ大多数の通俗社会主義的民主々義的批評家等や、彼等の無反省な白人的優越感と近代的先入見とから遠くかけ離れてゐないアナトール・フランス、バアナアド・シヨオ程度の著作家等が、私達のこの日本に関してどんな事を言ひ来つてゐたにもせよ、今尚言ひ続けてゐるにもせよ尚且つ厳密に天才者と言はるべき程の天才者等は、全く何等の除外例もなく、悉く皆、内面的な意味での貴族主義者であり、従つてさうした意味での貴族主義精神の「本場」である日本に対し日本的な一切の物に対して、限りなく深い憧憬と愛着とを持つてゐた。

さて、彼等の中に於ても私共の特別に愛着してゐる者に就て言へば、第一はハインリツヒ・ハイネである。即ち、その同国人から、並びに同時代者から最も理解され難く、最も誤解され易い素質と、超独逸人的に驚く可き程の素晴らしい天分とを有つてゐた点に於て、又自分自身さへも独逸的なものに嘔気を感ずると屡々思つたり口に出して言つたりしながらも、尚且つその実内密な愛着を有ち乍ら、他の何人よりも大きな寄与を独逸人と独逸語とに対してなしてゐたその業績や、反語的な運命の学校から、結局たゞ自己愚弄の形式で以て、所謂道化者の如くにのみ語ることを学ばなければならなかつたその運命などに於て、我がフリイドリッヒ・ニイチエと特殊の非常に深い類縁関係を持つて居り、又或意味ではニイチエの一原型とも称すべきところの、あのハイネは、恐らく僅かにかの有名なシイボルトの「日本誌」とか、ロシアの某提督の「紀行」とか言つた位の、極めて乏しい材料を通して見たに過ぎなかつたであらうけれど尚且つ、その不可思議な天才的直観に助けられての事であらうか、意外にもよく日本といふもの、本質的な長所を見抜いてゐて、そして世上の所謂日本贔屓なぞに見る如き、薄つぺらなものとは全く異つた。私共日本人から本当に嬉し涙の自然に流れ落ちるやうな、優れた理解と愛着とをこの日本へ対して有つてゐてくれたとのことである。

ニイチエがその健全な意識を失くしたのは、一八八〇年代の終りであつて、それまでには、憲法制定の準備の為に出掛けて行つた伊藤博文一行だとか、それに前後して行つた数多くの外交官だとか留学生だとかいふやうな日本の知識階級から直接にさへ、独逸の知識階級も、既にかなりによく日本といふもの並びに日本的な様々のものを、学び知つてゐたらうと推察される。

従つてニイチエがハイネの場合と比較も出来ない程日本へのよりよき理解を有ち得てゐたことに不思議もないが、兎に角ニイチエの日本精神、日本文化、日本美術、その他あらゆる日本的なものに対して、全く熱情的な愛着偏好を示してゐてくれるのは、これ又実に私共にとつての大なる喜びである。

一八八五年十二月二十日ニイスから彼の「駱馬《ラーマ》」（妹のことを彼はかう呼んでゐる）へあてゝニイチエから書き送つた手紙の中には次の如く書かれてゐる——「若し私がもつと健康で、十分に金を持つてゐるならば、私は単に尚快活であり得る為ばかりにも、日本へ移住したであらう。（私の最も大に驚いた事には、ザイトリッツもその内面生活の上にかうした変化を経験したのだ。彼は芸術家的に、今の所最初の独逸的日本人である——同封の、彼に関する新聞記事を読んで御覧！）

私はヹネチアにゐるのが好きだ。あそこでは易々と日本風にやつて行けるからだ——つまり、それをやるのに必要な二三の条件がそこにあるんだよ」

アレヴイイのニイチエ伝によれば、ニイチエは右の手紙の書かれたより少し以前に、独逸を去るに先立つて、彼の旧友ザイトリッツ男爵をミユンヘンに訪ねた。そして日本美術の珍らしい蒐集を見せて貰つて、稍羨望を禁じ難かつた程の深い興味を覚えたといふのである。

シヨオペンハウエルの有名な「意志及び表象としての世界」が、仏教思想をその根本的基礎にとつてゐるといふことに就いては、読者諸君の殆んど総てが、少くとも何程かを耳にされて居ることであらうと思ふ。

ところで、私の見るところを言へば、我がフリイドリッヒ・ニイチエの哲学がまた、表面上波斯《ペルシャ》の古代宗教思想の継承でゞもあつたかの如く見えてゐるにも拘らず、内実はそれよりも、ずつと余計に、仏教思想と深い縁類関係を有つて居ることを知らなければならぬ。

然も、シヨオペンハウエルは一八六二年に死んで居り、ニイチエの健全な意識が失はれるに至つたのは同じく八十九年の事であり、その間に少くとも三十年近い歳月が流れて居り、即ちその間に欧羅巴に於ける印度学上の著しい発達を見、殊にニイチエがその親友としてドイッセン博士の如き優秀な印度哲学者を持ち得た丈けのことはあつて、此の二人の思想家の仏教思想に対する理解は、殆んど同日に談ずることを許されない程にも、その深浅の程度を異にしてゐるのである。

加之、曾つて一度びはあだかも師弟の関係とも言はる可き程のものを有つてゐた彼の二人の偉大な思想家等が、彼等の仏教思想を理解することの深い浅いに殆んど正比例して、一方のより低い哲学に対して他方のより高い哲学を、我々の前に提示してゐるといふのは一の興味ある事柄であり、更に、より忌憚なく言へば、シヨオペンハウエルの理解した仏教思想の頂点が、其儘彼の哲学の到達し得たる最後の限界であり、これに対してニイチエの理解し得た限りの仏教が、結局に於て到達し得た高さまでは、彼の哲学も亦到達し得たと言ふに止まつてゐるといふのは、否、更に今一つを加へて言ふならば、其最も根本的な傾向に於て、畢竟シヨオペンハウエルが彼の言葉遣ひに於ける仏教徒より他の何物でもなく、それに対してニイチエが、彼の言葉遣ひに於ける仏教徒より以外の何物でもなかつたといふのは、前よりも一層興味ある事柄であると言ふ可きであらう。

蓋し、シヨオペンハウエルに依れば、カントの所謂デイング・アン・ウント・ヒユウル・ジヒ、即ち実在若しくは本体は「生への意志」と称する一つの盲目意志であり、そして斯うした盲目意志の展開、又はその展開の所産としての、此の世界は最悪の世界であり、此の世界の中に営まれる此の生は最悪の生であらねばならぬ。

従つて、斯の如き最悪の世界から自らを救ひ出し、斯の如き最悪の生から解脱する為めの方法は、右の「生への意志」といふ一の盲目意志を滅却し、又は停止し去るより他にあり得ない。然かも斯うした「生への意志」を否定し去るのは一は芸術的享楽に依る意志否定であり、他は宗教的禁慾に依る意志否定である。

より詳しくは、芸術的享楽に依る意志否定といふのは、所謂天才的直観を通じての芸術的陶酔が、少くともその刹那に於て、私共をカント哲学なぞに言ふところの無関心な状態に置き、従つて私共の生への意志を一時的にもせよ、否定の状態に置いて呉れることを意味するのである。

勿論、斯うした芸術に依る意志否定が単に一時的なものに過ぎないのに対して本当に恒久的に生への意志を否定し去つて呉れるものは、宗教的禁慾に依るところの方法であり、それより他に如何なる方法もあり得ない。

扨て其の本当の意志否定が如何にして為されるかといふに、先づ諸行無常とも言ふ可き厭世観の徹底が、快楽追及の無益なることを感得せしめ、諸法無我にも比す可き、汎神論的世界観の徹底が、我と云ひ彼といふ如き個体的生存の、単なる幻覚的迷妄に過ぎないことを、証悟さして呉れる。

次には、右の如き感得と証悟とは、必然に個体的生命の否定を意味する素食と、種族保存の否定を意味する貞潔と、利己心の否定を意味する清貧と、此の三種の戒律的実践へ導いて呉れる。

そして最後に、斯うした戒律的実践、即ち禁慾の絶間なき反覆持続が、遂に生への意志と称する一の盲目意志を、完全に否定し得るといふのである。

処で、かのシヨオペンハウエルの唯一の、完全な解脱方法としての戒律的実践は、彼自ら禁慾といふ言葉を以て呼んではゐるが、私共を以て見れば、それは寧ろ苦行的と言はれるのが、より適はしくはないかと思はれる程のものである。

少くともそれは、私共の解する限りに於ての、釈尊自身の中道、又は八正道と呼ばれたところのもの等に較べて、かなり苦行的な色調を帯びたものと見らるべきであらう。

委しく言へば、釈尊が思想の上に有無の二見に着することを戒め、生活の上に苦楽の二辺から離れることを勧められたのに対して、シヨオペンハウエルはその観念的態度に於て中正を失つて「無」に、否定に偏してゐる如く、戒行的態度に於て「苦」に、苦行に走ることを免れてゐないのである。即ち、要するに釈尊自身の所謂中道的態度の如きに比して、かなりに趣を異にしたものなのである。

抑々《そもそも》、外的関係に於て仏陀とより近き関係に立ちながら、単に仏陀の教の形骸をのみ捕へて、その内部的な、実質的な生命を洞察し理解し得ないものが所謂小乗の徒であるならば、反対に外的関係に於てこそ仏陀からより遠い所に立つてゐやうとも、彼の教の形骸ならぬ生命を、真実の精神を洞察し得てゐるところのものは、所謂大乗の徒と言はるべきであらう。

そしてこの意味からすれば、シヨオペンハウエルが、その哲学の土台として取つたところの仏教は、かなり思ひ切つて小乗的なものであつたと言はれることを免れ得ないであらう。

処で、仏陀を卓越した生理学者であると見、彼の教を、世にも比類なく、科学的に進歩した養生法に他ならないと見てゐるところの我がニイチエは、シヨオペンハウエルなぞと比較して見た場合、如何に仏陀が彼の中道又は八正道の根本態度を重要視してゐたかを、同日に談じ難きまでに、実により正しく、より深く理解してゐるやうに思はれる。

即ち、かうした限りに於て、ニイチエはシヨオペンハウエルが小乗仏教を仏教として見てゐたゞけ、丁度それだけニイチエは大乗仏教を仏教として見ることが出来たのである。而も、所謂中道なり、八正道なりが、苦行乃至楽行に較べて、或はあまねく凡俗人等の日常生活に較べてより多く所謂養生法にかなつた生活（此処には狭義の生活及び思想を生活の一語に一括して言ふのだが）であり、従つて厳密により喜ばしき生活であり、又より真なる、より善なるものであると共に、より美なる生活は畢竟より芸術的な生活でもあり得るとしたならば仏陀の真実の教は、シヨオペンハウエルの場合なぞと異つて、所謂この生からの解脱を、結局よりよき生への精進と見てゐるものであり、而もその精進の方法が芸術的な生活、若しくは芸術に於ける努力そのものと全く一のものであると見てゐるものである。

そしてかくの如く見て来れば、生への意志を否定しようとしたシヨオペンハウエルに対して、所謂権力への意志を押立てゝ、再び、而もより力強く生への意志を肯定しようとしたところのニイチエは、右の如き見地からする時それだけシヨオペンハウエルから遠ざかつて、丁度又それだけ大乗的仏教思想の方へ近付いて来てゐるものと言ふべきではなからうか。

勿論、ニイチエはあのやうに強調して生の肯定を言つて居り、大乗仏教若しくは大乗的な目で見た仏陀の教は、少くともそれが仏教である限りに於て、兎も角も生を肯定するよりもむしろ、否定したたと、然う言はざるを得ないであらう。

併し乍ら、ニイチエもあんなに屢々没落を愛するものとして超人を説き、また奴隷道徳に対する支配者道徳としての、賤民道徳に対する貴族道徳としての、あの特殊な自制や、克己や、悲壮に生きることや、太陽の温熱を分つが如く施与することの美徳をさへ主張してゐる点からすれば少くともその限りに於て彼の所謂「大いなる生の肯定」へ、何等かの制限を加へてゐると、見られないこともないであらう。

然もこれに対して仏教は、所謂生を否定するに際しても、唯素樸に単純に否定してゐるのではなく、先づ否定し次に否定したのを再び否定し、また次に再び否定したものを三度目に否定し、かくして無限の否定を重ねて行き乍ら否定するのである。されば、斯うした方法に於ける否定は或る意味に於て、一種の肯定であるとも言へなくはない。勿論、それは単純素樸な肯定にはなり得ないけれども否定を否定することに依つての肯定を、無限に持続して行くものだと見れば、玆に仏教特有の不可思議な、甚だ手の込んだ生の肯定が自らにして否定の深淵の底から、水沫の如く浮き上つて来るやうにも思へるではないか。

そして斯の如く見て来れば、大乗仏教に於ける私の所謂、否定的肯定若しくは肯定的否定の態度は、その表現の外観如何に関係無く唯本質と本質との比較から見た場合、彼のニイチエ等の所謂「大いなる生の肯定」と、余りに違つたものでないのみならず、むしろ可なりに相近いものを有つてゐるやうにさへ思はれて来るではないか。

改めて言ふ迄も無く、所謂大乗的な仏教も、釈尊入滅後数世紀乃至十数世紀の間に釈尊の郷土であるところの印度に於て、次々に現はれてゐる。そして、其れ等のものはこれが印度に出現したと略同じ順序に於て余り間を置かずして、また次々に支那へは入つて来てゐる。

併し乍ら、印度及び支那に於ける此等の大乗仏教は忌憚なく言へば、単に宗教学的な秀抜な天分を有つた学者等の経、論、釈等として単なる理論学説として、謂はゞ単なる哲学としてのみ存在してゐたに過ぎない観がある。

そしてそれ等の単なる哲学が再び哲学以上のものとなり、所謂思想に於ても生活に於ても、仏陀の真精神を我々に頒ち与へるものとして現はれ来つたのは、これが我日本へ渡来してから後のこと、より詳しくは大凡そ鎌倉期に入つて、道元、明恵、法然、親鸞、日蓮の如き他の民族の歴史にあつては、千年二千年の間に唯一人の出現を期待することすら容易でない程の、夫々に全く釈尊其人の御再来かとも思はれる程の、あの崇高偉大な宗教的人格が相次いで降臨されるに至つてから後のことでなければならぬ。

ところで、斯の如く大乗的仏教が我が日本へ渡つて来てからそれは単に哲学から宗教にまで自らを広くし、且高くした丈けではない。かの思想の単なる哲学から宗教になつたことの変化は同時にそれが宗教と芸術とを通じて普く我々日本人の生活の全局面へ、日本文化の全般にまで浸潤して来たところの大いなる推移其物であつた。

序乍ら大凡そ日本人の独創性と天才性とは、所謂理論を、学説を、思想を新しく発明し工夫し出すところにあるよりも、むしろ単なる理論や学説や思想に過ぎない所のものを、生活其物の、文化其物の真生命にまで霊化して来るところにあるのである。

所謂思想は、それが単なる思想である限り単なる抽象的概念に過ぎない。我々日本人が概念の代りに事物其物を、少くとも象徴化されたものを産むといふのに誇張があるとするならば、少くとも他の民族等が単なる概念としてのみ育ち得てゐたところのものを、我々日本人が象徴化して具体化して、生活其物にまで変へて見せることが出来ると言はう。

ともあれ、東洋的な、種々の所謂思想丈けならば、既に実際に証拠立てられてゐる如く、稍優秀な頭脳を有つた丈けの欧羅巴人の誰彼によつてゞも、容易く理解され、そしてもてはやされることすらも出来るであらう。けれ共、日本人の生活に具体化されてゐるところの、象徴化されてゐるところの、また然うしてこの他何処にも存在し得ないところの東洋的なものが、我がフリイドリッヒ・ニイチエの如き欧羅巴人に依つてのみ、本当に理解され、そして熱愛され得たことの偶然ならぬことを思ふとき、彼に対する私共の謝恩の情と、好知己の感とは、改めてまた彼にまでずつとより近く、私共を引きつけられるやうに思ふことを禁じ得ないのである。

ルンペンの徹底的革命性――及び宗教其物としての教祖的精神――

「自己をより善くする事によつてのみ社会をより善くする事が出来、また社会をより善くする事によつてのみ自己をより善くする事が出来る」

これは今日より十五六年ばかり以前に、私が執拗に反覆し主張した所の言葉であつた。

無理想無解決の自然主義が、理想主義、人道主義、人格主義などの方へ推移してゆきながらも、凡そ近代的、近代ヨーロッパ的な考へ方を受け容れてゐる限り、あの頃の文壇思想界の人はほとんどことごとくを挙げて、まだまだ幼稚な個人主義的自我主義的倫理思想を脱却せず、動もすれば神々しい物への如く「自己への沈潜」を説いたり、当然すぎる事かの如く、「社会に尽すのは、自己を完成してからである」と放言したりしてゐた。

一二ケ月以前の「文学時代」か何かで加藤武雄君が、あの頃の私と阿部次郎君との論争を想起し、「上求菩提下化衆生」まで引き出して来て、今尚私の考へ方に御同意の旨を述べてゐられた。

加藤君なぞはあの当時から私見に御同意であつたかも知れないが、私はもちろんそんな事を知るよしもなく、私の意見はほとんど共鳴者を得ないものだとしてあきらめてゐた。

「自己をより善くすることうんぬん」に関する私の主張は、論敵阿部次郎、安倍能成君等によつて承認されなかつただけでなく、当時の文壇思想界そのものからして承認されなかつたのである。

だが、わが日本の社会もあれからいよいよ急速度で進行しつづけてゐる内に、いつの間にか、自我主義的個人主義的倫理思想を卒業してしまつた。

あの論争の後五六年を経て、尚依然として「まづ自己を修養してから、次に社会に尽す」といふやうな意見がだされたとしたら、それは五六年以前に出た私の意見以上にさへ共鳴者を見出しにくかつたことであらう。

だが、今日においていへば、時勢はむしろ余りにも遠く推移して行きすぎたかの観がないでもない。

曾ては凡ような、けれども大多数を代表する「新人」等が「先づ自己を完成して」を夢想した如く、今日のより低劣な、それ故より大多数を代表する所の「前衛」等は、

「自己の人格的大成の如きは、社会完成以前における何等の問題でもあり得ない」といふ風に実に驚くべくお手軽に片づけてしまつてゐるやうに思はれる。「自ら革命家と称し、共産主義者と称してゐる人々でさへも、道徳的に堅固でないのを認め、また彼等の多数が指導的な道徳的原理、崇高な道徳的理想を欠いてゐるのを認めた」クロポトキンは、倫理学に関する彼の晩年の著作を「一の必要な、かつ革命的な仕事だ」と考へてゐた。

いやしくも、実際の革命運動に乃至あまねく社会運動に多年の努力をささげて来たほどの人々であつて、右の如き最終年に近いせきれうなるクロポトキンと同感し得ないやうな唯の一人でもあつたであらうか？

理論よりも事実として、自己の道徳的大成を全然念頭に置かないやうな小人共が、いかに多くの数を集積されようとも、それによつて何の力をか生み得るものぞ！

「自己をより善くすることによつてのみ社会をより善くすることが出来、又社会をより善くすることによつてのみ自己をより善くすることが出来る」――私は十数年の以前においては、この私の標語の、特に後半を強調することによつて、当時の近代的個人主義思想自我思想の流弊を防がうとした。

だが今や、右の標語の特に前半を力説することによつて、浮薄なる社会主義青年等の反省を促して見ることが、再び又私の使命の一になつて来てゐるのではなからうか？

自己の道徳的大成といふやうな問題に、ほとんど何等の興味を有つてゐないらしいマルキシストなぞにして、それでもたまたま道徳と交渉のありさうな口をきくことがあるとしたなら、それは彼等が彼等に比較的近くゐた何人かを「あいつはルンペンだ！」なぞといふ言葉で片づけ去らうとする場合位のものであらう。

ルンペン・プロレタリアについては、マルクス自身もかなり簡単に片づけてしまつてゐる――

「ルンペン・プロレタリアは総ての大都市において、工業プロレタリアと全然異つた一階級を形造つてゐるのである。さうしてそれらのルンペン・プロレタリアなるものは、各種の泥棒や、犯罪人を補充する源泉となつてゐる。これらの輩は、社会のくづで生活し、一定の職なくのらくらしてその国家組織によつて種々形態を異にするが、常に「無宿者」たるところの、なまけ者、犯罪者、淫売婦、病疾者、不具者等である」

（『フランスにおける階級闘争』より）

そしてマルクスはいはゆる社会的貧民窟民、被救恤《きうじゆつ》困民即ちルンペン・プロレタリアを目して、ただに革命的になり得ざるのみならず、却て反動運動に材料手段を提供するもの、収賄して反動革命のために働く道具なりとして、これを工業プロレタリアから截然差別してゐるのである。

だが、ルンペン・プロレタリアの発生について、その本質的傾向について、厳密なる意味での階級的地位について、もう少し深い観察を向けないで置いて、よかつたであらうか？

工業プロレタリアが第四階級であれば、マルキシストのいはゆるより無自覚な、より救ひがたき厄介者なるルンペン・プロレタリアは、同様の厄介者なる農民と共に第五階級を形成することになるのかも知れない！

そして曾てブルヂョア革命に際して、プロレタリアの解放が問題にされなかつた如く、今日プロレタリア革命に臨んでは、第五階級としてのルンペンの解放が問題にされないのは、十分当然の事であるかも知れない。

マルクス等は、人類のほとんど大部分が工業プロレタリアになるまで、工業プロレタリアの増加をやめないだらうと考へてゐた――農村労働までも結局工業化されてしまふことによつて！

だが、工業プロレタリアは折角の期待を裏切つて、あまりにも早く増加をやめたではないだらうか？　その上、ルンペン・プロレタリア（ルンペン・インテリゲンチアをも一括して）を急造する上に、最近の「失業」はいかに有力に、いかにめざましく役立ちはじめてゐることだらう！

抑《そもそ》も事象は「あいつはルンペンだ！」といふやうな無造作な言葉で、今尚片づけていけるやうな事象であらうか？　そんな単純な問題として、今尚問題がとどまつてゐてくれるであらうか？

ともあれ、確実な何物かを更に加へようとするのは、改善改良であつて革命ではない。革命の革命たる所以は、行きつまれるだけを行きつまり、落ちきれるだけを落ちきつた階級の、総てか皆無かへ向つて試みるところの、最終の本能的爆発たるところになければならぬ。

即ち、革命の精神は、つねに何等かのルンペン的に徹底しきつた物からして、生れて来なければならないのである。

精々高く買つて、改善改良の精神をどれだけか保存してゐるに過ぎない。革命後のソヴイエット・ロシアと、平和な妥協をつづけてゐる内に、果てしなく堕落して行きさうに見えるマキシム・ゴルキーも、曾ては「どん底」の人々に示される如き、本当に革命的な精神を有つてゐたこともある。

そして彼の今日までの堕落が、少くともルンペン的に徹底した革命精神からの離隔に原因してゐることを、たれが疑ひ得るだらう？

ルンペン性の中に人間性のもつとも奥深いもの、もつとも崇高なものを見出し、それから虚無主義者の反権威思想を展開しつつも、一面敬虔なる更生の望みを世界にわかち与へようとする、ゴルキー初期のあの健全な傾向は、もちろんドストエフスキイやニイチエなぞが、痴人及び狂人の特別なる天賦と福祉とに対してなしたる歎声の中にも、同様に、もしくは同様以上にさへ鮮かに看取されるところのものである。

ナザレのイエスがこの世に来つて、とり分けまづその正賓として招いたのは、収税吏や、罪を犯せる人々や、身と心とに病ある人々ではなかつたか？

「善人尚かつ往生す、況んや悪人をや」と感謝し、「悪人正機」と説き励ましてゐたところの親鸞が、世のいはゆるルンペン性の中に如何なる人間の特殊の恩寵を体験してゐたことぞ！

メレヂユコフスキイは旧世界のインテリゲンチアが滅んでゆくと共に、全く新しいインテリゲンチアが生れてくる所に、そこに政治革命よりも、社会革命よりも、もつともつと根本的な革命が、いはば、もつとも厳密な意味での宗教革命が成立し、そこにはじめて人類史の三度目の新しいぺーヂが開かれるのであるといふ。

この見方に多分の興味を有ち、幾分の共鳴をさへ惜まない私ではあるが、なほかつ私はメレヂユコフスキイの如く、単に新しき旧きインテリゲンチアといふ対立位なものに対しては、甚だあきたりない物を感ぜざるを得ない。

私は寧ろ彼のインテリゲンチアがルンペン・インテリゲンチアであつたことを希望する。そして権威から見はなされると共に、権威を見はなし得てゐるところの毅然なる、貴族主義者としてのルンペン・インテリゲンチアこそ、彼のいはゆる宗教的革命の真実の点火者でもあり、終始を一貫した執行者でもあり得ることを思ふのである。

総じて革命は、被支配階級の最上層に置かれて、自ら支配することの少さと支配されることの多くとを体験した人々、及び支配階級の最下層に置かれて、自ら支配することの欲望を大いに挑発されつつも、実際に支配することの機会をほとんど与へられないでゐた人々——これらの人々によつて生気を吹き込まれる。一切の改善改良らしい物に対して、彼等ほど深刻に望みを失ひ尽した人々はないのだから。

革命はつねに被支配階級全体の名において、然り唯この名においてのみなされる。その実が、一の虚無主義者的中間階級、即ち私のルンペン・インテリゲンチアによつてなされることを看破し得ないのは、社会学的認識におけるもつとも救ひがたき無能力者でなければならぬ。

マルキシストがルンペン・プロレタリアやルンペン性に対して、マルクス以来のあの有名な冷淡さ、もしくは研究心の完全なる欠乏を以て臨んでゐるのに比べると、アナーキストは多少なり興味らしいものを持合せてゐさうに思へる。だが、それは単にさう思へるだけであらうか?

然し、これまでの実際のアナーキストがどうあつたにせよ、アナーキズムその物の本質からいへばルンペン及びルンペン性に対してマルクスなぞの如き無造作な片づけ方をして置くといふのは、到底許されがたい事柄ではないだらうか?

第三階級としてのブルヂョアが自己の解放戦をやりはじめた時、その側に漸く出現しかかつてゐた第四階級としての工業プロレタリアを見ては、自己のと全く異つた道徳観に立つてゐるその劣等階級を、ほとんど無道徳に近い、半禽獣的存在として蔑視したものである。

今日第四階級としての工業プロレタリアが、自己の解放戦をやりはじめる時、その側にねそべつてゐるいはば第五階級としてのルンペン・プロレタリア(それに農民をも加へて見るのを常とするのだが)を見て、自己の全く異つた道徳観の上に立つてゐるその劣等階級を、矢張りほとんど無道徳に近い半禽獣的存在として蔑視するといふのは、いささかも異《あやし》むに足りないことだらうか?

だが、この場合単なる常識人たるに過ぎないマルキシストが、かうした工業プロレタリアの僭越な特権階級的意識に、全然共感してしまふのは、やむを得ないとしたところで、権力とか支配とか、特権とかいふ物に関して、今少しより徹底的に省察すべきはずのアナーキストは、流石に、それほどの酷だしい無造作と暢気さ加減とにとどまつてゐるわけに行かないだらう。

ともあれ、共産主義者の如く政権争奪をさながら革命精神と混同することの出来ないアナーキストにあつては、革命は一切価値の顚倒を意味するものであり、唯物史観といひ、唯物弁証法といふが如き、ブルヂョア的価値体系をそのままの「近代」思想に土台を置いたやうなものでは、絶対にあり得ないであらう。

そして特に今日の人類に必要なる更生の革命が、宗教をあらためるのでなくして、宗教により新しくされるといふ意味での、宗教革命でなければならないこと、しかもその宗教革命に根本の動力となるのが、何よりもまづ虚無主義的に徹底しきつたルンペン（プロレタリア及びインテリゲンチア）の超理性的、本能的爆発であるべきことを、本当のアナーキストが考へないでゐられるものではないだらう。

宗教を無用とし、時には有害として排斥したもの、これを前にしては拝金主義者としてのブルジョア階級及びその御用学者があり、これを後にしてはマルキシストがある。

但し、今日ではロシア以外の「文明」国に、宗教はもう完全に亡んでしまつてゐる。ソヴイエット・ロシアにおいてはこれから国家資本主義が発展さるべきであり、ブルジョア的な一切のものが繁栄を示してくるだらうことに、従つて大に宗教否定などの流行するだらうことに、何等の不可思議もないではないか？

マルキシストや共産主義者は、単に好都合の場合にのみそれを標榜する如き手合であつても、よくその名称を僴してゐるのであるか？

単にキリスト教徒を名乗り、単に仏教徒を称してゐるだけの者ことごとくを、何故我等はキリスト教徒であるとし、仏教徒であるとしなければならないのか？

今日の大なる社会悪は、キリストや仏陀の教が行はれてゐないためであり、それが行はれてゐるためでないこと、かくの如きは余りにも明々白々にすぎる事実ではないか？

「古より今に至るまで、真にクリステイアンと称すべきものはただ一人しかなかつた。しかもその彼は十字架の上に死んでゐる」といふのは、フリードリッヒ・ニーチエの言葉であるが、全くのところ、それぞれの宗教、宗門は、ただその教祖一人の上にのみ本当の物だつた。高々、その教祖の時代においてのみ、僅に生きてゐたのである。しかも生命の枯渇したる宗教宗門は、単に無用の長物であるのみならず、更に如何に有害なる存在ともなつてゐることぞ！

げに宗教においては、どこまでも一に教祖の精神のみを取るべきである。教祖的精神を失へる大伽藍の如きは、マルキシスト輩の手を煩はすまでもなく、宗教者自らその教祖的精神によつて、常に直に粉砕の鉄槌を揮ふべきであらう。

マルキシスト輩は、かの似而非宗教が阿片的である故に、存在を否定さるべきであるといふ。

少くとも、日本の現在においては、かの偽宗教に阿片的な力をでも帰するといふには、随分なる買被りであるかも知れない。

だが、しかし我等真の宗教の追求者にとつては、教祖的精神を失へる宗教的形骸のあの厭はしさを、あの無意味なる存在の腹立しさを、そもそも何によつて表出し得られるだらう！

メレジユコフスキイの新しく勃興するインテリゲンチアを、私のいはゆるルンペン・インテリゲンチアを中軸とする新しき宗教革命は、まづ一切の教祖的精神を失へる偽宗教を、仮借するところなく爆砕し尽すとき、かのマルキシズムの如きをも、始めより教祖的精神を欠乏せるほどの、貧弱な、けれども僭越なる一小宗教として、序に圧殺し去るかも知れないのである。

ともあれ、この地上にありて何等かの教祖的精神の前に跪坐《きざ》することを知れる人々よ、卿等の団結こそは、この世界における唯一の可能なるものであり、それによってこそ、この人類の運命の常に新たにされるものであることを思ふがよい！

やや老いし人の蝸牛《かたつむり》を見てよめる

雨の日の
梅の樹を
薄闇を
はひのぼる
かのめしひ
かたつむり

雨の日の

梅の樹を
くらき地へ
まろび落つ
かのおふし
かたつむり

ひややかに
ひややかにみづをたたへて
かくあればひとはしらじな
ひをふきしやまのあととも

たちつくし
たちつくしものをおもへば

ものみなのものがたりめき
わがかたにつきかたぶきぬ

白躑躅《しろつつじ》

まり子よ、おんみが母は、
おんみ五つの年六月九日、
咲き残りし白躑躅《しろつつじ》の、
音もなく夕闇に落つるがごとく、
我等をあとにして果敢《はか》なくなりぬ。

いとせめて、この悲しさを、
いつまでも、いつまでも忘れたまふな。
——母なき子としてそだつおんみはせめて。

かの初夏の白き花に向ひゐて、

不覚にも我が太息《といき》つくことあらば、
まり子よ、おんみもおんみの母の
かなしき、白き微笑を思ひ出でたまへ。

母逝く

吾が母八十歳、
労苦して老い、老いて病み、
つひに故里の家に逝く。

我は薬餌と相親み、
母を見ざるもの年あり、
今また其死をかへりみず。

これは是れ母を葬るの日、
三たび枕頭に幼き者をよび、

その祖母の白髪を語らしむ。

弘前の玩具の山鳩

やや老いし一人の友は、
襟垢づきし綿入の袂より、
土焼の玩具ひとつ取り出でて、
我が家のわらはべに贈りぬ。

東北弘前の物なりとぞ。
――拙《つたな》く色どりし山鳩の形に、
尾と腹と二の孔を穿ちたり。

久しく病める母の枕辺にて、
わらはべ尻尾の孔を口にして吹きならせば、
おろかしく空洞にほおほおと鳴く。

ほほほおとなく其声の可笑しさに、
父なる我をはじめとして、
人ことごとくわらはべにならひぬ。

偖《さ》て面白き声して歌ふ山鳩よ、
弘前の玩具のよき山鳩よと、
痛々しくも痩せ衰へたる頬に、口に、
淋しく笑みて母まづほむれば、
人ことごとく母にならひぬ。

月《げつ》明《めい》

忽《たちま》ちに風吹き出でて
燭《しよく》の火の消えも行きなば
ふり仰ぎはじめて知るや
中天《なかぞら》に月のありしを

お庭の松の

お庭の松の
枝から枝へ
ついと飛んで
又ついと飛ぶ
蛍かや都の
初夏の流れ星かや

冬の日

浪の上の
鳥の白さよ
浪の黒さよ

砂に曳く
影の長さよ
砂の冷さよ

くもり日

古沼の赤鏽《あかさ》びし水
くもり日の真昼をわびて
泡立たしひとり笑へば
菱の実かあきつか知らず
河骨《かうほね》の破れ葉を滑る

月光雑曲

一

恵深い太陽から、
それぞれの色をゆるされてゐた
総ての物を月光はむごたらしく
自分自身の一色に塗りつぶす。

否、あの全能の魔法使は
草を、木を、人を、その他の
すべての生きてゐる存在を、
自分自身よりも蒼く、
幽霊のやうにさへあをくする。
そして幽霊を、死んでゐるものを
真白く化粧して踊らせる。

嗚呼、月光の魔法を浴びて、
総ての命あるものはすすり泣き、
真白い墓から這ひ出たものは、
高らかに、ひややかに其死を笑ふ。

二

月光に照らされてゐる
若い人の、とりわけ
若い婦人の涙を、
月光にきらめく涙を見る時、
警戒せよ、警戒せよ、そして警戒せよ。

その時人は、
愛しないでも済んだ位の人を、
取り返しがたく愛してしまふ。

その時人は、
あまりにもたやすく、死で以て
その愛を証拠立てて見たくなる。

三

月光は遠い遠い処を、
将来を、死んだ後の事を、
生れぬ前の事などを思はせ、
偶然なことなんぞ一もないやうに、
何もかもが間違であつたやうに、
それでゐてやつぱり自分は
誰より幸福であつたやうにも思はせ、
此上はもう、本当に
なんにもいらないやうにさへ思はせる。

四

太陽は高利貸を一層高利貸にし、代議士を一層代議士にする――彼等が狂人になるまでも。

五

月は詩人を一層詩人にし、恋人を一層恋人にする——彼等が狂人になるまでも。

『彼が、
或は彼女が死んだなら、
より美しく見えないだらうか。』
——月光は曾て囁いた。

六

人は月の夜に約束した事を、
何故白日の下にも守らねばならぬか。

七

月光のあざむく如くあざむけ

女よ、月の如き女よ。

八

どんなに痛ましい過去も、悉《ことごと》く
甘い涙になつて流れる月の夜に
一人の男は、多分
私のやうな愚かな男は思つた――
序《ついで》に私はもつともつと、
思ひ切り絶望をしてゐたかつた、
私がより少く愛されたことの為め、
そしてより多く愛した其の人の為めに。

九

ただ一人月下に立ちて、
自らを憫む者は必ず思ふ、
これより不幸にはなりやうがないと。

だから――
だからと云ふ言葉をも暫く許せ、
月は絶望してゐる者の友である。

永久の悪夢

殺されるのを、死ぬのを待たないで、
私は私自身を生埋めにした、
若々しさをも、執着をも、
そのほかの物をも一緒にして。

地面の上ではそれから後、
私の見残した花が幾度咲いて、
いくたび風に散つたことだらう。

ちと重すぎる墓石の下に――

それを深切な人達がのつけてくれた
——私は白骨にもなり切らないで、
身も魂も迷ひつづけてゐるのだが、
雨ざらしになつた墓標を囲んで、
さてもぼう〳〵と草の茂つたことよ。

淋しい処を賑かにする為めか、
一層淋しくしてくれるためなのか、
二人つきりの、一人ぼつちの、
さまざまな人達が来ては往く。

時には生憎《あいにく》な後姿の、
あまりにもよく似てはつと思はせる、
昔の人らしい人さへ行きすぎる。

草葉の蔭の今の私には
何のかかはりもなささうに、

さつさと行つてしまつた彼女のあとに、
内密らしい其声の漂ふこともある。

『いいえ、私はいつまでも、いつまでも、
いつまでも貴方の』と囁く声が、
咽び泣きとなり、涙となつて落ちるのを、
私は瞑目の中にはつきりきいた。

けれども、重すぎる墓石の下に——
それを深切な人達がのつけてくれた
——『私も』の一語をさへ許されぬ私は、
永久に眠れない寝覚の床に、
永久の悪夢を見つづけてゆく。

二《ふたつ》の祈

はじめて恋をした頃の私のやうな
若い人達を見て私は祈る――
『みんな恋をするがいい。
けれども私のやうにでなく、
もう少し愚かな人を相手にして、
思ひ切り気易くそして勇敢に』と。

私がはじめて見た時の彼女のやうな
可愛い娘さん達を見て私は祈る――
『みんな恋をするがいい。
けれども彼女のやうにでなく、
もう少し勇気のある人を相手にして、
思ひ切り愚かにそして無我夢中に』と。

一《ひとつ》の元素

金剛石よりも固い私の結晶が、
氷よりも早く融けるのを見たか？

水銀の如く重く沈み又
軽く跳びはねる私の心よ。

一定の温度に達するまでは、
頑強に私の血は沸騰しない。

蒸発してからの私の姿を
私自身のほかの誰が知つてゐる！

我は一《ひとつ》の磁石なり

我は一の磁石なり、
つねに謙遜に南北をさし、
忠実に、頑強に南北をさし、
まつたく宿命的に南北をさし示す。

磁石と磁石とは互に相引く。
我は他より引かれずして、
他をひきしこと曾《かつ》てなし。
しかも我がより小さき者をひくは、
より小さき者の我を引くに比較して、
いかにより著しく、いかにより勝利の如くにも、
より降服の如くにも見ゆるかな。

同極相斥《あひしりぞ》け、異極相結ぶは我が友情。

我は反対の性格を、我が対蹠人《たいせきじん》を敬愛し、
彼自らの内に其対蹠人を蔵する者と深く相交る。

我が磁力は我と相磨するところの鉄片を化して磁石となす。
しかも地上のあらゆる鉄片を追ひ求め、
それを化して悉く磁石となさざるを得ざる、
これ我が悦びにして哀みなり、我が運命の哀みなり。

されど我が磁力の愛は、鉄片の上に行ふところの奇蹟を、
いかなる石塊の上にも行ふこと能はず。
而して、鉄を追ひ求むる時の如く熱烈に、
いかなる石をも追ひ求むることをなさず、
これを追ひ求めて磁石せむことを思はざる、
これ我が一時の嘆息にして、永遠の、
究竟《きうきやう》の、我が運命の上の救ひなり。

秋

ニイチエ作　生田長江訳

今は秋。その秋の尚ほ汝の胸を破るかな！
飛び去れよかし！　飛び去れよかし！
太陽は山に向ひて匐《は》ひ、
攀《よ》ぢ且つよぢて、
一歩《ひとあし》毎に休息す。

如何にして世界はかくも萎びはてしぞ！
疲れ弛《ゆる》みし絃《いと》の上に
風はその歌を奏でいづ。
望みは逃げ行きて――
彼はそれを惜みなげくなり。

今は秋。その秋の尚ほ汝の胸を破るかな！
飛び去れよかし！　飛び去れよかし！

嗚呼、木の果実、
汝は打ち震へ、落つるにや？
かの夜の、
いかなる秘密をか汝に教へしぞ、
氷の如き戦慄が汝の頰を、
深紅の頰を覆ひ去りしは？
汝は黙したり、答へざるにや？
何人か尚ほ物言ふものぞ？

今は秋。その秋の尚ほ汝の胸を破るかな！
飛び去れよかし！　飛び去れよかし！
『我は美しからず
——斯くゐぞぎくの語るをきく——
されど人間を我は愛し
人間を我は慰むるなり——
彼等は今も尚ほ花を見るべく、
我が方へ身をかがめ、

嗚呼！　さて我を手折るべし――
その時彼等の目の内に
思ひ出は輝き現れむ
我よりも勝りて美しきものの思ひ出は。
そを我は見る、我は見る――かくて死に行く我ぞ』

今は秋。その秋の尚ほ汝の胸を破るかな！
飛び去れよかし！　飛び去れよかし！

仇敵の間にありて

あるチゴイネル（ジプシー）の諺にならひて　ニイチエ作　生田長江訳

そこには絞首台、ここには索、
絞刑者の赤き口髭、
取り巻ける民衆と毒悪のまなざしと――
その何物も我には新しからぬかな！
これを我は百たびも見て知れる故、

汝等の面前にして嘲笑ひつつ呼ばはらむ、
『我が首を絞むるも用なき業《わざ》ぞ！
死ぬとや？　否、否、我は得死なじ！』

汝等は乞食！　汝等のつひに獲ぬものを、
我が上に汝等羨望するなれば！
我が苦みをくるしむこともとよりなれど、
汝等は、死ぬなり、死ぬなり、死に行くなり！
百たびの死地をくぐりて尚ほ
我は息なり、蒸発気なり、光なり——
『我が首を絞むるも用なき業ぞ！
死ぬとや？　否、否、我は得死なじ！』

寂　寥

鴉等は鳴き叫び、

風を切りて町へ飛び行く。
間もなく雪も降り来らむ——
今尚ほ、家郷ある者は幸なるかな！

今汝は凝然として立ち、
嗚呼、背後を眺めてあり！　如何に久しきかな！
如何なる愚者なれば、なんぢ、
冬にさきだちて世界に逃げ込まむとはするぞ！

世界は、無言にして冷かなる
幾千の沙漠への門戸！
汝の失ひし物を失ひし者は、
何処にも停留することなし。

今汝は冬の旅路へと宿命づけられて、
色蒼ざめて立てるかな、
つねにより冷き天《そら》を求むる

かの煙の如くにも。

飛べ、鳥よ、汝の歌を
沙漠の鳥のきいきい声に歌へかし！
汝愚者、汝の血の出づる心臓を
氷と侮蔑との中にかくせよかし！

鴉等は鳴き叫び、
風を切りて町へ飛び行く。
間もなく雪も降り来らむ――
家郷なき者は禍なるかな！

登張竹風（とばり　ちくふう）

明治六年、広島県に生れる。東京帝大に学び、論壇で主に近代のドイツ文学を説いたなかでも、ニイチェに言及したのは、その最も早い紹介とし、明治三十四年に高山樗牛が「美的生活論」を発表すると、「美的生活論とニイチエ」を以て樗牛に同じたことから「美的生活論争」を惹起する。その後も、評論に加えて小説にも才を揮うが、一貫したニイチェへの関心は凝って、大正十年「ツァラトゥストラ」の序章を親鸞の宗教信仰に則して訳註、論評した「如是経序品」となって現れ、日本の文人の俤を鮮かに示した。「如是経」が「序品」のみで終った後、昭和十年には新たな全訳を「如是説法ツァラトゥストラー」として刊行し、同三十年に歿。

生田長江（いくた　ちょうこう）

明治十五年、鳥取県に生れる。第一高等学校在学中から「明星」に詩文を寄せ、東京帝大を卒業後、文芸批評に携る一方、明治四十四年「訳本ツァラトゥストラ」を刊行したのに続く「ニイチエ全集」の訳業は、近代日本の精神界に裨益する。その間佐藤春夫を見出しては、平塚らいてうらの「青鞜」の命名者として同誌の創刊に関わり、大杉栄、堺利彦らとの交りを通じて体制への批判を次第に強めるが、大正十二年刊行の「ブルヂョアは幸福であるか」によく窺われる芸術に立脚した文明観は、社会主義と一線を画し、やがて「超近代派」を唱えるに至った。宗教的なものに沈潜した晩年は小説「釈尊」の執筆に専心し、その上巻を出した翌昭和十一年に歿。

近代浪漫派文庫　14　登張竹風　生田長江

二〇〇六年三月十二日　第一刷発行

著者　登張竹風　生田長江／発行者　小林忠照／発行所　株式会社新学社　〒六〇七—八五〇一　京都市山科区東野中井ノ上町一一—三九　印刷・製本＝天理時報社／DTP＝昭英社／編集協力＝風日舎

ISBN 4-7868-0072-4

落丁本、乱丁本は左記の小社近代浪漫派文庫係までお送り下さい。送料小社負担でお取り替えいたします。

お問い合わせは、〒二〇六—八六〇二　東京都多摩市唐木田一—一六—二　新学社　東京支社

TEL〇四二—三五六—七七五〇までお願いします。

◉近代浪漫派文庫刊行のことば

文芸の変質と近年の文芸書出版の不振は、出版界のみならず、多くの人たちの夙に認めるところであろう。そうした状況にもかかわらず、先に『保田與重郎文庫』(全三十二冊)を送り出した小社は、日本の文芸に敬意と愛情を懐き、その系譜を信じる確かな読書人の存在を確認することができた。

その結果に励まされて、専ら時代に追従し、徒らに新奇を追うごとき文芸ジャーナリズムから一歩距離をおいた新しい文芸書シリーズの刊行を小社は思い立った。即ち、狭義の文学史や文壇に捉われることなく、浪漫的心性に富んだ近代の文学者・芸術家を選んで四十二冊とし、小説、詩歌、エッセイなど、それぞれの作家精神を窺うにたる作品を文庫本という小宇宙に収めるものである。

以って近代日本が生んだ文芸精神の一系譜を伝え得る、類例のない出版活動と信じる。

新学社

近代浪漫派文庫〈全四十二冊〉

※白マルは既刊、四角は次回配本

❶ 維新草莽詩文集　歎涕和歌集／吉田松陰／高杉晋作／坂本龍馬／雲井龍雄／平野国臣／真木和泉／清川八郎／河井継之助／釈月性／藤田東湖／伴林光平

❷ 富岡鉄斎　画讃／紀行文／画談／詩歌／書簡　大田垣蓮月　海女のかる藻／消息

[3] 西郷隆盛　遺教／南洲翁遺訓／漢詩　乃木希典　漢詩／和歌

④ 内村鑑三　西郷隆盛／ダンテとゲーテ／余が非戦論者となりし由来／歓喜と希望／所感十年ヨリ　岡倉天心　東洋の理想（浅野晃訳）

⑤ 徳富蘇峰　嗟呼国民之友生れたり／『透谷全集』を読む／還暦を迎ふる一新聞記者の回顧／紫式部と清少納言／敗戦学校／宮崎兄弟の思ひ出　ほか

黒岩涙香　小野小町論／『一年有半』を読む／藤村操の死に就て／朝報は戦ひを好む乎

⑥ 幸田露伴　五重塔／太郎坊／観画談／野道／幻談／鵞鳥／雪たゝき／為朝／評釈炭俵ヨリ

❼ 正岡子規　歌よみに与ふる書／子規歌集／子規句集／九月十四日の朝／小園の記

高浜虚子　虚子句集／椿子物語／斑鳩物語／落葉降る下にて／発行所の庭木／進むべき俳句の道

⑧ 北村透谷　楚囚之詩／富嶽の詩神を思ふ／蝶のゆくへ／みゝずのうた／内部生命論／厭世詩家と女性／人生に相渉るとは何の謂ぞ　ほか

高山樗牛　滝口入道／美的生活を論ず／文明批評家としての文学者／内村鑑三君に与ふ／『天地有情』を読みて／清見潟日記／郷里の弟を戒むる書／天才論

⑨ 宮崎滔天　三十三年之夢／侠客と江戸ッ児と浪花節／浪人界の快男児宮崎滔天君夢物語／朝鮮のぞ記

⑩ 樋口一葉　たけくらべ／大つごもり／にごりえ／十三夜／ゆく雲／わかれ道／につ記—明治二十六年七月　一宮操子　蒙古土産

⑪ 島崎藤村　桜の実の熟する時／藤村詩集ヨリ／前世紀を探求する心／海について／歴史と伝説と実相／回顧（父を追想して書いた国学上の私見）

⓬ 土井晩翠　土井晩翠詩集／雨の降る日は天気が悪いヨリ

上田敏　海潮音／忍岡演奏会／『みだれ髪』を読む／民謡／飛行機と文芸

⑬ 与謝野鉄幹　東西南北／鉄幹子（抄）／亡国の音　与謝野晶子　みだれ髪／晶子歌抄／詩篇／ひらきぶみ／清少納言の事ども／紫式部の事ども／和泉式部の歌／産褥の記／ロダン翁に逢つた日／婦人運動と私／鰹

⑭ 登張竹風　如是経／美的生活論とニイチエ

生田長江　夏目漱石氏を論ず／鷗外先生と其事業／ブルヂョアは幸福であるか／有島氏事件について／無抵抗主義、百姓の真似事など／『近代』派と『超近代』派との戦／ニイチエ雑観／ルンペンの徹底的革命性／詩篇

⓯ 蒲原有明　蒲原有明詩集ヨリ／ロセッティ詩抄ヨリ／龍土会の記／蠱惑的画家―その伝説と印象
薄田泣菫　泣菫詩集ヨリ／森林太郎氏／お姫様の御本復／鳶鳥と鰻／大国主命と葉巻／茶話ヨリ／草木虫魚ヨリ

⑯ 柳田国男　野辺のゆき、(初期詩篇ヨリ)／海女部史のエチュウド／雪国の春／橋姫／妹の力／木綿以前の事／昔風と当世風／米の力／家と文学／野草雑記／物忌と精進／眼に映ずる世相／不幸なる芸術／海上の道

⑰ 伊藤左千夫　左千夫歌抄／春の潮／牛舎の日記／日本新聞に寄せて歌の定義を論ず
佐佐木信綱　思草／山と水と／明治大正昭和の人々ヨリ

⓲ 山田孝雄　俳諧語談ヨリ　新村出　南蛮記ヨリ

⓳ 島木赤彦　自選歌集十年／柿蔭集／歌道小見／童謡集／万葉集の系統　斎藤茂吉　赤光／白き山／散文

⓴ 北原白秋　白秋歌集ヨリ／白秋詩篇　吉井勇　自選歌集／明眸行／蝦蟆鉄拐

㉑ 萩原朔太郎　朔太郎詩抄／虚妄の正義ヨリ／絶望の逃走ヨリ／猫町／恋愛名歌集ヨリ／郷愁の詩人与謝蕪村／日本への回帰／〈機織る少女〉楽譜　ほか

㉒ 前田普羅　新訂普羅句集／ツルボ咲く頃／奥飛騨の春／さび、しをり管見／大和閑吟集
原石鼎　原石鼎句集ヨリ／石鼎窟夜話他ヨリ

㉓ 大手拓次　藍色の蟇ヨリ／蛇の花嫁ヨリ／散文詩
佐藤惣之助　佐藤惣之助詩集ヨリ／青神ヨリ／流行歌詞

㉔ 折口信夫　雪まつりの面／雪の島ヨリ／古代生活の研究―常世の国／信太妻の話／柿本人麻呂／恋及び恋歌／小説戯曲文学における物語要素／異人と文学と／反省の文学源氏物語／女流の歌を閉塞したもの／俳句と近代詩／詩歴一通―私の詩作について／口ぶえ／留守ごと／日本の道路／詩歌篇

㉕ 宮沢賢治　春と修羅ヨリ／雨ニモマケズ／鹿踊りのはじまり／どんぐりと山猫／注文の多い料理店／ざしき童子のはなし／よだかの星／なめとこ山の熊／セロ弾きのゴーシュ　早川孝太郎　猪・鹿・狸

㉖ 岡本かの子　かろきねたみ／老妓抄／雛妓／東海道五十三次／仏教読本ヨリ　上村松園　青眉抄ヨリ

㉗ 佐藤春夫　殉情詩集／和奈佐少女物語／車塵集／西班牙犬の家／窓展く／F・O・U／のんしやらん記録／鴨長明／秦淮画舫納涼記／別れざる妻に与ふる書／幽香嬰女伝／小説シャガール展を見る／あさましや漫筆／恋し鳥の記／三十一文字といふ形式の生命

㉘ 河井寛次郎　六十年前の今ヨリ　棟方志功　板響神ヨリ

㉙ 大木惇夫　詩抄（海原にありて歌へる／風・光・木の葉／秋に見る夢／危険信号）／天馬のなげきヨリ

蔵原伸二郎　定本岩魚／現代詩の発想について／裏街道／狸犬／目白師／意志をもつ風景／谿谷行

㉚ 中河与一　歌集秘帖／氷る舞踏場／鏡に這入る女／円形四ッ辻／はち／香妃／偶然の美学／「異邦人」私見

横光利一　春は馬車に乗つて／榛名／睡蓮／橋を渡る火／夜の靴ヨリ／微笑／悪人の車

㉛ 尾﨑士郎　蜜柑の皮／篝火／瀧について／没落論／大関清水川／人生の一記録

中谷孝雄　二十歳／むかしの歌／吉野／抱影／庭

㉜ 川端康成　伊豆の踊子／抒情歌／禽獣／再会／水月／眠れる美女／片腕／末期の眼／美しい日本の私

㉝ 「日本浪曼派」集　中島栄次郎／保田与重郎／芳賀檀／木山捷平／緒方隆士／神保光太郎／亀井勝一郎／中村地平／十返一　ほか

㉞ 立原道造　萱草に寄す／暁と夕の詩／優しき歌／あひみてののちの　ほか

津村信夫　戸隠の絵本／愛する神の歌／紅葉狩伝説　ほか

㉟ 蓮田善明　有心（今ものがたり）／森鷗外／養生の文学／雲の意匠

伊東静雄　伊東静雄詩集／日記ヨリ

㊱ 大東亜戦争詩文集　大東亜戦争殉難遺詠集／増田晃／山川弘至／田中克己／影山正治／三浦義一

㊲ 岡潔　春宵十話／日本人としての自覚／日本的情緒／自己とは何ぞ／宗教について／義務教育私話／創造性の教育／かぼちゃの生いたち／六十年後の日本／唯心史観

胡蘭成　天と人との際ヨリ

㊳ 小林秀雄　様々なる意匠／私小説論／思想と実生活／事変の新しさ／歴史と文学／当麻／無常といふこと／平家物語／徒然草／西行／実朝／モオツアルト／鉄斎／鉄斎の富士／蘇我馬子の墓／対談 古典をめぐりて（折口信夫）／還暦／感想

㊴ 前川佐美雄　植物祭／大和／短歌随感ヨリ

清水比庵　比庵晴れ／野水帖ヨリ（長歌）／紅をもてヨリ／水清きヨリ

㊵ 太宰治　思ひ出／魚服記／雀こ／老ハイデルベルヒ／清貧譚／十二月八日／貨幣／桜桃／如是我聞ヨリ

檀一雄　美しき魂の告白／照る陽の庭／埋葬者／詩人と死／友人としての太宰治／詩篇

㊶ 今東光　人斬り彦斎

五味康祐　喪神／指さしていう／魔界／一刀斎は背番号6／青春の日本浪曼派体験／檀さん、太郎はいいよ

㊷ 三島由紀夫　花ざかりの森／橋づくし／三熊野詣／卒塔婆小町／太陽と鉄／文化防衛論